孤絕

最新增訂本

馬森文集

Sen Ma 創作卷01

現代主義小說經典

作家**龍應台**專文評介

獻給中國當代文學的耕耘者

秀威版總序

我的已經出版的作品，本來分散在多家出版公司，如今收在一起以文集的名義由秀威資訊科技有限公司出版，對我來說也算是一件有意義的大事，不但書型、字體大小不一的版本可以因此而統一，今後如有新作也只須交給同一家出版公司就行了。

稱文集而非全集，因為我仍在人間，還有繼續寫作與出版的可能，全集應該是蓋棺以後的事，就不是需要我自己來操心的了。

從十幾歲開始寫作，十六、七歲開始在報章發表作品，二十多歲出版作品，到今天成書的也有四、五十本之多。其中有創作，有學術著作，還有編輯和翻譯的作品，可能會發生分類的麻煩，但若大致劃分成創作、學術與編譯三類也足以概括了。創作類中有小說（長篇與短篇）、劇作（獨幕劇與多幕劇）和散文、隨筆的不同；學術中又可分為學院論文、文學史、戲劇史、與一般評論（文化、社會、文學、戲劇和電影評論）。編譯中有少量的翻譯作品，也有少量的編著作品，在版權沒有問題的情形下也可考慮收入。

有些作品曾經多家出版社出版過，例如《巴黎的故事》就有香港大學出版社、四季出版社、爾雅出版社、文化生活新知出版社、印刻出版社等不同版本，《孤絕》有聯經出版社（兩種版本）、北京人民文學出版社、麥田出版社等版本，《夜遊》則有爾雅出版社、文化生活新知出版社、九歌出版社（兩種版本）等不同版本，其他作品多數如此，其中可能有所差異，藉此機會可以出版一個較完整的版本，而且又可重新校訂，使錯誤減到最少。

創作，我總以為是自由心靈的呈現，代表了作者情感、思維與人生經驗的總和，既不應依附於任何宗教、政治理念，也不必企圖教訓或牽引讀者的路向。至於作品的高下，則端賴作者的藝術修養與造詣。作者所呈現的藝術與思維，讀者可以自由涉獵、欣賞，或拒絕涉獵、欣賞，就如人間的友情，全看兩造是否有緣。作者與讀者的關係就是一種交誼的關係，雙方的觀點是否相同並不重要，重要的是一方對另一方的書寫能否產生同情與好感。所以寫與讀，完全是一種自由的結合，代表了人間行為最自由自主的一面。

學術著作方面，多半是學院內的工作。我一生從做學生到做老師，從未離開過學院，因此不能不盡心於研究工作。其實學術著作也需要靈感與突破，才會產生有價值的創見。在我的論著中有幾項可能是屬於創見的：一是我拈出「老人文化」做為探討中國文化深層結構的基本原型。二是我提出的中國文學及戲劇的「兩度西潮論」，在海峽兩岸都引起不少迴響。三是對五四以來國人所醉心與推崇的寫實主義，在實際的創作中卻常因對寫實主義的理論與方法認識不足，或由於受了主觀的因素，諸如傳統「文以載道」的遺存、濟世救國的熱衷、個人的政治參與等等的干擾，以致寫出遠離真實生活的作品，我稱其謂「擬寫實主義」，且認為是研究五四以後海峽兩岸新小說與現代戲劇的不容忽視的現象。此一觀點也為海峽兩岸的學者所呼應。四是舉出釐析中西戲劇區別的三項重要的標誌：演員劇場與作家劇場，劇詩與詩劇以及道德人與情緒人的分別。五是我提出的「腳色式的人物」，主導了我自己的戲劇創作。

與純創作相異的是，學術論著總企圖對後來的學者有所啟發與導引，也就是在學術的領域內盡量貢獻出一磚一瓦，做為後來者繼續累積的基礎。這是與創作大不相同之處。這個文集既然包括二者在內，所以我不得不加以釐清。

其實文集的每本書中，都已有各自的序言，有時還不止一篇，對各該作品的內容及背景已有所闡釋，此處我勿庸詞費，僅簡略序之如上。

馬森序於維城，二〇一〇年七月二十三日

孤絕

8

孤絕釋義

——麥田版序言

一九七七年七月在加拿大溫哥華寫完了一篇短篇小說，題作「孤絕」。當然在中文的習語中並沒有「孤絕」一詞。「孤」與其他詞聯合，用作形容詞的，有「孤傲」、「孤單」、「孤獨」、「孤高」、「孤寂」、「孤苦」、「孤立」、「孤零」、「孤陋」、「孤僻」等，唯獨沒有「孤絕」兩字連用。「絕」字跟在另一字後，多作動詞用，如「杜絕」、「斷絕」、「隔絕」、「根絕」、「回絕」、「禁絕」、「拒絕」、「滅絕」、「氣絕」、「棄絕」、「謝絕」、「自絕」等；用作形容詞的很少，只有「超絕」、「卓絕」而已，也沒有「孤絕」一詞。為什麼我會用了「孤絕」一詞呢？一則是「孤」和「絕」這兩個字分別在我的腦海中映照了現代人的特有感受，另一方面我想找一個詞可以與西文的 isolated，isolation 或 isolationist 互譯，已有的含有「孤」字或「絕」字的詞都不能盡意，於是才捻出了「孤絕」一詞，覺得恰恰可以符合了從尼采以降的存在主義者所喜用的 isolated 或 isolationist 的意涵。

如果說寫實主義面對感官世界時，思維的方式是實證主義的，作者一心一意按照耳目所聽所視客觀地記錄下來，以俾如鏡中映照似地重現客體世界之真，那麼現代主義面對同樣的感官世界，思維的方式卻一變而為主觀的，盡量貼近一己的意識與感受，作者不求外在世界的擬似，只問自己的感覺與心象之真。於是象徵主義、表現主義、存在主義等都先後地匯流成現代主義文學的壯闊的河流，毋寧呈現出現代個人主義的自我孤立、與人隔絕的狀貌，「孤絕」一詞因此也就足以形象化地映照出現代人的心靈了。因此在一九七九年我的一些寫於前兩年的短篇小說由聯經出版公司結集出版的時候，既然其中收錄了〈孤絕〉這篇小說，也就順理成章地用了足以概括全書氛圍的「孤絕」二字作為書名。不想二十多年後的今天，「孤絕」一詞已經常見於人們的口頭語言與書寫文字中，成為當代的通用語了，可見「孤絕」作為當代人心態的寫照，的確是有幾分代表性的。

從我國現代文學肇始到今天，已過了八十多個寒暑，經歷了兩度西潮的衝激。五四那一代接受第一度西潮衝激時，一心嚮往西方的寫實主義，不幸由於時代環境的困擾，所結成的果實只能勉強說是「擬寫實主義」的，在我國的現代文學中並沒有使讀者品嚐到真正寫實的美味。不旋踵又在五、六十年代衝來了現代主義，於是存在主義的思想、意識流的手法、孤絕的面貌充盈在我們這一代的作品中。到了八十年代，為人稱作後現代的潛意識的、後設的、拼貼的書寫又成為新人類或新新人類的最愛。在短短的幾十年間，我們經歷了西方一個半世紀的文學潮流。倘若說我們尚未嚐夠寫實的美味，那麼寫實主義對我們而言也尚未過去，於是我們看到在同一個時代裏重疊著寫實、現代和後現代的複雜的美學取向。當黃春明在寫實的美學中獲得相當成績的時刻，他同代的王文興寫出了《家變》這種代表了現代主義美學傾向的小說，而七等生於同一個世代毫無疑問地運用了可以用後現代的美學標準加以評鑑的作品。我在撰寫這一系列小說時，恰恰正處在西方現代主義與後現代交匯的時期，自然背離了寫實主義的思維方式和美學導向，因而收在本集中的作品應該是屬於寫實以後的實驗之作，其總體的氣氛表徵與人物的心理圖像，用「孤絕」一詞也足以詮釋了。

這本書從一九七九年由聯經出版公司出版以來，共改版三次，印了六刷，第六刷印在一九九〇年，距今已經十年多了，市面上可說早已經絕版。北京的人民文學出版社於一九九二年在大陸出版，至今恐也已絕版。如今承麥田出版社的總經理陳雨航兄熱情邀約，提議由麥田重新出版，又承聯經出版公司慷慨歸還版權，此書才得又以新面目與讀者見面。

雨航兄是我結識將近二十年的老朋友。一九八三年我返國在國立藝術學院擔任客座教授時，雨航是最早為我寫訪問的朋友，那時他還是極有潛力的青年小說家。以後當他在工商時報週日版做主編的時候，邀我開「天外集」專欄，我從英國每週寄稿回台發表長達一年之久，後來由爾雅出版社結集出版為《在樹林裏放風箏》一書，一九九一年改名為《愛的學習》，由文化生活新知出版社再版。又過了幾年，他任職於時報文化出版公司，我的《電影

中國　夢》和《當代戲劇》兩書又是在他的手下簽約出版的。謹記此以見雨航兄對我長久的督促之情。

二〇〇〇年三月九日

三版序言

我帶箸一半自嘲一半自慰的心情來寫「孤絕」三版的序言。這本書是一九七九年出版的，算來已經有六年了。從一九七九到一九八四年，五年間只賣出了一版。第二版是去年出版的，不到一年已經賣光，現在要印的是第三版。也就是說這本冷凍了多年的書，忽然間出現了一批意想不到的讀者。出版者說是因為去年我人在國內的關係。但我覺得《孤絕》之所以被讀者從冷藏中發掘了出來，多少受了我另一本比較暢銷的長篇小說《夜遊》的影響。

《夜遊》是一本容易讀的書，《孤絕》則不太容易讀。但真正喜愛文學的人肯定會從《孤絕》中看出更多的東西。細心的讀者，一定會發現《孤絕》是一本十分用心的作品，不止在內容上，而且在形式上有許多實驗性的嘗試。實驗並不一定必有成功的結果，但卻必定有些獨特之處。也正因為是實驗性的作品，生澀之處則在所難免。這可能構成了《孤絕》不易讀的原因之一，另一個不易讀的原因乃在這本書的內容。這本書中所收的短篇小說，可以說都圍繞了現代人的孤絕感這樣的一個主題。孤絕不是種令人鼓舞的感覺，也不能產生令人安慰的作用，在文學中尋求滑口的糖蜜的讀者肯定要大失所望的。如果文學作品的作用真正不過是在爽人之口，慰人之心，那麼大團圓式的通俗劇是最容易達到這種目的的。如果我們也允許文學作品有些另外的作用，譬如像悲劇似地淨化人的情緒，或者只像聽一個坦率的友人一訴他的衷曲，因而喚起了讀者一些對他人更深的理解與同情，或者進一步使讀者透過作品面對了自己的痛苦和創傷，因此洞悉了某些病症的癥結，再或者因他人的沮喪與挫折而湧生了自己的同情與勇氣。如果這一些也是文學作品可以發揮的作用，那麼《孤絕》肯定會有它的讀者。不過這樣的讀者必定是勇毅的、堅強的、成熟的。他們並不在作者的身上尋求一個威嚴教誨的父親形象，也不在作者身上尋求一個慈顏善目的母親的形象。他們所要的不過是一個可以互相坦率溝通與了解的朋友而已。事實上《孤絕》這本書，本來也就是為少數的這樣的讀者而寫的。如果今日這樣的讀者竟不如我原來想像的那麼少，足見我們也即將面臨到一個比較成熟的文學的時代了。這正是使所有從事文學耕耘的人十分欣慰的一種現象。

藉著這次新版的機會，除了重新校訂了其中的錯誤外，也做了一番增刪的工作。其實所增的很少，只在〈孤絕〉一篇中增加了幾行文字。刪節的卻不少，〈孤絕〉中刪去了四行，〈等待來信〉中刪去了將近一頁。對一個作者而言，刪文是相當難的一件事，因為既已出版成書，多半都是已發表過的作品。在發表以前和發表以後，早已做過了多次修正增刪的工作，原則上作者認為到了「增一分則肥，減一分則瘦」的地步。這時再切掉一部分，真有割肉的感覺。那麼為什麼我還是忍痛把肉割了呢？只因我看到了龍應台一篇很中肯的批評。雖然她的話無法叫人飄飄然，但平心靜氣地一想，她的批評卻真是冷靜客觀的針砭。我怎肯放過這麼一帖雖不滑口卻可醫病的良藥？於是只能勇敢地跳出對那一段「美麗的散文」的自鳴得意的心情，刪！刪！刪！刪！希望有一天我能夠做到「不說話、不流淚、讓具體的事件與人物自然的、有機的譜出戲來」！

這次的封面借用了何懷碩先生的大作。何先生的畫是我早就欣賞傾慕的，我感覺他的作品很能體現生活在二十世紀的現代人的那種冷靜、獨立、苦澀和無奈的感覺，跟我自己的心情有許多互通之處。何先生的封面不但可以彰顯這本小說的內容，也為這本書增添不少光彩。

除了以上為這本書增光的友人外，也要在此謝謝東年兄在百忙中為這本書的再版所付出的時間和關懷。

一九八五年五月卅一日於英倫

孤絕

16

獻詞與謝詞

這個集子中所收的短篇小說，都是一九七六至一九七八年間的作品。這其間生命中受到極大的震盪。此之前，在輾轉跋涉了三大洲，經歷了幾種不同的文化系統之後，益發感到對人類社會現象之難解與人類前途之渺茫。於是在一九七二年，放棄了已經穩定的教職，丟捨了多年的生活方式，在一個和薰的秋日，鳥似地由驕陽炙人的墨西哥飛到綠蔭猶濃的加拿大，企圖在理論上探究西方資本主義所走過的歷史軌跡及其當下所表現的型態，因此又重新經歷了一次本不應再得的學生生活。

猶記得我初睹溫城大片大片闃無人跡的綠茵和躲在依依的楊柳叢中的人家時，看見野鴨就在門前的池塘邊安閒地漫飛，幾疑從人間到了天堂。加拿大雖然遠不是個天堂，但是在我所認識的二十多個國家中，恐怕還是要算這個國家最為接近人們對天堂的幻想。豐厚的物質生活、足夠的言論與行為的自由、美好的自然環境、稀少的人口、「法制」而非「法治」的社會秩序……這一切都足以使居民們自適而忘憂。然而幾年以後，才知道天堂並不是容易住的。有高度的現代文明卻缺乏深度的歷史文化，人們須有加倍的堅韌才能適應。外貌明朗優美的溫城，竟成為北美自殺率最高的城市！缺失了某種文化的扶持，人們就如離水的魚，如不傷筋動骨地轉化為兩棲動物，則只有枯死之一途。我也就在這種境遇中，像一條臥在燦爛和美的陽光中的蛇，開始了痛苦的蛻變。

在卸脫各種文化的重負後，才發現為文化的重壓所扭曲了的筋骨。這種校骨正筋、追索原始自我，引發那久經各種文化壓覆因而萎縮了的生命的幼苗，的確是一種痛苦萬般的蛻變，但卻也是一種不可避免的生長過程。如無此蛻變，我早已僵凝而窒息在既有的太過狹隘的體殼中。經此一變，使我如獲得了另一次嶄新的生命，使我再度有勇氣從字紙資料的暗室裏走出來，冒著遺失自我的危險，重又抱起童稚的嚮往與熱情，來再度經歷這個世界中的諸般世相情態。我有意地遺忘了時光，時光也報復地棄我於路旁。我無能再浸濡於儒家的恬淡自高與自我圓滿的人生態度，也捨開了道家的忘情無我的出世精神，卻重新肯定人生之真切與卑微，鼓勇面對自我，接受他人。嘗試把粗糙的指按在自己的創口上來體察痛楚的滋味，也敢於大張開雙臂迎接人生中的歡樂。痛苦與歡樂原是生命中的兩面，本無規避的必要。然而在人類的文化到了某一種高點的時候，積累的過於豐富的人生經驗，在迫切地追求生命的昇華中，常常忽視否定了當下生命存在的意義，使我們對生命中的痛苦與歡樂二者都懷著深切的戒懼，盡量尋求趨避或超越之途。這種趨避與超越痛苦與歡樂的努力，有時竟使我們趨避或超越了生命的本身。然而我們豈能以文明人之狂妄而否定生命？因此，我這時的感覺是只有面對生命，對之做全面的接納，才算是真正積極的人生態度，才不負這一去永不可復得的生命過程。

這一種對人生的體認，也正是我自己在當下所存在的這種社會型態與人際關係中，因我個人的經歷所產生的一種自然的萌發。在這種情形下所寫成的作品，與我過去的作品相比較，恐怕在風格與內容上都有些差異。這些作品曾先後發表在復刊的《現代文學》、《中外文學》、《南北極》、聯合報《聯合副刊》、中國時報《人間》及世界日報的《光華島》和《小說世界》等報刊。我應該謝謝聯副主編瘂弦兄、中國時報《人間》的主編高信疆兄、中國時報記者金恆煒兄、《南北極》主編王敬羲兄，及世界日報的編輯張修蓉女士。他們使得這些作品得以在寫成之後立刻與廣大的讀者羣見面。再要感謝的是聯經出版公司，使這些零篇的作品得以結集問世。

作為一個中國作者，在經歷了人生中種種挫折與痛苦之後，靜下心來好好地想一想，實在應該為生為一個現代的中國人而感到榮幸。我們這一代的中國人，接觸面之廣，人生經驗之繁複曲折，所遭受的世事、國事以及個人遭遇的創痛之深切，似乎都超過了我們的先人，也遠過於生活在安樂富裕的西方社會中的人們。既然具有了這般豐富的背景，在文學的表現上，我們也應該有所突破才對。然而不幸的是，我們這一代作者也承受了前人以及西方的作者所不曾經歷的種種嚴苛的桎梏。有些人為生命掙扎之不暇，已無能無力執筆了。也有些人為了解脫肉體上、精神上所遭受的侵迫，不得不背棄了自己的感受，在別人訂立的教條框框中填充八股。這都是極可哀可憫的現象。就在這樣的情況下，現代中國文學的芽苗卻也並未枯萎；非但不曾枯萎，卻仍然蓬勃地生長著。特別在台灣，最近這幾十年，有著出人意表的成就。上一輩的作家，可說繼承了五四以來中國文學關切社會問題與鄉土風貌的優良傳統；以使我們感到真切的筆法，為我們記錄了一個已逝的社會與那一段歷史中的人間情貌。這一輩年輕的作者，則更推而進之，使中國文學的面貌超越了作為政治教化工具或作為消閒品的範疇，而能使我們透過他們的作品感覺到我們置身的這個世界和我們自己的呼吸與脈搏的跳動，進而覺得他們的作品成為我們的生命與生活中可感可觸的一部分，大大地提高了文學藝術的境界，對中國的現代文學做出了不可磨滅的貢獻；當然還有更多的作者正在默默地耕耘著中國當代文學的園圃，共同為繁榮這一片曾遭受了種種人為的磨折而荒頽了的土地而努力。文學園圃的耕耘者，自然不限於作者，還有文學批評家、文學史家及文學書刊的編輯們，也獻出了他們的力量。這些人的貢獻，並不在作者之下，因為若是沒有他們的慧視與匡正，作者就成了一羣沒有伯樂的野馬，盲目奔突而不知所之。

所以我願意把這一個集子獻給所有中國當代文學的耕耘者，表示我對他們的敬意。

一九七九年二月二十七日於維多利亞

孤絕的人（代序）

我們的這個時代，在工商業一片繁華的盛景中，不免感到心靈的荒瘠；在整體社會勇邁直往的大步中，卻感到個人的怯懦不前；在為身邊瑣事做出深思熟慮的安排時，對人類的前景竟感心餘力絀無能施其腦力。繁華與荒瘠、勇邁與怯懦、深思熟慮與腦力貧弱形成了這個時代個人生活中相輔相倚的兩種面相。因其繁華，荒瘠則更形荒瘠；因其荒瘠，繁華則愈顯繁華；失其一面，則另一面即不能獨存。

每一個時代都有其矛盾的對立面；然而在過往歷史中所存在的矛盾對立似均不及今日所顯現的這般明確強烈，因為我們從傳統的舊夢裏醒來時，忽見我們的兩腳竟深深地陷在現代的急流裏。這時我們的心中免不了湧出一種張皇失措的迷離。我們自問：為什麼我們不能繼續我們沉睡了四、五千年的舊夢？為什麼我們要開門接納西方的文明？為什麼我們必定要科學、工業、貿易？為什麼我們必定要現代化？

現代化，夢魘一般的現代化，重重地壓在歐美以外的每個人的心靈上（對歐美人也並不輕鬆），使我們在心力交瘁中徬徨憂忧、杌隉難安。我們似乎感到我們的心靈在極度的張力下向兩極分化：一邊是我們習以為常的傳統價值，另一邊是優裕新穎的豐足生活。何貴何賤？何取何捨？這是我們今日每個人所面臨的最大問題。

回顧這幾百年來的人類歷史，就似乎隱隱見到發生在英倫三島的工業革命像一條巨龍般向世界各地蜿蜒盤曲。先是歐陸，再是北美，進而南美、亞、非、澳洲，無不被其浸漬沾濡。就以我國而論，自一八四〇年的鴉片戰爭以降，竟成了門戶洞開的國土，任此巨龍窺伺盤桓，而終於不可挽回地步上了工業化的道路；於是中國也就注定了與其固有傳統告別的命運。陶淵明的籬下菊、李商隱的藍田玉，以至曹雪芹的大觀園，這一切一切足以顯示傳統的中國人的嚮往懷抱、人生情趣，和特有的人際關係、生活方式，都隨著圓明園的煙塵一去不返了。不管以何種形式或途徑，中國都不得不步上西方工業化的後塵。這其中自然是經過了大痛苦的蛻變的，明顯地帶出了「非願為也，勢不能也」的意味。然而，歷史本來就是種不得不然的進程。到了今日，中國人也只有盡力拋卻情感上的歷史包袱，勇敢地面對這一種現實，恐怕只能在午夜夢迴時才偶爾回想到長安城的宮苑、揚州府的曲徑，忍不住淚沾胸臆。

工業化到底給人類的生活帶來了什麼樣的變化？這應該是一個值得一提的龐大問題。現代人的生活與工業革命前人們的生活距離之遠，幾乎可以拿新石器時代到工業革命前這漫長的二、三千年的差距作比。細數起來，可以舉出幾千幾萬種工業化改變了人類生活的細情末節，但最最顯而易見的則是工業化使機器直接參與到人類的日常生活中來。今日，人類的衣食住行，無一不與機器有關。機器文明的發生不但改變了人與自然的關係，同時也改變了人與人之間的關係。前者所引起的自然生態的變化，使人類面臨到前所未有的危機；後者則使人的日常生活和心態反應均發生了本質上的改變。

在一個工業前的社會中，人需要他人直接的服務。不但一個家族中的分子需要緊密團結，彼此提攜，就是在家族之外，也須有親朋的協助，或主僕的扶持；因此社會中形成以家族為核心的職業分工，因工作的性質不可避免地把人分成不同的階層：有治人的，有治於人的；有勞心的，有勞力的。然而工業文明一來，首先粗重的操作，由機器承擔起來；同時只要分配比較適當，人人都可享受到機器大批生產的成果，把以前為衣食奔波的光陰節省了大半，以從事自我教育與娛樂。多數的勞動人民確是從生活的絞索中解放了出來。又由於工業產品的豐富、社會福利制度的興起，漸使凝聚力最強的家庭失去了對個人做物質供應的效用。即使是失了業的人，其生活也由社會整體負起責任，並不累及他人。因此在經濟生活上，人漸成為一個獨立自主的個體。其次，人與人之間的服務，漸漸地變作間接性的，所有直接的服務都可一步步地由機器來代替了。人與人的瓜葛愈來愈少，其相與的關係反不如與機器來得密切。另一方面，工業所要求於工作人員的機動性與分散性，擊破了昔日聚族而居的舊傳統。在地緣上說，同一個家庭的分子，愈來愈少有接近的機會；在人緣上說，也愈來愈少有接近的必要。這也就無怪乎家庭竟逐漸地由大而小，由小而將消弭於無形了。在家庭破裂的同時，卻尚不曾產生其他的形式或力量足以使分散的個人凝聚起來，因此就外在的社會環境與社會關係而論，人是愈來愈孤立了。

再就內在的心態而論，現代人可說衝破了無數傳統的桎梏，獲得了前人所不可夢想的自由。然而為獲得這種自由所付出的代價也是相當慘重的。第一，作為工業社會經濟基礎的「自由經濟」其特性即在競爭；不但企業與企業競爭，個人與個人也在競爭；人一生下來就加入了競爭的行列。在傳統的社會中，由於階級的限制，不管一個人多麼努力，也難以打破階級的局限。多數人認命了，反倒可以過一種安分而輕鬆的生活。在自由的工業社會中，人人都覺得有往上爬的機會，是沒有人甘於安分認命的。目標則永遠定在遠遠的前方，所以鮮有人在有生之年達到自己預定的目標，也少有人滿意於自己奮鬥的成果。即使僥倖成功者，也難弛其緊張之心境；失敗者，則更不免灰心喪氣。就一個社會而言，成功者鳳毛麟角，失敗者比比皆是。就個人而言，一生中也是成功的次數少，失敗的次數多。因此，這種緊張而灰敗的心境，是現代人所具有的極普遍的一種面相。第二，客觀的環境既難以使人保持人際關係的親密與和諧，人只有退回來與自我相對，自己慢慢來咀嚼生活中所帶來的種種令人沮喪的況味兒。因為人人都有一本難唸的經，擔負自己的問題已經夠受，誰也沒有多餘的精力來照顧他人。人，於是逐漸變成一種自私與孤獨的動物。這種孤離的心境是現代人所具有的另一種極普遍的面相。

然而從另一個角度來看，現代人所獲得的獨立自由，使他不必諸事求人，更不必諂佞於人。人的一生除了在撫育幼雛時負一部分父母的責任外，對他人的負荷不重，因此不必為環境所迫多事遷就。從某種程度上來說，人人倒都有盡其自性的可能。其次由於現代生活所給予人的更多的反芻的機會及心理學上的貢獻，使現代人的自我意識大為提高，對人之為人的自覺顯出前所未有的靈明。

現代人的心態，不管是從正面看還是從反面看，都顯示出一種前所未有的孤絕的面貌。孤絕一詞，尼采（Friedrich Nietzsche），曾用來描述叔本華（Arthur Schopenhauer）的思想發展。前一個世紀中哲學家比較特殊的心態，不想竟成了這一個世紀中極普遍的世相，因為人與人的關係與親和感，在現在的社會中，已不再是結構性的必然，而成為一種突發性的偶然。所以現代人實在有些像在稠人廣眾中的夢遊者，大家都闔目凝思，各自朝前摸索前進。雖有的睜著眼睛，因過於沉迷於一己的美夢中，對他人也是視而未見，觸而未覺。又有些像獨行於荒野中的孤客，面對著荒山絕壁，高呼一聲，雖回音四起，仍不過是自家的聲音而已。知音在何處？雖跋涉千山萬水，竟不知有何目的與歸宿！不但在地緣上時時要以他鄉作故鄉，在人緣上也須時時以新知作故人。外在的世界對現代人而言是前所未有的游離而飄忽，只有在內斂自視的時候才會有些真實的感覺。因此現代人在人類史上成為空前的自我中心的族類。對他人的關涉愈少，對自己所負的責任則愈重；因為人人都了解到，在這個世界上大事臨頭時，沒有任何人是可資庇託蔭護的，只有用自己的雙肩承接起來，自己為自己負責，絕不累及他人。一身無所牽掛，傲然獨立於天地之間，其氣魄遂亦具有前所未見之悲壯。

這種在稠人廣眾中孤立起來的現代人，正因為其失羣獨飛的狀況，情感上的衝動因為失去了倚附的關係，就比工業前社會中的傳統人來得更為強烈。企望與人溝通與追求所愛的心情以及企求為人所了解所愛的心情，不管在多麼冷漠自嘲的偽裝中，都會令人覺得火炭般地炙人。但這種強烈的衝動卻在現實生活中遭受到極大的壓抑。其壓抑的性質雖與傳統社會中的大相逈異，所遭受的力量卻並未稍減。現代人情感上所受壓抑的主要來源有二：一是父母情意的巨大影響，二是性愛內容與對象的不穩定。

在傳統的社會中，父母只是家庭成員中的一部分。除了父母以外，還有祖父母，其他與父母同輩的關係人，父母情緒的波動不容易全部影響到兒女的身上。此外，父母與子女的關係在任何工業前的社會中都為某種傳統的儀式所限定輸導，自有其一定的分寸與範圍。然而在當代的社會中，父母成了兒童發育期所遭遇的唯一的權威與愛情的象徵，傳統的限定與輸導父母子女間情緒的儀式又遭到徹底的破壞，父母對子女可以肆意而為，子女所受到父母的感染遂百倍於前人。因此一個人一旦成人，即迫不及待地擺脫了父母的羈絆，由著一己的意願及機運漂流四方，自由又孤獨。可是童年的記憶常成為終身不可擺脫的烙印，幾主導了一個人一生情緒發展的方向。

再說性愛的內容與對象的問題。在傳統的社會中，性與愛常常是可分的，即所愛者不一定是性行為的對象，而性行為的對象又不一定是傾心相愛的人。在那種情況下，人的最大苦悶是性與愛的分離，人的最大願望則是性與愛的合一。今日由於性行為的開放，性與愛一般獲得更多合一的機會。本該稱心如意了，但新的問題又隨之而發生。因為性是衝動的、激烈的、暫時的；愛卻是漸生的、纏綿的、持久的。當這兩種極不相同的性質合而為一時，不是前者受到後者的拖累而失去了其衝動的刺激性，就是後者受了前者的牽連而蛻化為激情之一瞬。在這種新生的情況下，人的情緒的波動同樣遭受著挫折與壓抑。至於愛的對象，今日較之於傳統的社會形成了幾乎可以說無限的擴展。在傳統的社會中，一人一生中愛侶的對象非常有限，不是表兄妹的圈子，就是世交之後，再不然就是媒人眼中的門當戶對。人的選擇有限，心自然也較為安定。今日則不然，由於交通的發達和自由平等觀念的普及，不但打亂了階級與種族的鴻溝，甚至於超脫了年齡與性別的障礙，幾乎到了人人皆可得而愛之的地步。愛的對象竟如超級市場的貨品一樣繁多得亂人眼目，人人如置身於萬花叢中，不知何取何捨。今日孤絕的人所遭遇到的愛的問題，在人類的進化史上又展露出另一種與前不同的面貌與性質。我不知是否有所謂抽象而永恆的愛；即有此種愛，也必得藉著具體的環境與人我關係表現出來。對傳統人而言，食是一個重大的課題；對現代人而言，心靈的飢渴是一個重大的課題。唯其物質上少有匱乏，則精神上的荒旱遂愈形彰著。

當社會關係與人際關係成為如此的一種景象，對個人而言便成為一種外在的無能為力的處境。一切英雄式的奮鬥與掙扎，到頭來只落得西塞佛斯（Sisyphus）般的命運。然而面對著荒謬絕倫的前景，仍不失其生活的勇氣，便是西塞佛斯一而再地推石上山的最根本的意義。因此，生命中的意義與希望，恐怕只有在面對了生命本身，在親臨了生活的甘苦以後才能產生的吧！

在這種客觀的人際關係的大變動中，作為主觀的藝術形式之一的文學，自然也起著巨大的變化。寫實主義所表現的那種複雜的社會關係與人際關係漸漸成為歷史之舊夢，浪漫主義的英雄美人則更早已流為荒誕之空想，於是文學便漸有從對人事做外觀的素描而走入內在的省察的趨向。弗洛依德（Sigmund Freud）在心理學上的貢獻更成為滋潤這種傾向的有機養料。作者的注意力遂也漸由社會之廣進入人心之深。廣義地來說，這種對人的感覺世界的描述與對人心內在之體察，也可稱之謂一種「內在的寫實」，或「主觀的寫實」。但從另一個角度來說，則世間本無寫實之作品。一切作品，包括自詡為客觀寫實的作品在內，無不是由某一種特定的角度，以一種特有的態度，對人事所做之觀察與記錄。因為「真實」之本象非但不是任何藝術作品所可涵蓋者，抑且不是某一個人或團體所可把握得到的。就以人類的進化史而論，斯賓塞（Herbert Spencer）的樂觀的社會進化論，或斯賓格勒（Oswald Spengler）悲觀的文化滅亡論，無論多麼動人心弦，都不過是一偏之見。達爾文（Charles Darwin）的進化論，雖為大多數人所接納，但也只算是一種永不能證實的假說。即使世人認為最足以解釋說明物質世界的自然科學，其實不過是由某些相沿而來的概念組合而成之範型（paradigm）。當新概念一出，很可能打破舊有之範型，而從另一角度來重新認知世界之真相。自然現象如是，社會現象更無足論矣。所以不論多麼寫實的作品，究其極致，也並非純客觀之寫實，不過是較為俗氣的意造而已。在文學以外的藝術，無論繪畫或音樂，均不以模擬實物為尚。繪畫排除對實物之攝影，音樂鄙棄對實聲之擬似，無非貴在創造。藝術者，對真實素材之重新組合，另創新境之謂也。文學何又不然？真正有創意的作品，絕不是對現實世界根據約定俗成之觀念做步趨之描摹，而是以作者獨有之觀念對素材重新排列組合另造成一新世界之成品。此一新世界雖以現實世界為藍本，但絕非現實世界之再版。否則文學大可不必存在！

文學作為一種主觀的創造正如人生是一種主觀的過程。每一個人在生活中都是一個參與者，而不是旁觀者。參與的態度縱有積極消極的差別，其為參與則一。在參與時自然會發生種種可喜可悲的遭遇，而引致極大的情緒上的波動；這種波動的過程就是一個人生命的過程。人的內在情緒波動的張力，我以為就是當代最能觸動作者心靈的重要主題。一個作者不止在描寫這種張力，而也在體驗這種張力，藉著一支筆，泯除了人我以及過去與現在的隔閡，直接生活在情緒的波動中，為所創造的人物之喜而喜，為所創造的人物之悲而悲，到了作者與所創造的人物不可分離的地步。因此，就創作的過程而言，一個作者對所創造的對象，恰如一個演員對所扮演的角色。寫武松，作者就是武松，寫潘金蓮，作者就是潘金蓮。所以寫作的態度也就該遠離了旁觀的態度或批評的態度。而成為一種參與的態度。沒有一個作者敢於自詡高出於世人之上，故犯不著自作狂妄予人教訓，或自欺欺人地為世人指出一條光明的大道。真正有益的教訓是生活中的自我教訓與反省，包括作者與讀者二者在內。光明大道也須由人自行尋求。

如果文學的目的不在警世喻人，那麼文學又有什麼目的呢？我以為正如其他藝術，文學的唯一目的不過在宣洩感情、表達自我，進一步求取他人之了解與同情而已。在較古的文學中，這種求取了解與同情的態度，不免雜有藝術在初民的社會中媚神的遺傳，帶有取媚於世的意味。然而在人已從神的威權中解脫了出來的今日，藝術文學的創作也就溢出了向外求媚這一衝動，而成為一種較獨立的自我表現。

在最近的一個世紀，隨了工業的發展與個人生活的孤立，文學在發展上呈現出一種由外而向內收斂的趨勢。因此文學上所素重的描態摹狀的技巧亦漸為蓬勃自發的感性流露所凌越。從這一點看來，文學在創作的態度以及表現的方式上倒要與音樂、繪畫等藝術匯流了。

如果人的社會關係、人際關係沒有從舊有的範疇中解脫出來，蛻化出來，現代的文學也不會從社會之廣進入人心之深，從理性為主轉化為感性為高。這種現代文學上的新形貌，實在也就是現代人孤絕感的一種藝術上的反映。因此世界上最近這幾十年的文學，不但不同於上一個世紀，甚至於與前幾十年相較，也有一段很大的距離。前人之不可師，不在其藝術上之成就過於高大，不可企及，實乃由於時過境遷，前人所依附為藝術創作之種種關係已不復存在，後人之創作自須從當下的土壤中培育起來。如現代人的心理情貌多半是孤絕的，那麼在文學作品中也就難以拋卻孤絕人的形影了。就如卡繆（Albert Camus）的彳亍於北非的異鄉人，不獨是戰前法國人及其他歐洲人的心理縮影，抑且是在工業化的社會中疏離了的他鄉人的共同的心態。若就這一點而言，這個集子中所寫的現代人的心貌與處境，則竟不必為其所處身的城市或國家所限。實際上現代人不管處身何地，都可能遭受著其中某些一般性的問題，具有著相類的感覺。

雖然這些問題只是現代人所遭受的一部分問題，甚至於孤絕之面貌也不過是從一種觀點而來的印象，但我竟想不出如何描繪全貌的方法。一個作者不但受著一般性的生理感官的局限，也必定受到時、地及個人經驗的局限；企圖超越這種樣式的局限，恐怕是妄費力氣的吧？其實，我覺得這類的局限不但不是創作上的障礙，反倒正是在創作上所可附託之處，也是創作上所應具備的條件。譬如我們觀察一棵樹，在同一時間同一地點便無法看到樹的四面。即使我們繞行這棵樹一周以後，仍不能獲得樹的全貌，因為我們之所見與進入樹身的蟲蟻或盤旋樹蓋的鳥雀仍是兩樣。縱然我們更進一步取得了蟲蟻與鳥雀的觀點與感覺，仍不過只是樹的外觀而已，怎能說已經把握到樹的本質了呢？看到樹的四周的人來笑看到樹的一面的人，也不過是以五十步笑百步而已。如果我們竟企圖把握這棵樹的表裏實幻的全質全貌，我們不但得不到這棵樹的明確形貌與概念，必定也終將失去了有限的自己。沒有了作者（雖然是有限的），還有什麼藝術作品可言？所謂藝術，大概都是局限中的產物，正如人生無不是局限在某歷史的過程中。這恐怕是不容爭辯的事實。因此，只要把一種觀點透徹動人地表現出來，應該就是值得令人欣賞的作品了。我這樣說，只是說明我自己努力的方向，倒並非以為自己的作品已經達到了透徹而動人的水準。

這個集子所以取名「孤絕」，並不是因為作者對集中所收〈孤絕〉一篇有什麼偏愛，而只是因為孤絕一詞對現代人的心態有十分的代表性與概括性之故。其他諸篇既也是抒寫現代人心態的，多多少少也就沾染了類似的色澤，雖然間或也取了不同的觀察角度或攙雜了其他的顏色，但此一色澤卻是主調。

不管作者或讀者，面對著現代的孤絕人，恐多少都有種悲涼的感覺。但這種感覺卻不能構成道德上的評價標準。藝術的創作是超出於道德評價之外的，正如歷史的流轉是超出於道德評價以外的一樣。現代人的孤絕只是一種生活的面貌與心態，人生並不會因孤絕而墮落，也不會因孤絕而超拔。生活仍是生活，而任何生活中的面相都如錢幣之兩面，正負相倚，不可分解。

這篇代序的目的，除了從社會演化的觀點略微解析何謂孤絕的人以外，就是想告訴讀者作者對文學的一點淺見和寫作時所抱持的一些態度。

一九七八年十月於維多利亞

目次

父與子

「呵！還不賴，居然賽個平手。」爸爸一面喘著粗氣，一面這麼斷斷續續地說。說完了，就依在游泳池邊繼續喘氣。

他卻若無其事地兩手攀著池邊，頭埋在水裏，兩腳撲通撲通地打了一陣子水。他抬起頭來的時候，看爸爸正望著他，就詭祕地笑著說：「爸爸是老當益壯！」

「小鬼頭，慣會玩花樣兒，當爸爸看不出來呢！」說著輕輕地在他頰上拍了一掌。

二十五歲的人了，在爸爸眼裏還是小鬼頭。剛才爸爸說比賽的時候，他就存心慢慢地游，免得像上一次爸爸趕他趕得上氣不接下氣的。

爸爸的確老了，半年不見，額上的皺紋似乎又加深了許多，頭髮也幾乎全白了。爸爸這麼看著他的時候，他注意到爸爸的白髮濕漉漉地搭在腦後，兩鬢的髮腳顯得特別的白，額上的皺紋深深地切下去，好像把眉毛都吊上去了不少；有幾根特別長的壽眉，差不多觸到髮際。鼻端兩旁的紋路特別深陷，沿著嘴角直垂下去，使爸爸的臉上顯出些悲悽的表情。

不知為什麼他忽覺一陣心酸，眼前立刻朦朧起來。二十年前爸爸也站在同一個地方，那時候爸爸的髮一點也沒有白，臉上似乎也沒有皺紋。爸爸拉著他的兩隻小手，他便兩腿撲通撲通地打著水花朝爸爸游過去。

「頭抬起來！兩腿用力！不要彎曲！頭抬起來！」

他有點怕，怕一下子沉下去，怕把頭埋在水裏。但覺得爸爸兩隻有力的手托住了他的手肘，就大膽地朝爸爸游過去。他想一下子就鑽進爸爸的懷裏。可是他越往前游，爸爸就越朝後退，差一點就要哭出來了，這時候爸爸忽然用力一拉，他就順勢摟住了爸爸的脖子，緊緊地貼在爸爸寬闊的胸膛上。這一下子可好了，再也沒有沉下去的危險。爸爸的臂彎過來摟著他的兩腿，他的頭枕在爸爸的肩上，感到無比的幸福。

他把頭埋進水裏，又抬起來，趁勢揉了揉眼睛，爸爸沒有注意到什麼。

「爸！要不要再賽一程？」他說。

「算了吧，年紀畢竟到了，哪能不認輸？你現在玩的花樣，還不是那時爸爸玩過的？」

爸爸的話不錯，他還記得十五歲以前他總賽不過爸爸，可是爸爸常常故意慢慢地游，以便跟他同時到達岸邊。他為了好勝，就大叫著：「我贏了爸爸！我贏了爸爸！」心中明知道爸爸是故意讓他的。現在他似乎成了爸爸，而爸爸反倒成了十五歲不到的孩子。

「再賽一程麼，也許你會贏的。」他又說，一面詭祕地眨眨眼睛。

「真是小鬼頭！」爸爸笑了。他看見爸爸左邊的臼齒缺了兩隻，也沒有補。

「我看，咱還是各游各的吧！」爸爸說：「你有的是精力。你去跟你們那些年輕的到那邊游，我在這邊活動活動腿腳。」說著爸爸就一頭扎下去，慢吞吞地游他的蛙式。

他愣了一會兒，也把頭埋進水中，兩臂朝前划去。他沒有到另一邊去，卻跟在爸爸的身後慢慢地游著。

這樣游了兩、三個來回，爸爸又停下來站在原來的地方休息。他一個猛子扎下去。直到碰到爸爸的腿才冒上來。爸爸一手搭在他的肩上，把他好好摟了一把。他側過臉去，因為距離太近，他甚至看到了爸爸耳朵裏也有幾根灰白的毛髮。他兩手掬出水面，真想一把摟住爸爸的脖子，就像他幼年時做慣了的樣子。可是他的兩手又軟嗒嗒地落回水中。爸爸的手仍然搭在他的肩上。

「爸！」他叫了一聲。

「嗯？」

「人為什麼會長大？」

爸爸詫異地瞪著他，然後撇了撇嘴說：「人不但要長大，還要老。為什麼？誰知道？」

「爸，你還記得，我小時候總說不要你老？」

「怎麼不記得？你那時候希望自己快一點長大，卻又不要我老。」

他又轉臉瞥了爸爸一眼，白的髮，皺的臉，爸爸真的老了！

「現在真的長大了，卻又覺得還是小時候好。」

「小時候無憂無慮，現在又顧工作，又顧戀愛，生活很緊張是不是？」

他笑了。

「怎麼？跟珍妮還處得來吧？有沒有結婚的打算？」

結婚？他真想笑出來。結婚？他才不過二十五歲！他才不會去想這種問題！

「爸你最近有沒有見過媽媽？」

「沒有。」爸爸的臉色沉下了一點。「一年沒見了，也沒見過她的先生。」

「爸，我問你個問題……你可別見怪！」

他說這句話的時候，沒有抬起眼來，但卻覺得爸爸的兩眼正灼灼地瞪著他；而且縮回了搭在他肩上的手臂，現在兩臂交叉在胸前。

「爸，」他繼續道：「你現在到底後不後悔跟媽媽離婚？」

爸爸沒有立時回答，他就抬起眼來看爸爸。爸爸正瞪著他面前的水波。水波盪呀盪地閃著些灰藍的光彩，他有點後悔問出這樣的問題。可是爸爸開腔了：

「你要我現在說麼？你要我說真心話麼？好在你也是二十幾歲的人了，你也不是小孩子了，你早懂得什麼是人的感情的微妙處，你也比較客觀了，對不對？」

他點了點頭。

「就是對你自己父母的事，你也能比較客觀地看待，對不對？」

他又點了點頭。

「好！我可以告訴你，我不後悔！」

他像被人扎了一針，鼻子酸酸的。

珍妮仰起頭來，用期待的目光盯著他的眼睛。她的門牙有點兒突出，可是他不在乎，他覺得她很好看。他俯身吻她的唇，她就閉起了眼睛，關住了她那期待的目光。

「我不要佔有任何人，我也不要任何人佔有我。」他對自己說。

「我不要你心裏覺得難過，」爸爸又繼續道：「你既然問出這樣的問題，我想你自己是個成熟了的男人，所以我應該實話實說。我不後悔離婚。為什麼呢？兩個人因相愛而結合，卻並不一定因失愛而離婚。」

詫異地看了爸爸一眼，他覺得有些胡塗。

「我愛你的媽媽，我現在仍然愛她，可是我並不後悔我們離婚。你覺得很奇怪吧，其實說開了也很簡單。愛並不一定代表熱情，更不代表肉體的欲望。我愛你媽媽的人，她也同樣愛我這個人，但並不妨礙我們失去了熱情與彼此肉體的欲望。到我們不能再有任何肉體關係的時候，繼續同居便成為一種嚴酷的負擔。」

他背靠著的游泳池的瓷磚沁心的涼，但他並沒有移動分毫，只緊緊地咬著下唇。

一個陰霾的冬日，爸爸拎了兩只皮箱預備出門。媽媽、姊姊跟在爸爸的身後，到了門口，爸爸放下皮箱，回轉身來把他擁在懷中，貼在他臉上的爸爸的臉是一片濕漉。他也不知所以地嗚嗚咽咽地哭起來。爸爸捨了他，又去擁抱姊姊，然後是媽媽。媽媽原來堅忍著的臉，這時忽然鬆落下來，眼淚跟著嚎啕一齊併發，爸爸就毅然地推開了他們，兩隻有力的手堅定地拎起了皮箱，頭也不回地朝停在路旁的爸爸的汽車走去。媽媽這時早已跑回她的臥房，緊閉了房門，只有他跟姊姊站在客廳的窗前，望著爸爸的汽車絕塵而去。他咬著下唇，努力對自己說：「不哭！不哭！」

那時他十一歲，姊姊十五歲。爸爸媽媽早已告訴他他們已決定離婚，只是他還弄不大清楚離婚到底代表些什麼意思。後來他才知道，離婚就等於爸爸不再跟他們住在一起了。不過，他仍然時常看見爸爸。隔些時候，爸爸就來看他們一次。爸爸比從前更和藹可親，有時帶他跟姊姊去看電影，有時帶他們去騎馬，有時帶他們去游泳。後來姊姊大了，住在大學裏，便少跟爸爸出去。他卻仍喜歡跟爸爸一塊兒去游泳。

「我們分開之後，對誰都好，是不是？」爸爸等他的回答。

他想說「不一定」，可是他終於什麼都沒說，只勉強擠出一個苦笑，就一頭扎下去朝年輕人速游的那邊游去。他立刻加入了速游的行列，兩臂快速地在頭前划著，兩腳在身後打起了一團水花。身下的水湛藍湛藍的。有一線陽光斜斜地穿窗而入，使湛藍的水中這裏那裏地閃出些晶亮的燐光。

他越游越快，喘著粗氣。

珍妮在他身下也喘息著，呻吟著。她的頭左右搖擺，棕色的髮便散了一枕。他一時間像飛騰起來，卻一剎那就跌落在她的柔滑的胸上，像一只失了風向的風箏從半空中猛可地直扎下來，重重地，連呼吸都停歇了似的。腦子裏的血漿像荒漠海灘的浪潮，湧上來，又落回去。他好像在死的邊緣掙扎。

他感到珍妮的兩手慢慢地掬到她的胸前，掬起了他的疲軟的頭，用力地吸吮他的唇。

他感到一陣暈眩：「我不要佔有任何人，我也不要任何人佔有我。」

「我愛你……我愛你……我愛你……」珍妮喃喃地說。

他的手觸到了岸邊，便藉勢停下來喘氣。他還有的是力量，只是游得太快，呼吸有點接不上。

有另外一個年輕人也停下來，對他咕嚕了句什麼，他也沒十分聽清楚。不知為什麼，今天他沒有與人搭訕的心情，就回了對方一個微笑，馬上掉轉頭去。穿過泳池上的水氣，他在搜索著爸爸的身影。那邊有好幾個人頭浮在水面上，但好像都不是爸爸。他就趕緊游過去，一個個地細看。有幾個白髮的老頭，果然都不是爸爸。奇怪，爸爸竟一個人不聲不響地走了？

他立刻跳出泳池來，小跑著跑到更衣室去。他看見爸爸正站在一個水喉下淋浴。

「你怎麼一個人不聲不響地就走了？」他帶點責備的聲調說。

「看你正游得起勁兒，我想先穿好衣服，出來抽袋菸，再等你。」爸爸在水喉下回答說。

他也去取了自己的衣服，然後站到爸爸身旁的另一個水喉下。看他脫去泳褲的時候，爸爸齜著牙笑了笑。這使他想起幼年時每次爸爸要他脫去泳褲好好地沖洗，他都不肯脫。有時爸爸自己動手，他就用力拉住，不准爸爸扯下來。爸爸離婚前，好像他並不怕爸爸看他的光屁股。他還記得有時跟爸爸在同一個浴盆裏洗澡。可是自爸爸離婚以後，他忽覺對爸爸有些異樣的感覺，就不願再在爸爸面前赤身露體了。

「今天的人真不少，天氣漸寒了，沒有什麼戶外運動可做。大家都擠到室內泳池裏來。」爸爸一面往自己身上打肥皂，一面叨叨地說。

他這時才看見爸爸的胸前腰身上也佈滿了皺紋。再望下看，爸爸的生殖器也皺作一團，好像一顆黑色的蠶豆藏在一叢灰不溜丟的敗葉裏，竟不是他記憶中的模樣。他不禁掉回眼光來看自己的下身，自己是肉紅的長長的垂下去的一條。他還記得真真的爸爸以前替他在那裏打肥皂時的那種癢癢的快感。他忽然抬頭，不意中看到爸爸的眼光也落在他的下體上。他忽覺一陣臉熱，就背過身去，卻聽爸爸在他身後說：

「現在不怕脫褲了！」

他覺得一陣厭惡，想不到爸爸有時也會這麼粗俗！

這時爸爸已經沖洗好了，出去穿衣服。他就飛快地沖洗了，又盡快地穿上了衣服。爸爸還在慢吞吞地穿鞋子。他看見爸爸彎下身去的樣子頗為吃力，就蹲下去替爸爸繫好鞋帶。爸爸看他動手，索性直起腰來由他做去。真的，現在他似乎成了爸爸，而爸爸成了以前的他。

他們穿好衣服，他把兩支衣架交回寄衣處。他又替爸爸端正一下那頂戴了多年的毛線帽子，兩人才走出去。

他們坐進汽車後，發現因為天氣漸寒的關係，車窗上覆了一層白色的水氣，他就開了馬達，又開了暖氣，等車窗上的水氣退去。爸爸掏出他的菸斗，點燃了，靜靜地吸著。隔著水氣，他模模糊糊地看到一輪夕陽夾在灰黑色的雲堆裏懨懨地沉落下去。

他忽然打了個寒噤。已經十一月了，說不定哪時就會落下雪來。

「爸，」他低聲卻著力地說：「你一個人不覺得寂寞？」

「有時也會，不過也早已習慣了。」

「爸，你要不要搬來跟我同住？」他這樣說了，卻不敢抬頭去看爸爸的臉色。

「不太方便吧?也許說不定哪天你要跟珍妮結婚呢!」

「不，爸，我不會結婚的!」

「為什麼?」爸爸平靜地抽著他的菸斗這麼問。

「不為什麼，我只是不願意結婚!」

過了好一會兒，爸爸慢吞吞地說:「我希望不會是因為我們吧?不會是因為我跟你媽媽的關係吧?」

他猛力地搖了搖頭，卻再也忍不住，反身撲在爸爸的膝上嗚咽地說:「爸，我不要你老!我不要你老!」

一九七六年六月於溫哥華

陽台

輕輕地拉開通往陽台的玻璃門。

他的手觸到黑漆鐵欄的時候，感覺沁心的涼。

夕陽在冷空氣中凍僵了似地嵌在那座大樓的一角。樓後面的海水穿過一層薄薄的霧氣，反射出好大的一片朦朧的金光。金光的後面是一片——更大的一片血紅；天空的血紅，海水的血紅，漂浮在深不可測的宇宙的黑暗中。

多美麗的晚霞！多美麗的黃昏！然而最美麗的應該是黑暗——宇宙的基本色澤，像死亡一樣大張口地吞噬著一切短暫的變色！然後一切趨於寧靜，那應該便是永恆！

一眨眼的工夫凍僵了的夕陽就被大樓吞食了，金光血紅都漸漸地淡弱下去，一種遮天蔽地的陰影無聲無息地打四面八方捲摺而來。黑暗終於來了。沒有星，沒有月，然而也並不是徹底的黑暗。在黑暗中一切都顯得更為具體而透明。樓房、街道、樹木，以及遠處的海水都清晰可辨，只是沒有了顏色，都是一式灰溜溜地在死寂的冷空氣中凝定著。這種死寂充滿了令人窒息的張力。

他張大口，像在叫喊的樣子，可是沒有聲音從口裏出來。他回轉身，通往客廳的玻璃門已經關閉了。他抓緊門上的把手猛力搖撼，沒有聲息，也沒有力量從他的手上傳達到門的把手上。他就明白了，那時刻又到了。

他再回轉身，手一觸到黑漆的鐵欄杆，那冷氣就像吸鐵石似地把他的兩手吸附在上面。嚇了一跳，他沒有力量把手拔起來。他心想如果真的施盡了力量硬生生地拔起，恐怕要把手上的一層皮拔掉了！但實際上他施不出任何力量，他只有囚徒似地挺立著。

忽然，身後有人嗤地一聲笑。他毛骨悚然地扭轉頭去，就看見了她，坐在陽台一角的那張搖椅裏，身體慢條斯理地前後搖動著。

「我知道你並不多麼想看見我。」她說。

他有些氣惱，兩手用力一拔，居然竟從鐵欄杆上沒有傷筋動骨地把手輕易地拔了起來。他感覺到手心熱騰騰地，就一面搓著手，轉回身來。他忽然看見自己的兩手都冒著熱氣。為了免她看見，他就放到身後。這次提高了警覺，不去扶那鐵欄。

她畢竟還是看見了他的手。「手熱的人心涼！」她說。

他沒有作聲，上下端詳著她。她還是生前的模樣；只是臉蒼白得厲害，因為沒有了顏色。

「我知道你並不多麼想見我，」她又說：「可是我還是要回來，因為我想我們還有些事情沒有完全了結。」

他仍然不作聲，只怔怔地望著她。她的髮隨著她身體的擺動，無風自動地向兩邊飄起。

「你仍然愛我，是不是？」她又說。

他搖了搖頭。

她別過頭去，裝作沒看見。「我知道你仍然愛我；要不然為什麼你每天站在這裏？天這麼冷，沒有一個人再留在陽台上。」

「我看風景。」他終於急促地說：「看太陽落下去。一次一次無可挽回地落下去。每一次我都想，這是最後的一次了吧？不會再升起來了吧？可是過了段時候，太陽又出來了，所以我又來看它落下去。」

「就像我們那次站在這裏看太陽落下去，以後我就沒再看見它升起來。」

「呸！」他用力啐了一口。他想啐到她的臉上，可是被她躲開了。他仍然恨恨地盯著她。

「你的火氣還是那麼大！你是一個不懂得原諒人的人！」

「原諒你？」他怒氣沖沖地說：「你不想想？你才是一個完全沒有心肝的人！你用死來

要脅我！你以為你活著的時候還沒有把我折磨透？最後還硬要我恨你一輩子！」

「要是你恨我，至少表示你還愛著我。」

「別作夢吧！打我離開你的那天起，我就不再愛你了。我只不願明明白白地告訴你。」

「為什麼不明明白白地說出來？」

「我怕……」

「怕什麼？」

「我怕傷害你。」

她冷笑了一聲。「傷害一個你並不愛的人又有什麼關係？」

「因為那時候我還沒有這麼恨你。我想我離開了你，你自然明白我們的關係是完了。我們都可以重新開始，自己走自己的路。」

「你並不管我是不是仍然愛你？」

「愛我？別說笑了吧！我們一起生活的這些年，你有一時一刻叫我感覺到你在愛我嗎？你除了重重地贅在我身上之外，你有沒有想到我也有我的愛好，我的願望？你為了我的愛好與願望做了些什麼？」

她垂下頭去，用手拭她的眼睛，可是並沒有眼淚流出來。她似乎哽咽地說：「也許我做的不夠，也許我沒有注意到你的愛好，你的願望，不過我仍然是愛你的。」

他更覺氣憤了，粗聲地說：「那是什麼愛？那哪裏可以叫做愛？那不過是一種基本的動物的欲求，你需要我滿足你的動物的欲望。你愛我，因為我是你滿足欲望的工具！」

她陡地站起身來，兩手支在玻璃門上，身體顫動得厲害。在玻璃門的反照中，他看見有些黏黏的液體打她的嘴裏流出來。她一面咳嗽，一面用手帕拭那黏黏的液體。過了好半天，她才平靜下來，又坐回到搖椅裏去。

他覺得很好笑，這一切都好像演戲一般。不過他是一個太過認真的演員，他把他的情緒都放了進去，他自覺他的心因激動而通通地跳個不止。

「你為什麼要說這些粗話？」她盡力裝作平靜的態度說。

「這是粗話嗎？這不是！不是!!這是實在話！」

「可是我並不像你所說的那麼糟。我並不是只為了滿足自己，我也努力想使你快活。只是我不知道為什麼我愈是想使你快活，結果反倒使你更不快活。」

「那是你根本不懂我的愛好和需求！」

「我知道，我知道你的愛好和需求。可是我也有我自己的。為了愛你，我可以忘了我自己。不過那樣的話，我自己漸漸地就不存在了，我只成了一種行屍走肉，只成了你的影子。我忽然發現你對我漸漸冷淡起來。我也明白，誰會愛一個沒有實體的影子呢？所以我想我應該找回我自己。難處是一找回我自己，我就發現我不能再愛你，因為你不是我需要的那種人。」

「我並不妨礙你去愛別人。愛不是可以勉強的。」

「然而我絕不願那麼做。我愛你，因為我情願愛你。這種願望是非常非常強烈的。甚至於強過我自己的生命。你看，我怎麼能解決這樣的矛盾？」

他默不作聲地來回踱著，兩手交握在胸前，把手指壓得咯咯作響。

「這是瘋狂！這是瘋狂！」他終於說：「你應該自己知道你該愛誰，你可以愛誰，愛一個可以使你快活，同時你也可以使他快活的人。」

「這個人就是你！」她冷冷地說。

他怔了一下，停下步來，頭激烈地搖著：「不！你在騙你自己。你知道你不可以使我快活，我也不可以使你快活，因為我們是那麼不同的兩種人。我們在一起，只有彼此折磨，而得不到任何快樂。」

「如果我覺得我們相愛，就是你給我的折磨！也是一種快樂。」

「啊！」他失口叫了出來：「這是什麼話！要是你的話是真的，這是一種病！病！你懂嗎？這叫做自虐病！犯這種病的人，他的存在的理由就是為了自尋苦惱。噢，我明白了，我終於明白了，我為什麼那麼決然地離開你，因為我是一個乾乾淨淨的人，我受不了你這種自虐病。我明知道我離開對你的打擊有多麼大，我也想到你會因此……」

「因此而死。」她接口道。

「是。我早預想到你的死，可是我仍然決然地離開你，因為我要追求快樂，我不要一輩子都在痛苦折磨中度過。」

「我也要追求快樂，我也不願痛苦！」她反駁道：「我可不要像我的父親一樣。他一輩子沒有快樂過。他一輩子只是媽媽的一個影子，靜靜地坐在客廳的一角，搏弄著手中的酒杯，掛鐘滴答滴答地走下去，一天、一月、一年，幾十年就這麼滴答滴答地過去了。他的髮白了，臉皺了，他仍然靜靜地坐在客廳的一角，搏弄他的酒杯。沒有人注意到他想些什麼、他要些什麼、他希望些什麼。他好像是從來不曾存在過似地。我不要像他，我不要那樣過一輩子！我不！我不……」她開始啜泣，聲音幾乎哽住了，但是仍然沒有一滴眼淚流出來。

「你不一定像你的父親，你也可以像你的母親，或者誰也不像。」

「可是我像我的父親，那似乎是沒法子逃避的。我要做你的影子，像我父親做我母親的影子一樣，這樣我才覺得安全。」

「你剛說過那樣並不是你自己，你自己並不是那樣的人。」

「不錯。我還記得五、六歲的時候，我是那麼一個活潑自信的小女孩，我知道我做什麼，我知道我要什麼。忽然……也許不是忽然！而是漸漸地我發現了我的父親。我覺得那麼愛他，又覺得那麼可憐他，最後又開始恨他。我也弄不清我對他抱著怎樣的感情。他佔有了我全部的心靈。我愈是怕變成他那種模樣，就愈覺得非要變成他那種模樣不可了。」

「你並不像你的父親。」

「我一輩子都在努力掙扎不要像他。然而最可怕的終於發生了：我如果不像我的父親，我發現我就不能再繼續愛你。你明白麼？我並不怕你不再愛我，如果我依然愛你，我還是有力量活下去。可是一旦發現不再愛你的時候，我就覺得我整個人都乾涸了，在這個世界上我一無所有了，生命對我還有什麼意義？」

「所以你選擇了死！」他冷冷地說。

「是，我選擇了死。」

「不過死並沒有解決問題！」他幾乎是咬牙切齒地說。「你看，你仍然回到這裏來，對我說這些個。你想你一死我就會痛苦一輩子，悔恨一輩子。不過你錯了，打我離開你的那天起，我就不再愛你了。你就已經走出了我的生命；我也走出了你的生命。我們已經是不相干的兩個人。」

「你說的可是真話？」

「當然是真話！我沒有騙你的必要。」他陰險狡黠地直視著她：「我早就看透了你。你不但患著自虐病，而且還患著虐人病。你折磨自己還不夠，你非要把我弄到像你一樣的地步才甘心！」

「你弄錯了。」她平靜地說：「我從來沒有想到叫你痛苦，我只是努力為自己找尋一條出路。我知道問題的癥結在哪裏：我必須接受我自己，一個不像我父親的我自己，一個不再愛你的我自己，一個沒有你仍然可以勇敢地活下去的我自己。可是這個我自己在哪裏？這不可能只是一個飄在半天空的抽象的鬼魂！」

「你不是去看過心理分析醫生嗎？你不是早已了解清楚你的問題了嗎？」

「沒有。他們幫我想，幫我回憶，給我開放一扇通往過去的門。可是我走進去的時候，看到的仍是靜靜地坐在客廳一角的我的父親，聽到的仍只是滴答滴答的掛鐘的聲音，再也沒有別的。」

「問題仍在那裏。」

「是。問題仍在那裏，所以我回來，回到你這兒來。我想你可以幫我一個忙。」

「我？」他驚奇地瞪大了眼睛。「我又不是心理分析醫生，我能幫你什麼？」

「你是唯一的一個可以幫助我的人。」

她站起身來朝他走過來。他先是迴避地急退，然而陽台的欄杆擋住了他的退路，他不得不奮力地面對著她的逼迫的眼神，喃喃地說：「我能做什麼？」

「因為在這個世界上你是唯一的一個人可以傷害我，而且你已經傷害了我。」

「我傷害了你？」

「你傷害了我。我是因你而死的。你知道，你明明知道我是因你而死的。你在深深地內疚。你只是不敢面對這種痛苦，才裝作不再愛我。你知道這是多大的謊話！你愛我，你仍然愛我。說！你愛我！」

他忽然狂叫了一聲，撲在她的懷中。他感到她的冰冷的臂環在他的頸上，她的冰冷的手指撫摸著他的後頸。

他也回抱她，撫摸她的頭，她的背，都冷得像冰，他覺得他的手指漸漸地僵硬起來，但是忽然！忽然……她顫抖起來，她的嘴大大張開，她的臉開始絞曲變形，她的身體也開始收縮。他發現他懷抱的不再是冰冷的她，而是一個五、六歲大的女孩子。

女孩兒的臉掛滿了眼淚，眼睛因哭得時間太久顯得疲弱而無神，嘴微張著，每隔幾秒鐘身體就因啜泣的關係而抽動一次。他忍不住地用手指在她的腮上、額上輕輕地撫過。女孩兒的模樣那麼讓他心疼，他忍不住俯下身去吻她的臉腮，舐去了她奔流不止的鹹鹹的淚水。女孩兒就把兩手緊緊地勾住了他的頸，喃喃地說：「媽媽……媽媽……你為什麼不給我那空了的面霜瓶子？我要那瓶子……我要那瓶子……媽媽你為什麼把它摔碎了？我要那瓶子，可是你把它摔碎了！你為什麼不給我面霜瓶子？摔碎了也不給我……我要那瓶子……我要那瓶子……」

這聲音催眠曲一般，他抱著女孩好像就要睡去了。

忽地他聽見有人嘆息了一聲，一聲又深又長的嘆息。懷中的女孩不見了。舉起頭來，看見她仍然坐在搖椅上前後不停地搖著。

「那女孩兒就是我。」她說：「我終於明白了，我一輩子所尋找的就是那面霜瓶子。你看，是你幫我找到了答案。」

「那面霜瓶子已經被你媽媽摔碎了。」

「所以我再也找不到那面霜瓶子了！」她的臉霜似地凝結起來，再無表情。

他忍不住抽了一口冷氣。

「所以你為了那面霜瓶子自虐一輩子，最後把我也饒到裏頭。」

「這就是我們的命運，不可逃避的命運！」她若無其事地說。

「可是我不相信這樣的命運，我要逃避！」

「你能逃避得了麼？」她冷笑一聲：「也許你也在尋找你媽媽摔碎了的面霜瓶子。」

「笑話！我媽媽沒有摔碎過面霜瓶子，我媽媽從不用面霜！」

「不是面霜瓶子，也許是別的。因為你所尋求的也不是快樂。要說自虐，你自虐得更兇！」

「你胡說！」他憤恨地說：「我就是不能忍受你這種自虐病，才離開你的。」

「可是你也想到過後果。你剛剛說過，你明明知道你離開我對我的打擊有多大，你也明明知道你逃不脫這後果的影響。就正如一個站在懸崖上的人，明明知道跳下去的後果是什麼，仍禁不住那奮身一跳的誘惑。這不是自虐是什麼？你說？」

他不禁目瞪舌呆。過了半晌，靜靜地走過去，抓住了她的兩臂，有力地把她從搖椅裏提了起來。他的眼似乎冒著火焰。他的外表雖似平靜，內裏卻醞釀著一種野獸的狂暴，那麼有力地把她提了起來。但是她並不驚慌，只緊閉了雙目，面無表情地任他擺佈。

他先是把頭深深地埋在她的柔軟的髮裏。他狂亂地吻她的肩。突然他嗅到一種奇怪的味道，一種腐肉的臭氣，他竟忍不住張大了口，把牙齒深深地切下去，直到咬下了一口肉，他才把她推開。他細細咀嚼口中的那一塊腐肉，雙目緊閉，頭微微上仰，頸骨上下不停地滑動，他艱難地但卻愉快地嚥了下去。然後他就出神地這麼站著，好像完全睡去了。又過了半晌，他的嘴微微張開，有一種液體順著他的嘴角流了出來。他開始嘔吐，雙手緊緊地捧著肚子，腰深深地彎下去。他發現他吐出了一灘血，鮮紅的血！

原來太陽又在東方靜悄悄地升起來了。

一九七六年十月十日於溫哥華

母校

趁回國探親之便，她忽然想到母校去看看。

二十年過去了，恐怕早已景物依舊，人事全非了吧！她約莫仍記得母校的地址。在那條街上，最高的一座三層樓房，綠漆的大門，除了早上上學的時間跟下午放學的時間，校門總是緊閉著。在緊閉的門後頭，有一個高大瘦削的母夜叉門房把關。一臉寒霜，哭臉笑臉都打動不了的那麼一個母夜叉。把女兒送到這麼一種學校，做父母的才真算放心！

計程車按著地址停下來的時候，她不免有些失望。這麼破舊的房子，連綠漆大門差不多都已成了灰色的。原來在這條街上是最高的一座三層樓房，現在已成了一座最低的危樓，而且似乎顯得有些叫附近的高大公寓壓得喘不過氣來的模樣。

街上靜悄悄的，雖然老大的太陽高掛在天上，街上竟然靜悄悄的。她不免有些奇怪。但更糟的是她的心跳得厲害。她想她是遲到了。她知道遲到了有多麼嚴重。學校八點上課，八點十分校門就關起來。這是校長的命令。遲到十分鐘以上的就進不了門。八點半以前母夜叉還守在門後，這時候得懇求訓導主任的特許，把名字記下來才准進門。要是過了八點半，母夜叉撤退了，那就只有打道回府曠課一天，第二天可就有好戲看了。因此她一意識到自己遲到了的時候，這個世界好像整個停止下來，都不存在了。她只能聽到自己的心通通地跳著；還有就是自己的鞋跟急切而沉重地打著洋灰地，克達、克達、克達、克達……

她的手緊緊地捏著壓在胸前的皮包，打門縫朝裏張望。她不禁打了個寒顫，母夜叉站在那裏！

她旋轉了腳跟，想立刻逃去。但是忽然間她又想到她本來是想來再看看母校的。就又轉回身來，躬了腰，再打門縫裏望進去。母夜叉仍然站在原來的地方，好像專門站在那裏等人敲門似的。她的心跳得更快了。她兩手使力地把皮包壓在胸口上，心想不知母夜叉是否已經看見了她。

她倒退了一步，想張口叫門，但張口結舌地什麼也沒有叫出來，只伸出手去把門輕輕地拍了兩下。她看見有一個眼珠從裏面湊到門縫上朝外張望，同時，她彷彿聽到了一聲尖刻的冷笑。

「你也不看看現在幾點鐘，還來叫門！」

她機械地舉起腕錶看了看。

「十點半。」她囁嚅地說。

「十點半還叫門哪！八點半就不開了。這是校長的命令，你又不是不知道！」

她咧了咧嘴，差一點哭起來。

眼珠仍然打裏面貼在門上。

「呵呵！還哭哪！遲到了，就該受罰！就該受罰！就該受罰！呵呵呵呵……」

這聲音愈來愈高，愈來愈宏亮，像教堂的鐘聲，震得她兩耳發麻。她知道母夜叉看到她的狼狽像打心眼兒裏樂。她忍不住衝著門旁那根電線杆子悽悽地哭起來。打皮包裏掏出一張紙巾，把鼻涕都擤在裏頭，隨手甩掉了，又抽出一張。

她再回頭的時候，那扇綠漆剝落的大門出乎她意料之外的早已洞開。她心中不免暗笑，憑她現在的身分，還怕什麼母夜叉！她就大步地走過去，倚在門框上朝裏張望。這間過道似乎沒有什麼多大變化。一邊是門房住的傳達室，一邊是佈告牌。佈告牌後邊是通往二樓跟三樓的樓梯。二樓都是教室。校長室、教務主任、訓導主任的辦公室。教員休息室什麼的都在三樓。高年級的教室也在三樓。跟大門正對的過道後面的門通往操場。操場的一頭是升旗台，集會訓話就在那個地方。靠過道門外有一棵大榕樹，把過道門外的一片地遮得綠蔭蓊蓊的。

穿過那一片樹蔭，可以看見操場上讓高掛的太陽晒成白花花的一片。這裏那裏地有幾個女生呆立著。都垂著頭，團團的一團影子堆在腳下。訓導主任正手執一把剪樹枝用的那種大剪，克嚓克嚓地把女生的長髮齊耳根剪下。訓導主任每剪一剪，她看見女生的頸後就留下一條長長的傷痕，都流著血。每剪一剪，她都忍不住地吸一口冷氣，抖動一下。每剪一剪，她就吸一口冷氣，抖動一下。

她忽然意識到校門口倚了不少人，都正在朝裏張望。她朝那些人上下打量了一番，見都是些比她年輕的陌生人，大概是後期畢業的校友吧？可能也是想來看看母校的。沒有人過來跟她搭訕，她也懶得開口招呼。就在這時候。訓導主任跟校長腳跟腳地從操場走進過道裏來。訓導主任走在前邊，校長跟在後頭。訓導主任仍板著一張長臉，校長的臉也仍然是團團的，瞇著眼似笑非笑的，教人捉摸不定她心裏想些什麼。她們都老了，現今都是一頭灰髮。特別是校長的頭，顯得尤其灰白。她們都比她記憶中的矮小。

一看見她，校長就笑臉相迎地走過來。

「哎呀，這不是袁愛雲嘛！」校長顯出驚訝，但卻謙和地說：「現在應該稱袁博士啦！」校長說著望了訓導主任一眼，好像示意她也應該表示點敬意。

訓導主任的鐵板面孔稍微鬆弛了一下。

「張校長，您好！」她應酬地喃喃著。

「不是張，是江！」校長糾正著她。「歡迎你回到母校來！」

「我一回國就想回來看看張校長跟倪主任。」她故意把腳跟踮起點兒來，這樣她就更可以居高臨下地望著這個團團臉的肉墩似的老女人。她心中覺得已不再多麼怕她。

「不是張，是江！」校長糾正著她。

「可是一直抽不出空兒來。」

「是呀！我們在報紙上看到你的大名，」校長連珠炮似地接口道：「知道你現在中了博士。就是你不來，我們也要設法請你回來看看的。」說著瞟了訓導主任一眼。訓導主任點了點頭。

「你可真應該回來看看呀！」沒等她開口，校長又接下去道：「現在一切都不同了。校舍翻修了……」

她望了一眼那綠漆斑剝的大門，有些不解。

「是呀！學校翻修了，教職員也翻修了，學生也翻修了，一切都是一番新氣象。你真應該見見我們的學生。現在的學生比以前素質提高了不知道有多少倍。來來來！跟我來！」

校長朝她擺手，她就機械地跟過去。

一走進操場，她才發現操場跟以前大不一樣了。從前除了升旗台以外，操場中別無他物。現在操場兩邊矗立著兩幢巨大的建築物，把操場擠成狹狹的一條。這是剛才站在過道裏不曾看見的。怪不得校長說校舍翻修了呢！

「這是新建的圖書館，」校長指著左邊的一幢建築物說。

她就跟著校長走進去。她雖然沒有回頭，可是感覺到訓導主任就緊跟在她的身後。圖書館裏擺著一排排嶄新的書架。奇怪的是書架上並沒有書，卻擺著一張張的畢業證書；一張張都捲成圓筒，用大紅色的絲帶捆著。雖說她看不見裏邊的文字，但直覺那就是一張張的畢業證書。

「這就是我們的畢業證書。」校長的話證實了她的猜想。「我正在研究，看看是否可以補發給你你的畢業證書。」

她心中不免暗笑，二十年都過去了，現在誰還再稀罕那張中學畢業證書！

「我們要查查看你高中三年的成績，我們也要查查看我們有沒有弄錯。得了博士的人，怎麼中學反倒畢不了業呢！」校長臉上帶著一種又憐恤又歉然的表情。

她心中好像叫人搥了一錘，暗道：「說這種話，你還有心肝哪！」

校長似乎聽到了她心中的話，瞪了她一眼道：「我哪能還有心肝！我早已為你們使盡了我的心肝！」

說著她們走出了圖書館，又走進了對面的另一幢房子。

「這是我們新建的實驗室，」校長說：「物理、化學、生物試驗都在這裏做。」

她看見這所大屋子裏，靠牆一周全是大玻璃櫃，中間還有兩排。玻璃櫃裏裝的全是標本

——嬰兒的標本。各種各樣的都有。有的在笑，有的在哭，有的撅著小屁股好像爬行的模樣，有的挺著肚子在小便。忽然，她一眼看到一個還未成形的嬰兒，血肉模糊的一塊，差一點驚叫出來。她直覺一陣暈眩，呼吸都停止了似的，她彎下身去，猛烈地咳嗽，想要嘔吐，可是又吐不出什麼來。

校長一把把她拖起來，拖出了實驗室，口中一面叨叨地說：「這沒有什麼，這都是我們學生生的。」

外面的太陽愈來愈毒，狹窄的操場泛著眩目的白光。她看見訓導主任正集合了一隊隊的學生，站在升旗台前。訓導主任仍然揮舞著她的那把大剪，把突出隊伍的學生的頭蓋跟肢體都克嚓克嚓地剪下去，就好像她在紐約中央公園看工人剪樹枝一樣。剪下的肢體丟在一旁，好在也沒有流血。不久隊伍就給剪成方方正正的一塊，真像紐約中央公園裏的樹叢一樣整齊。

「你看，我們學生的素質有多麼整齊劃一。」校長搓著她的小胖手說。

看了這種景象，她差不多要暈了過去；但她仍強自鎮定地挺立著：「不可示弱！不可示弱！」她心中暗道：「不然她們連我的腦袋也會剪去了。」然而，不管她多麼強自鎮定，仍免不了眼前發花，可能是太陽太毒了。就在她這種搖搖欲墜的情況下，校長忽然捧了一本大簿子擲在她的面前。

「請簽名！」

她剛想到皮包裏取筆，忽見面前金光一閃，她不自覺地朝脖子裏摸去，血正殷殷地流出來。

她再也不能克制自己，瘋了似地朝前撲去。訓導主任跟校長相繼著拔腿就跑。她們跑進了過道，朝樓梯上奔去。她急起直追。樓梯螺旋似地繞上去。別看她們的年紀，她們爬得飛快，竟使她追得上氣不接下氣。她們的腳步發出規律地滴答滴答的響聲。她一停下來，她們也就停下來，回轉頭來朝下對她呵呵地笑，滿頭灰髮笑得飄飛不止。她心中充滿了怨怒，提一口氣追上去。到了二樓，她已累得只能扒在樓梯口邊喘氣。卻見有一排女生，在她熟悉的教室前整齊地貼牆站立著。一式的白衫黑裙，然而白衫都是敞開的。校長正把著一管毛筆，在她們甫行隆起的乳峯間寫上一個大大的「愛」字。

女生們各自緊閉了目，微微仰著頭，毫無反應。雖說不見旁人，她卻聽到許多嘈雜的聲音嗡嗡地由四面八方蜂擁而來，像是充滿了讚美。校長的神氣益發飛揚起來，打眼角裏諷譏地瞟著她。她低頭一看，自己也是白衫黑裙，在敞開的胸前也寫著一個「愛」字。她急忙伸手去擦，卻發現那「愛」字不是寫著的，而是烙印在她的胸前。她用力把敞開的前襟閉起，驚惶失措地瞟向四周。她的眼光正觸電似地碰上了打眼角裏瞅著她的校長的，她打一個寒顫，忽覺腹中在隱隱作痛。該來的還是來了。一陣驚慌。使她手腳都麻木起來。

「校長！校長……」她嘶喊著：「求求您……求求您……別開除我！」

校長堅定地搖著頭。

「校長……求求您，還有三個月就畢業了，這只是為了……為了……為了『愛』……」

「哈哈……」校長忍不住地笑出聲來。她只看到校長瞇起的眼和一條紅紅的舌頭在大張的嘴裏顫動。

「我愛他，」她囁嚅地說：「我愛他，才會一時胡塗……」

她爬過去想去扳校長的腳。可是校長搖著頭，退到通三樓的樓梯上去了。她跟著爬過去。

「您知道我沒有退路。」她哀哀地求著：「他已經丟下了我，不再管我。要是我再丟了這張畢業證書，我還仰仗什麼活下去？我求你，別讓我退學吧！要是給我父親知道了，他會打死我！」

校長一面向樓上倒退著，一面堅定地搖著頭。

她覺得再也沒有力量，她已經癱在樓梯上了。她掙扎著抬頭望去，校長正俯下她灰蓬蓬的頭張口對她呵呵大笑。她就聞到一股強烈的口臭打樓梯上直噴下來。她捂了鼻，盡力摒住了呼吸。這時她有一種欲望，一種強烈的欲望，就是要跳上去，揪住校長的灰髮，把它一根根地拔掉。

她再奮力地爬上去。校長已經退進三樓，消失不見了。

到她吃力地爬到三樓的時候，她立刻為眼前的景象驚得目瞪口呆。

校長赤條條地躺在地板上，下體流著血。她的肚子脹得像一面鼓。兩條短短的胖腿左右分開。一隻手迴曲地壓在身下。她的皮膚是棕黃色，稀落落地釘著些兒黑斑。兩隻奶子軟皮袋似地向兩旁垂下。她的灰髮亂蓬蓬地攤開。有幾隻蒼蠅已經開始在她的頭上飛舞。

她朝前走了兩步，微微俯下身。她看見校長的眼睛半睜著，仍彷彿似笑非笑地令人難以捉摸；只是現在看起來更為迷茫，也益加空洞。

這樣仔細地端詳著校長的屍體的時候，她覺得自己逐漸地鬆軟下去。她漸覺支持不住自己的身體的重量，竟慢慢地雙膝跪下。但是有一股熱流不可抑止地打她的心中冒升……冒升……冒升，衝破了她用力閉緊的雙目，淚竟像小河似地奔流而出。她的身體也跟著有節奏地抽動。而終於她感覺到她的手指觸到校長的臂，竟有一些溫熱柔滑的感覺。她微微睜開眼睛，長長地舒了一口氣。適才的一忽兒，她幾乎以為死的不是校長，而是她自己。現在她的手指仍然扣在校長的臂上，她才知道死的並不是她自己。但她仍然有些迷惑，她跟校長之間到底有些什麼分別。

「要不是你，」她喃喃地說：「我也許不會是什麼博士。我也許早已結婚生子，不會像你似地孤零零的一個人，死在這裏。為什麼我們這麼彼此相恨？恨得這麼久，恨得這麼深……」

她的嘴唇抖得厲害，但終於吃力地迸出這麼幾個字：「我多麼希望能夠愛你。愛你，也就是愛我自己。」

說完，她站起身來，沿著原來的樓梯慢吞吞地下去，竟沒有碰到一個人。她深怕在過道裏再遇到母夜叉，結果也沒有。她走出大門，太陽曬得教人眼花。街上亂哄哄地充滿了人聲、車聲。她順手帶上了那扇綠漆斑剝的大門，才發現上面竟掛著一個「危樓待拆」的牌子。

她在門口那根電線杆前站了一會兒，打皮包裏掏出一個小小的粉盒。打開粉盒，上面有一個小小的圓鏡子，裏面有一個胖呼呼的女人正似笑非笑地望著她。眼神有點兒迷茫，也有點兒空洞。鬢角已開始飛霜。她微閉了閉眼睛，自言自語地說：「不要再遲到了吧！」

她放回粉盒，忽然瞥見那張返紐約的回程票，就小心地朝皮包深處按了按。

明天，明天就要走了。

一九七六年十月二十一日於溫哥華

海的滋味

離開V城以前，他在安那裏還有些衣物去取；同時也想跟安告別。但更重要的是，臨行前他想再看一次他們三歲的女兒小珍。他打電話給安。安說星期五晚上有空，並約他去一起吃晚飯。

晚飯很簡單。安一向對做飯不在行，也沒有什麼興趣。她的原則是能不舉火就不舉火。她買的肯塔基炸雞，生菜也是買的現成的。不過她特意買了一瓶法國布日來紅葡萄酒，說是為他送行。在飯桌上，安故意講些她教書的那所學校裏的瑣事；他則盡量哄小珍，很耐心地把炸雞為她切成小塊。他們都避免觸及兩人的事。這種話離婚前說得太多了，一再重複些聽膩了的老調，沒有什麼意思。他也盡量不去看安，雖然有時他感到安的眼光在他的身上逡巡。直到安舉起酒杯為他祝酒的時候，他才好像第一次接觸到了安的眼光。兩人都不覺一震，然而兩人都同時掉開了眼光，然後默默地匆匆地把晚飯吃完。

安在廚房洗盤子，他便把小珍帶到客廳。小珍坐在他的膝上，兩人一同翻閱小珍的圖畫故事。那隻老貓就走過來在他的腿上擦牠的皮毛。這一切似乎跟從前他下班回來吃過晚飯的情形沒有什麼不同，一剎時他竟忘卻了他是來告別的了。

小珍有許多問題，問這個，問那個，都需要他的解答。從前對解答小珍這些問題，他總覺得厭煩，現在他的耐心卻忽然增加了不知多少倍。小珍在他的膝上不停地扭動著身體，一會兒就對圖畫書煩膩了，回轉身來玩弄他的領帶，又把她在自家嘴裏吸吮得濕濡濡的手指放在他的嘴裏要他去咬。一向有潔癖的他，很自然地扭轉臉。可是小珍並不放鬆，兩隻肥胖的小手生生地把他的臉扳回來，手指頭冷不防地插進他的嘴裏。一股微鹹略酸的味道，立刻在他的嘴裏溶化開來。他自己不免感到吃驚，因為他竟不能自禁地把攙雜了小珍的唾液的自己的唾液骨突一聲嚥了下去。

這滋味就如同他嚥下了一口海水。

他朝海邊奔跑，等海潮沖上來的時候，他就急急地後退；海潮下去的時候，他又朝海邊奔跑。陽光在海波上跳舞，海潮發出隆隆的吼聲。有時候他後退不及，海浪便淹沒了他赤裸的腳，甚至高及膝骨，水花也就像夏日的急雨似地濺得他滿臉滿腮。他伸出舌頭舐去了唇上的水珠，於是他嚐到了海水的滋味。

父親坐在沙灘上，望著海，也望著他。

他跑累了的時候，就一頭扎在父親的懷裏。仰面望上去，他看見父親兩隻特大的鼻孔，裏面充滿了黑毛。父親的胸前也有幾根長長的毛，隨著他的呼吸一上一下地滑動。他忍不住伸手去拉。父親笑著把他的手擋開。

他忽然問：「媽媽為什麼沒有這樣的毛？」

「媽媽是女人。這樣的毛男人才會有的。」父親說，一面用手指觸著他的胸口又道：「你這裏將來也會長出毛來的。」

父親的手指觸得他咯咯地笑起來，他就抓住父親的手一本正經地問：「男人是不是一定要跟女人結婚的？」

「是的吧！」可是父親想了想又說：「也有不結婚的呢！」

他就趕緊問道：「你跟媽媽結過婚的嗎？」

「結過的吧！我想。」

他忽然抓緊了父親的一根手指激動地說：「爸，我要你回來跟媽媽一同住！」

父親就不說話了。

「小珍，玩夠了吧？該上床了！爸爸還要收拾東西呢！」安在廚房裏喊。

小珍裝作沒聽見，嘻嘻哈哈地在他的懷裏滾來滾去，小瘋子似地把鬈曲的頭髮滾得一蓬亂。

安打廚房裏出來，一面在圍裙上擦著手，一面對他說：「你能不能送她上床？快九點了都！」

他攔腰抱起小珍，哄著說：「乖，該去睡了！」

小珍卻像條離水的鯉魚，急劇地扭動著身體叫嚷著：「我不要睡！我不要睡！」小珍扭得那麼厲害，竟打他的臂中滑脫下去。她又跑回客廳，把頭埋在沙發的椅墊裏繼續嚷道：「我不要睡嘛！」

他正在不知所措的當兒，安忽然怒氣沖沖地竄上去，惡狠狠地一把抄起小珍的一條小胳膊厲聲道：「幾點了？還不去睡！」說著就連拉帶搡地把小珍拖出了客廳。

他呆呆地坐在那裏，耳中仍然充斥著小珍的「我不要睡」的喊聲。但喊著的似乎已不是小珍，而是他自己。

每次他看見父親，他也是不肯睡的。媽媽有時氣起來，就大叫大嚷地：「不睏也得去睡，都教你爸爸給慣壞了！」

他偷眼去看父親，父親卻把眼瞼垂下，只靜靜地坐在那裏，並不回話。父親跟媽媽之間是很少說話的。他知道只要他一睡下，父親就要走了。他忽然轉過臉去，冷冷的眼光碰上了媽媽的。她眼中本來含著些怒意，卻一下子變得惶惑起來。他仍然冷冷地注視著她。她竟愈來愈發惶急，終於衝上來緊緊抱住了他，在他耳旁輕輕地說：「乖。去睡吧！」他一下子摟住媽媽的頭，緊緊地、緊緊地，不知為什麼眼淚竟不能抑制地簌簌地流了出來。他覺得媽媽把他抱得更緊了。他感到媽媽的腮火樣的熱。他想說：「媽媽，你為什麼不留住父親呢？你為什麼不把他留住呢？」可是他畢竟什麼也沒說。心中忽然覺得媽媽好可恨，就用力推開了她，頭也不回地朝自己的臥房走去。

「晚安，乖！」父親在他身後說。

他沒有作聲，他不要回頭。他覺得眼前忽然展開了一片無際的大海。他孤零零地一個人泅泳在海裏。他感到海水的沁涼，然而卻絕不恐懼。被父親棄絕了，被母親棄絕了，被人間棄絕了，只有沁涼的海水迎接著他，歡容著他。

父親忽然在他身後大喊：「回來！回來！」

他並不回頭，一直朝前游去。面對著茫茫的大海，面對著一種不可知的結局，他竟感到一種奇特的快意。突然，一隻有力的手揪住了他，使他不自禁地喝了一大口鹹苦的海水。

父親怒聲罵道：「你要找死啊！這麼一個勁兒地往前游！」

他躺在沙灘上喘氣，父親坐在他身旁憂慮地注視著他。他看見父親額上刻著兩條深陷的皺紋，在皺紋上飄飛著一綹頭髮，有一半已經是白色的，在陽光中閃閃發光。他忽然感到父親的臉好像在他的眼前飄飛而去，離得他愈來愈遠，而終竟渾融在海波的泡沫中。

「這是你的衣服。」安不知什麼時候已經站在他的面前，把一只小箱子遞在他的手中。他抬起眼來，就遇到了安的眼光。他似乎從沒見過安的眼光竟會這般溫柔，他真想衝上去把安緊緊地抱起來說：「讓我們再重新開始吧！」可是就在這一剎那，安的眼光就低垂了下去。他真感謝安的明智。安是安，他是他，每一個人都有自己的一方小天地；正如父親是父親，母親是母親，各人都有各自的生活。

當他拎著他的小箱子走出門來的時候，耳中似乎縈迴著一種熟悉的樂聲：

重覆迴旋，迴旋又重覆，而他的口中彷彿又浸潤了苦鹹的滋味。他就要離開V城，但V城卻烙印了他的歡樂、哀愁，和他童年辛澀的憧憬。有許多黃昏他跟父親並排著在海濱蹀躞。一大一小，他的小手有時握在父親的大手裏，有時他踏著父親的腳印往前追趕。微風徐徐地吹拂，海波輕輕地搖蕩，夕陽把他的影子拋在沙灘上，變得好長好長。他每走一步，沙灘上就浮起一個水印子，夾著些細小的白色水泡。他一步步的腳印，就化作了耳邊的樂聲。童年！V城！海的滋味竟是這般遼闊、綿長！

一九七八年二月五日改寫於愛夢屯

鴨子

鬧鐘，七點！

他伸手止了鬧鐘，眼睛睜了一下，馬上又閉上，腦中仍然盤旋著那個沒作完的夢。他坐在一輛火車上，好像就是公園中給遊人乘坐的那種敞篷式的小火車。車上坐滿了人，可都是些陌生人。他安靜地坐著，覺得有點孤獨，也有點焦急。他忽然想到幾個問題：他到哪兒去呢？他不知道！這輛火車開到哪兒去呢？他不知道！他為什麼坐在這輛火車上呢？他也不知道！他因此而焦急不安。鬧鐘響了之後，他下意識地伸手止了鬧鐘之後，他睜開了眼睛之後，他似乎仍然坐在那輛火車裏。他身體仍清楚地感到火車的震動，喉頭也仍然燃燒著那種焦灼的苦味。

一個鯉魚挺身，他跳了起來。這是他在這種半睡半醒的迷濛中急速起身的唯一的法子；不然，再一闔眼，又會沉沉睡去。他半閉著眼摸到浴室，掠了一把冷水拍在臉上，這才完全睜開眼來。他調好了淋浴的冷熱水，就站進浴盆裏去，唰地一聲拉起那淺藍色的塑膠幕。幕上的幾條魚正索索地抖動著，水就嘩嘩地流了下來。他微仰起頭，小心不要沾濕了頭髮。關了水龍頭，開始仔細地往身上打肥皂。從脖頸開始，然後腋下，然後胸前，一路往下。到了腿叉那裏，特別用力搓了幾把。然後是兩腿。最後把腳趾也一個個地分開，塗了肥皂。直到全身無一處不沾了肥皂的滑膩的液體，又用力各處搓了半晌，這才又打開水龍頭，調到比體溫稍涼的溫度，就讓這沁涼的流泉把燥熱的身體沖涼。他關了水龍頭，拉開塑膠幕，探身抓過一條浴巾把身體擦乾，順手摘下掛在浴室門後的晨衣穿上，就到客廳來。一拉開窗簾，他才發現天氣是陰沉沉的，把窗戶也拉開一條縫兒，好調整一下室內貯積了一夜的濁氣。在他站到窗前的時候，他看到街道兩旁樹上的黃透了的葉子，正隨著冷颼颼的秋風墜下去，然後又成羣成堆地在地面上索索地滾動。

他扭開收音機，正是CBC早上的古典音樂，他就開始做晨操，又行了一番深呼吸，這才著手弄早餐。先熱牛奶——涼牛奶喝了會放屁——，再把淺鍋放在另一個電圈上預備煎蛋。就在等油熱的當兒，打冰箱裏提出盛橘汁的瓶子，滿滿地斟了一大杯，打碗櫥裏拿出一個藥瓶，倒出兩粒維他命C，就著橘汁喝下。天氣轉涼，以防感冒。這時淺鍋中的油正開始冒煙。打開抽風機，把雞蛋打在淺鍋裏，淺鍋裏就發出一陣吱啦吱啦的響聲。牛奶也開始冒熱氣了。關了熱牛奶的電扭，把雞蛋翻一個身，撒上鹽跟胡椒末兒，把牛奶倒進碗裏，取了兩片麵包，關了煎蛋的電扭跟抽風機，把煎蛋一鏟就鏟了起來，夾在兩片麵包裏。舉起麵包，忽覺喉中有一絲焦灼的苦味。直到現在，他第一次又想到那個沒作完的夢——坐在一輛不知開往何處的火車裏。

吃完了早飯，收了碗碟，順手清洗了，就又到浴室裏去刷牙刮臉。在刮臉的時候，他忽然看見額前有一根白髮，心中一驚。掠開披在額前的頭髮，仔細一看，一根、兩根……啊呀，竟有好幾根。才三十，就已經有了白髮！

他準八點半穿好了衣服，關了收音機，看看各處的燈也都關了，掏掏口袋還有些零錢，鑰匙也齊備，遂鎖了門，乘電梯下樓。

他走出門來，不禁打了個寒顫。在室內不覺，現在已是深秋的天氣，的確涼滲滲的。昨晚停在路旁的密密麻麻的汽車，已經開走了一大半。他開了車門，發動了馬達，手往駕駛盤上一放，忽覺心中一動，好像忘了件重要的事情。什麼事呢？什麼事呢？他這麼自問著。可是一時又弄不清楚是什麼，心中泛起一種悵然若失的感覺。因為一時想不出底細，就開車到學校去了，停好車，正好九點差五分。等他走到他的工作室，那就正好九點了。

他剛打開門不到五分鐘，哲學系的祕書就拿來了一大疊待印的文件交給他印。一會兒比較文學系的一大疊也來了，然後是東方學系的，然後是歷史系的……他開動了油印機。另一端的影印機也忙起來，教授、助教，不停地穿出穿進。有的記帳，有的付現錢。他抽空還要收錢，找零錢。

十一點半，他忽然看見張教授彎著腰在影印機那裏不知印什麼。他想張教授這學期不是退休了麼？怎麼還在這裏呢？

過了一會兒張教授過來付錢，並把手中影印品舉給他看。

「你看，這是你沈老師的大作呀！」

他伸頭一看，是一篇談安史之亂的文章，就順口問道：「張教授，你還在研究唐史呀？」

「這叫做退而不休呀！」張教授托了托他的老花眼鏡肅然地說：「這個年紀不做點研究又幹啥呀？要死，還太早；要教書嘛，又沒人要了。不做點研究工作又幹啥呀？」

十二點剛過，唸經濟學的鍾成探進頭來說：「何正光，待會兒一塊兒去吃午飯好不好？我有點事兒要告訴你。」他剛說了個「好」字，鍾成就趕緊說了聲「學聯餐廳見」，就一溜煙跑了。

十二點半，他坐在學聯餐廳裏等鍾成來，一碗湯都快要涼了，他就低下頭喝湯。剛喝了一口，拍打一聲一個托盤重重地落在他對面的桌面上，抬頭一看，正是鍾成。鍾成一臉紅光，滿面笑容，手中還拿著一卷紙。鍾成的頭髮留得相當長，前面又有一排剪得齊整的劉海搭在額前，猛一看，倒像是個女孩子。

「何正光呀，你還記得老范嗎？」鍾成拿起肉餅一面大口嚼著一面說。番茄醬打口角溢出了些。好像咬著一塊充血的什麼。

「怎麼不記得呀！不是在這裏拿了電腦博士到東部去教書的那個老范嗎？」

「不是他是誰呀！」鍾成接口說：「他知道我有意改唸電腦，他說在多大他手下有個助教獎學金，問我願不願意去做他的助手。你看，申請表都寄來了。」鍾成拍拍手邊的那疊紙說。「不過我正在考慮值不值得。」

「好傢伙，想了這麼久，事到臨頭，倒又要考慮了！」

「就是說嘛，一直想改學電腦，現在事到臨頭，倒猶豫起來。過去沒仔細想的問題，現在不能不仔細地想一想。譬如說改學電腦，得要從頭唸起，這兩年經濟就算白唸了。」

「只要夙願得償，能唸自己喜歡的東西，白唸兩年又算得了什麼！」

「你說得多輕鬆呵！兩年！人生有多少個兩年呀？」

「你還年輕嘛！」

「年輕？二十四、五了都！連個老婆還沒混上！其實呀，我想學電腦不過是為了找事容易。現在聽說學電腦的人愈來愈多，等到畢了業，怕又遲了一步。所以又想還不如再花一年時間，老老實實地把經濟唸完了事。」

「唸完經濟又怎麼樣呢？」

「找事做呀！」

「找到事又怎麼樣呢？」

「娶妻生子呀！」

「娶妻生子以後又怎麼樣呢？」

「不怎麼樣，跟大家一樣過日子！然後退休，等死，如此而已！人人如此，沒有例外。」

他喉中苦洿洿的。鍾成在桌下伸過一條腿來，碰到了他的腿。他身體一震，好像又坐在那輛不知駛向何方的火車裏了。突突突，突突突，突突突。他偶一轉頭，看見窗外不知何時竟下起雨來。有幾串雨珠，正滴溜溜地順著玻璃往下滴……往下滴……往下滴……

「你怎麼啦？這麼傻楞楞的！」鍾成拍拍他的手背說：「快一點半了，還不去上班！」

他轉回頭來道：「你說沒有例外？」

「什麼沒有例外？」

「你剛剛說的，娶妻、生子、退休、等死，人人如此，沒有例外。」

「啊！你說這個呀！你是學歷史的，該比誰都懂得這種道理。」

「譬如說，不娶妻、不生子，不就例外？」

「就是不娶妻，不生子，可是也得退休，也得等死呀！」

「譬如說，不到退休，就……」

「就什麼呀？」

「就……就自殺！嗯，自殺！」

「說什麼胡話呀！好好地犯得上自殺嗎？」

他倒笑了。一面站起身來端起餐盤，一面繼續笑著說：「鍾成！你看，我會自殺嗎？」

鍾成楞了一下，又笑了，笑了一下，又急急收斂了笑容故作莊謹地說：「這倒說不定呢！看你這一身肌肉，倒有點像日本那位三島。你要自殺麼，別切腹就好了。」

「好，一言為定，將來自殺，絕不切腹。真要切腹，誰來給砍頭呀？」

「你要是真要切腹，我來替你砍頭！你看，夠不夠朋友？」

他臉上的笑容頓然消失了。他看見鍾成臉上的笑容也消失了。他這麼注視著鍾成的時候，鍾成也正以一種奇異的眼光注視著他。他忽覺鍾成的臉愈逼愈近。他閉起眼睛，屏住了呼吸，他覺得他的心在猛烈地跳動。等他睜開眼來的時候，鍾成仍坐在原來的地方。他突伸出手去，握了握鍾成放在桌上的手，就一語不發地轉身走了。

他回到工作室，就開始整理早上印妥的文件，然後再按照系別排好，等候明天各系的祕書來取。就在裝訂的時候，不知怎麼竟把一個書釘釘進了手指裏去。他疼得大叫一聲，趕緊把書釘拔掉，用嘴把血吸出來。手指上有一種火辣辣的感覺。他忽然想到了切腹，切腹之後不知道會火辣到什麼程度。他撫著受傷的手指，冥想了半天。

四點一到，他就收好油印機，鎖了門，開車回家。

回到家，剛剛打開房門，就聽見電話正鈴鈴地響著。他舉起聽筒，還沒來得及說話，就聽見一個尖俏的聲音說：「何正光，這麼晚才下班呀？」

「人家剛剛進門！」

「哎呀！打攪了！」

「沒關係。」

「你知道我為什麼打電話給你？」

「我怎麼知道！」

「這個週末我想約幾個朋友來便飯。吃過飯，摸四圈，你來不來呀？」

「我？我又不會打牌！」

「不會沒關係的呀！我來教你，咱們做一家，好不好？」

「那……你是說哪一天哪？」

「星期五好不好？」

「星期五？讓我想想看……星期五……噢，不行！星期五晚上我正好有個約會。」

「那就星期六。星期六怎麼樣？」

「星期六晚上你知道我是上健身院的。」

「晚點來，沒關係，等你吃飯就是了。」

「從健身院回來，一身臭汗，洗個澡就想睡覺了。」

「你這個人呀，就是這麼難請。」

「不是難請，星期五真有事兒，星期六從來不出門。下個星期五怎麼樣？」

「下星期是下星期的事兒！你能活那麼久嗎？」

「什麼話！無論如何，謝謝你啦！」

「還卸什麼？不卸已經散了！」

「哈哈！」

「笑什麼！你這個人就是這樣，不識抬舉。怪不得瑪麗伍說你陰陽怪氣！」

「我？陰陽怪氣？」

「還不陰陽怪氣！上次在瑪麗伍家裏開舞會，大家都跳舞，就你一個人坐在角落裏看雜誌。後來瑪麗伍去請你跳，你又到處亂蹦，自跳自的，好像人家全不存在的一樣，教人好不尷尬！瑪麗伍說，以後再也不請你跳舞！」

「那樣最好！」

「那又有什麼好？到最後，一個女朋友也交不到，打一輩子光棍兒。」

「打一輩子光棍也沒有什麼不好呀！」

「不開玩笑啦！說正經的，何正光，你到底想不想結婚？」

「結婚？你為什麼問這個問題？」

「對不起，對不起！你看，只有跟你這種人，我才問出這種問題來。要是教人家知道了，準說我十三點兒。」

「我看，你是有點兒嘛！」

「胡說八道！我看你倒是真有問題。三十歲，對不對？你上次告訴我你三十歲。三十歲的人不結婚，也沒有女朋友……」

「你怎麼知道我沒女朋友！」

「還不是你自個兒說的嗎？你不說，誰又能知道？我看啊，你一定有什麼傷心事。情海失意。我猜的對不對呀？」

「才不會！沒交過女朋友，怎麼會情海失意？」

「誰信你！三十歲的人沒交過女朋友！」

「信不信由你！」

「我就不信！要不是有過傷心事，為什麼看見女人就這麼怕？」

「誰說我怕？」

「大家都這麼說嘛，何正光看見女人就怕。」

「我不是怕女人，我是怕惹麻煩。」

「有什麼麻煩？」

「還沒麻煩？女朋友不同男朋友，談得來則聚，談不來就散。女人一心就想結婚生孩子，誰吃得消！」

「難道你不想結婚生孩子？」

「不想！就是不想嘛！」

「所以說你有問題。人人都要結婚生孩子，你就這麼與眾不同！我看你一定受過什麼打擊。你爸爸媽媽有沒有離過婚呀？」

「別胡說！我再也沒有見過像我媽媽那麼體貼的女人。爸爸說什麼，她聽什麼；爸爸發脾氣，她大氣也不出的。」

「有這樣的好媽媽，還怕女人？我就不懂了。」

「你不懂的事可多著呢！告訴你吧，我並不是怕女人，是還沒有碰到我心目中的人！」

「哎唷！失敬！失敬！原來你還有心目中的人哪？說說看，你心目中的人是個什麼模樣？」

「還沒碰到，怎麼說得出來？」

「你心中不是有個底子嗎?」

「就是沒底子嘛!碰到的時候,自然知道,我想。」

「噢,還有這種事兒,好了,好了,不瞎扯了。這個星期五你不來算了,以後再說吧!」

電話卡打一聲掛上了。

他還抓著電話站在那裏,心中涼涼的,不知是失望,還是厭煩。放下電話,他忽然覺得很疲倦,就歪在椅子上打盹兒。剛一閉眼,身體一震,就又猛孤丁地醒了過來;喉中那種焦灼的苦味又來了。他迷茫地睜大著兩眼,不知道該做什麼。隱隱約約好像遺忘了些什麼重要的事,該做而未做的事,可是又想不起來到底是什麼。這麼過了一會兒,他倒感到肚子脹起來,這種自然的需要倒是用不著思索的。他就站起身來,蹩到浴室裏去。脫去了外衣,又脫去了內衣,赤條條地坐在抽水馬桶上。完事後,順手一拉、就聽見一陣嘩啦嘩啦的水聲。他猛一抬頭,看見掛在浴室門後的大鏡子裏,正有一個赤條條的傢伙直勾勾地望著他,一身因練舉重跟彈簧而暴起的肌肉,頭髮披下來遮去了一隻眼睛。

「這是誰?」這樣問了一句,自己都忍不住笑了。在洗臉台的瓶瓶罐罐中間有一把剪刀他順手抄了起來。又在身旁抽了一張紙巾,托在面前,就開始極小心地把掉落眼前的頭髮剪短。剪了半晌,把紙巾用力一捏,跟剪落的碎髮一齊丟進字紙簍裏。用手指輕輕地梳一梳掛在額前的髮，竟像錘成的髮型了。他咧了咧嘴，鏡中的人也咧了咧嘴，他把手指舉在唇前示意噤聲，鏡中的人也做著同樣的動作。就在這時候他感到下午受傷的手指在隱隱作痛，他就毫不加思索地放進嘴裏，用舌尖舐著受傷的所在。這種隱隱的痛楚並未稍減。他又改作吸吮。在他著力吸吮的時候，這種隱痛果然消失了。可是他感到小腹那裏有火辣辣的感覺。

「切腹！」他的思想一跳就跳到三島的切腹的苦狀。不知在什麼雜誌上，他見過三島一張半裸的照片，自然是在切腹以前照的。一身暴起的肌肉，頭上還纏著一塊白布。他隨手抽取了一段衛生紙纏在自家的頭上，閉目幻想著切腹時的感覺，一隻手刀似地慢慢地朝小腹切去。可是在切下去的時候，他的手觸到了火熱的一條。他一把握住，用力，再用力，上下不停地滑動，極盡粗暴之能事，直到他全身汗涔涔地軟癱在那兒。這一剎那，他好像打他的體殼裏飛了出去，上不沾天，下不沾地，輕飄飄地飄蕩著。

到他睜開眼來的時候，他看見鏡中的人雙頰緋紅，如醉如癡，頭中卻感到昏沉沉的。他抽了幾張紙巾，把身體拂拭乾淨，扯下纏在頭上的衛生紙，把衣服穿好，走回客廳。打開收音機，CBC正在報告五點的新聞。他又隨手關上。坐到書桌前，打抽屜中抽出一張信紙來，鋪在桌上。他寫：

兒身心俱佳。所以多次來信未覆者……

他咬著筆尖想了一會兒，就把這張紙揉作一團，丟進桌下的字紙簍裏。又打抽屜裏抽出一張來，重新寫：

父親、母親：

希望你們不必掛念，兒身體很好。每天做早操，每星期去一次健身院，可以說身體比以前好多了。一年來從沒有傷風感冒……

他又停下來，重新讀了一遍，又揉了。再拿一張紙，重新開始：

父親、母親：

好久沒有寫信了，原因是學位沒有唸完，怕你們聽了心裏不受用。不是給人刷掉的，是我自己放棄的；不錯，是我自動放棄的。很吃力，就是不放棄，能不能唸得完，說實話我也沒有什麼把握。在這種情形下，為什麼非要唸完不可呢？就是唸完了，又當如何？我……

他又停了筆，把所寫的再讀一遍，兩手平放在桌面上，有一種涼滲滲的感覺從桌面上傳到手掌心裏。他兩手漸漸合攏，幾乎是激怒地把這張信紙狠狠地撮起，咬著牙把它撕作碎片。也不去收拾，就任其碎屍似地躺在桌面上。

他站起身到廚房裏，打冰箱裏取出昨日的剩飯菜。喉中又感到那種焦灼的苦味兒。他一點也不覺得餓，就又把飯菜收回冰箱裏去。打碗櫥裏取了幾片麵包，裝在一個塑膠袋裏，穿上外衣，鎖了門，下樓去。

他出門以後才注意到雨早已住了，天藍得透青，幾片綿白的雲，無目的地飄懸著。地下仍然濕漉漉的。黃的紅的葉子到處軟嗒嗒地貼伏著。他兩手插在外衣袋裏，翻起了外衣的領。秋到深處，無風自然涼。

十分鐘後，他已經走進海濱公園了。人行道上有幾個中年人牽著狗溜達。轉過一個山丘，就是一個靜謐的小湖。湖的一面是山坡，另外三面都被樹叢密密地包圍著，藍天、白雲就靜靜地反照在湖心裏。這時候竟不見一個遊人，只有一羣鴨子在湖面上撲著翅，偶爾發出幾聲呷呷的鳴叫。

他站在湖邊，打塑膠袋裏取出帶來的麵包，慢慢地撕成碎片，隨撕隨朝湖中擲去。那羣鴨子都撲撲地游過來，爭食他擲下的麵包。

遠處傳來一聲尖銳的汽笛聲。這麼晚園中的火車還在開動麼？他朝叢林那邊望去，希望看見那一列敞篷小火車帶著大人小孩子們的笑聲從叢林中穿出，突突突，突突突，又打叢林穿入，突突突，突突突，這麼無休無止地繞著圈子。

可是他並沒有看見有什麼火車打叢林裏穿出來，他只彷彿又回到早上的夢境，坐在一輛敞篷的火車裏，坐在一羣面無表情的陌生人中間。他要到哪兒去呢？他為什麼坐在這麼一輛車上？一想到這裏，心中立刻充注了焦慮與不安。他能不能奮身跳下去？可是跳下去又為了什麼呢？

他丟出了最後一片麵包，鴨子都歪著頭等待著，見再沒有麵包丟下來，一個接一個地無聲地划開去。湖水靜止如鏡，一剎時好像時間在宇宙的隙縫裏漏光了。

湖水、樹叢、晚霞、鴨子，一切都是凝定的；不但凝定在外在的自然中，也凝定在內在的他的心中。他恍然若有所悟，這一幅景色看來似曾相識，竟如恆久存貯在他的心中一般。

他彎下身，在靜止的湖面上，他看見鍾成朝他望著。再仔細一看，才發現原來是自己。他的手慢慢朝前伸去，觸到水面的時候，感到好涼好涼。

一九七七年五月二十日於溫哥華

孤絕

下班回來，一開門，有一股濃重的油膩味迎鼻撲來。大概是忘了開窗？是忘了開窗！大衣也來不及脫，急步過去先把窗戶打開，這才脫了大衣，掛好，就一下子坐進那張黑色的皮椅裏。面向著通向陽台的落地長窗，摔掉了鞋，兩腿盡情地伸開，血液緩緩地流下去，一直流到腳趾，竟像是感覺出來的一般。兩手對握，把十個指頭扳得咯咯咯地響了一陣，再往空中亂抓了幾抓，血液在手指上也格外暢通了。右手落下來，落在左邊的心窩裏，噗！噗！心臟在那裏隱隱地跳著，一切正常，生命還在那裏。

彎下身，撿起摔掉的鞋子，朝右扭轉身，用力一擲，正好擲進半開的衣櫥下邊，再向左轉身，食指跟中指靈巧地在唱片架上滑過去，一轉眼就揀出了三、四張，一併疊放在電唱機上。打開電鈕，一抬眼竟看到上層的書架中間一部分被書的重量壓得略略彎曲，眼睛在這遮蔽了整堵牆的大書架上，上上下下地打量了一周，發現下邊放報紙的那一層該是沒有什麼重量的，也竟有些彎曲。大概是一年倒有九個月不斷暖氣的暖氣管子經過那裏的緣故。這暖氣，不管把溫度控制器撥到多麼低的限度，還是絲絲地向外流溢著熱量。地毯的邊都給烘得翹起來，很不雅觀。而且這地毯少說也用了五年了，那油膩的氣味大概就是打這裏蒸發出來的。真是該換了。對面的那套沙發扶手也已經起毛，也該換了。換一張新的地毯，換一套新沙發，這客廳該大為改觀了吧？要是生命也可換新的話，那有多好！譬如說再打二十歲活起，也許會活出一個不同的樣子來的吧？可也難說。這幾十年其實沒有什麼可抱怨的，豐厚的收入，平靜的生活，日子像同色的積木，一塊塊地往上疊起，直疊到雲霧裏。是在雲霧裏，就像電唱機放出來的德布西的海，籠罩在日出前的晨霧裏，划著一葉扁舟，在平靜的海面上，在霧裏。你也不知道打哪兒來，也不知道到哪兒去，可是你也並不因此著急，就那麼慢條斯理地划著你的槳。你也沒有同伴，也並不一定要尋求什麼同伴，也許你感到在遠方有幾個影影綽綽的身影也在蕩槳，可是你也並不想呼喊。各人默默地划著自己的槳不是很好麼？

靜默中，隱隱聽到沉重的錘地聲，連地板都彷彿有些輕微的震顫，附近又有大廈興建了。掏出菸來，點了一支，夾在右手的食指跟中指之間，站起身來，踱到窗前。越過一片棋盤棋盤的屋頂，看到一疊沉鬱的山。喜歡海，也喜歡山；自喜住到高處的好處。每月多花幾十元，幾十元就可以不至於囚在「公寓森林」的牢獄裏，就可以日日看到疊疊的羣山。日日看山，也不厭。

想到左鄰的那個老頭兒也常常站在陽台上眺望遠山。手顫顫的，灰色的失神的眼睛直勾勾地盯著你。要是在電梯裏遇著，總喃喃地說句什麼，可是聽不出他到底說的是什麼。大概再過兩年就該搬到底層去了吧，這麼大的年歲！右鄰常常搬進搬出的，最近搬來一個帶狗的女人，一頭小小的鬈毛狗，非常可愛。有一次在電梯裏遇著，竟忍不住伸手去摸摸那小狗的腦袋，小狗伸出紅鮮鮮的舌頭舐他的手指，女人嫣然一笑，竟想約她來喝一杯。喝一杯以後，也許……也許……可就是想想罷了，總也不曾啟齒。還是寧願花三十元，選一個可愛的，自由自在的，不必請喝一杯，也不必說謝謝，一切都簡單自然。

生活就是要簡單自然，沒有什麼束縛，也沒有任何拖欠。甚至花二、三十元的，也無須選同一個。也不曾見過同一個。這幾天站街口的幾個，過幾天就不見了，又換成另幾個。搬家了？改業了？到另外城市謀生去了？老謝了？天曉得！總之不必費心，負擔一個自己已經夠麻煩，又要吃，又要喝，又要解決這種問題。

想到這裏就去打開冰箱。哇！肉忘了解凍，還是出去吃吧！就到街口常去的那家義大利餐館。有染色玻璃的窗，紅色的桌布跟餐巾，有時每張餐桌上還擺一朵初開的玫瑰。看到新綻的玫瑰，便覺得似曾相識；倒也並不是在哪裏見過這朵玫瑰。玫瑰都是一樣的，但每一朵又確有不同。似曾相識的是逝去的少年時光。那段日子好似很長很長，老過不完似的；又像很短很短，一眨眼就去了。若有若無的，一時間真要起疑地自問：真有過一段少年的時光嗎？

走到街上，見天空陰沉沉的，空氣非常潮濕，焦枯的落葉無力地躺在人行道上。一聲聲錘地聲愈來愈近。走了不遠，就見那一處臨時用木板隔離的建築工地，機器聲震耳欲聾。不久，就又要矗立起一座二十層的大廈了。繞道過去，到了街口，才發現那家義大利餐館不見了，在同一個地點開起了自動洗衣店。怎麼開了不到一年就關了？變化這麼快！就像附近這半條街，在兩、三年中已翻修了大半。要不是一直住在這裏，走路都會迷失了呢！要是再過幾十年，怕不整個城市都要換成另一種面貌？不同的城市，不同的人，不同的世界，走到哪兒都覺陌生生的；連住了這多年的這個城市、這條街也算在內。義大利餐館又不見了，這洗衣店能開多久呢？

朝前走去，總要找一個地方吃飯。過了一條街，一轉彎，竟意外地看見一家中國飯店，以前沒有見過。是新開的嗎？推門進去，人不多，沒有一般中國飯館的嘈雜，可是燈光亮得刺眼。一個女孩帶他到一個靠牆的位子。一面接過菜單，一面忍不住問：

「是新開的嗎？」

「可不是，剛打台灣來的。」

「怪不得以前沒見過。」

老闆忽然打廚房裏鑽出來。胖胖的，五短身材，搓著手笑嘻嘻地說：「希望多照顧。要吃點什麼？」

「你說呢？有什麼拿手的？」

「要不要試試我們的炒鱔糊？」

「炒鱔糊？」

「這個菜，一般廣東人開的中國館是沒有的。」

「好，就炒鱔糊！」

「再配個酸辣湯？」

「好，就來酸辣湯！」

老闆回到廚房，一轉眼就又出來了。

「嚐嚐我們的四川泡菜！」把一個小小的瓷碟放在桌上。

夾了一塊白色的菜花放在嘴裏，夠酸夠辣，味道確是不錯。想誇他兩句，老闆卻又走了。就倒了一杯茶，舉起茶杯，呷了一口。這茶杯也似曾相識，厚厚的瓷口，上面印了一朵極為粗俗的花。什麼花？叫不出名字。但細看，也不一定就多麼粗俗，只是看來眼熟，哪裏見過這樣的茶杯？也許每個中國飯館的茶杯都差不多的吧？

人漸漸地多起來。跑堂的女孩穿來穿去，走得甚急。一連端了幾盤菜，其中也有他的炒鱔糊。放下，連多看一眼也不曾，就又旋轉了腳跟翩然而去。炒鱔糊，吃起來膩膩的，不多麼對胃口，可是既然叫了，就要吃下去。酸辣湯倒是不錯的，使頭上結了連串的汗珠。得鬆一鬆領帶，不然氣都喘不過來了。算了帳，挺便宜，還不到六塊錢。放一塊錢在桌上算是給的小費。

慢慢地踱出飯館。外面竟霏霏地飄起雨絲，一張紅傘迎面而來。不覺一怔。傘下的面孔好熟，真真是似曾相識。在哪兒見過呢？看看走近了，傘下的人竟嫣然一笑。也笑一笑吧！看看並肩了，就要交錯而過。

「嗨！」紅傘停了下來。「不認識了？」

「啊！」想起來了，是瑪麗？加若琳？瓊妮？「你是瓊妮？」

「我不叫瓊妮，我叫珍妮！」

「噢，就說呢，珍妮，可不是珍妮！」反正沒事，轉過身，跟著紅傘走了幾步。

「珍妮，好久不見了。」

「是啊！我剛回到這兒來。找到一份新差事。」

「你是說，離開這兒一些日子？」

「豈止一些日子？快要一年了！先在S城工作，想想還是這裏好，所以又回來了。」

「這裏有什麼好？」

「朋友多呀！總是住過幾年的地方。你呢？一切都如意的吧？」

「託福！還過得去。」真巧，竟碰到珍妮，不知她今晚有沒有事？「你剛回來，應該請你喝一杯呀！有空嗎？」

「噢，讓我想想看……嗯，我看呢，這樣吧！就到我那裏坐坐，我就住在附近。」說完用眼睛瞟著。

「那也好，可以好好談談。」說著抄起她的臂，她卻有意無意地掙脫了開去。只並肩走著。

「就是這裏了！」

「好漂亮的房子！住幾樓呀？」

「十二樓，為的是可以看山。」

「呀！你也愛看山呀？」

「怎麼不愛，總比看牆壁好一點吧？」

「我住十五樓，比你還高三層。」

「那還用說嗎？你的錢多呀！我們這座樓，十五樓要比十二樓每月貴好幾十塊，可是總也沒有空，排隊等的人大有人在。」

「十二樓也就不錯了，幹嘛非要住十五樓？」

「高高在上嘛！誰願意整天叫別人踩著頭皮？」

一走出電梯，覺得燈光驟然暗下來，嶄新的猩紅地毯，牆壁是紅黑兩色的絨裱的，很闊氣。

她打開門，領頭走進去。跟進去，順手關了門。她在黑影裏先收傘、脫鞋，然後才去開客廳的一盞立燈。呀！這客廳可著實講究呢！斯坎底那維亞原色木的家具，淡紫色的地毯，中間一張方形的大玻璃桌，四條鬆銀的桌腿閃閃發光，桌下鋪了一張碩大的熊皮，落地窗前吊掛著四、五盆植物，綠油油的莖葉，有的蓬鬆四散，有的纖纖倒垂。一邊牆上斜掛了一張豹皮，牆下角釘牢了一張拉滿的漆黑的弓箭，擺出一副獵豹的姿勢，另一邊的牆上卻懸掛了一張龐大的裸女畫，很古典。看到的是裸女的背。裸女手執一朵花，作回眸顧盼狀，背景是一片朦朧的海景，雖說略嫌俗氣，跟這客廳的氣氛倒很相配。

「請坐，別客氣！」

「我還會客氣嗎？」覺著說得很得體，微微地笑著。

她一陣風似地飄到廚房去。聽到玻璃杯相碰的清脆的叮咚聲。

「你要喝點什麼？」

「你有什麼呀？」

「威士忌、伏特加，啤酒也有。」

「我不要啤酒，就來威士忌吧！」

「要冰嗎？」

「也好。」

把酒端來。「你喝酒，我得先弄點吃的。」

「還沒吃飯呀？」

「剛下班，哪裏有時間吃飯呀！」

「我倒是吃過了。」

「看你打飯館出來，準是吃過了。我的飯很簡單，你看，這就弄好了。一片火腿，兩片香腸，切一段黃瓜當生菜，還有煮好的馬鈴薯。」

「你慢慢吃吧。」

她竟把盤子端出來，左顧右盼一陣，最後過來坐在他的膝上，笑著說：「能不能坐這兒呀？」

忽覺忸怩起來，吃吃地道：「當然!當然!」手真覺無處放，攀上來，環著她的腰，有些溫熱的感覺。心中忽覺好生奇怪，不過見過一次，相處一回，同宿一夜，不知道她是誰，甚至名字都記不清了。

她叉了片香腸，送到他的嘴邊。搖了搖頭。她就又送進自己嘴裏去了。

早已習慣了獨坐書城，傾聽先哲的雄辯滔滔，或為小說中的一段情節觸動肝腸，或為一段樂章而潸然淚下，竟似有過無數的益友良朋。然而卻無能觸接他們。他們躲藏在一方方鉛字之後，他們潛隱在音符的波流之中。你舉起你的手來，卻觸到一片空虛。

她扭轉頭來，吃驚地叫道：「哎呀，你的眼好紅！你哭了麼？你哭了麼？」說著就放下手中的盤子，雙手摟住了他的頸，嘴唇觸接到那一串清淚。

躺在她身邊的時候，就問：

「你有很多朋友嗎？」

「也沒有很多，一兩個吧！」

「你說回到這裏來，是因為朋友的緣故。」

「一、兩個比一個也沒有總算多的吧？」

「當然！當然！」

「你呢？」

「也有幾個，也有過幾個，很久以前了。」

「你結過婚的吧？」

我結過婚嗎？我結過婚嗎？好像結過的，很久以前了。

「好像結過的。」

「只是好像嗎？」

「很久以前了。」她留在Ｐ城了，隔了半世，隔了遙遠的路程。「她留在Ｐ城。我輾轉走了不少地方。為了工作的緣故，不得不分手。開始本想安定下來，她就來的。可是我始終沒有安定下來，她也就沒有來。後來因為工作的關係，她也去了別的地方。我終於在這裏安定下來的時候，日子太久了，彼此也就逐漸淡忘了。」

「就不通信的嗎？」

「信是通過的。開始的時候常常寫信，後來不知道為什麼就漸漸稀疏了，而終至於失去了連繫。那也是很多年以前的事了。」

她嘆息了一聲，翻身在床邊的小几上摸到一包菸，遞了一支過來，又點燃了，兩人就並肩平躺在那裏。床邊的一盞暗弱的小燈，把嬝繞的煙氣描繪在潔白的天花板上屈曲，蜿蜒，蜿蜒，屈曲。

「真是的，有時候我也想結婚呢！」她說。

「真的麼？」

側過臉去略帶驚異地望著她。

她也側過臉來，略帶微笑地說：「不騙你，是真的，現在我覺得真好，我覺得我畢竟不是一個人活著。」

「也許你是應該結婚的那種人。」

「大概是的吧！可是結婚也真不容易。現今想結婚的人愈來愈少；特別是你們男人。」

「也有不少男人喜歡結婚的。」

「合適的就總不多。」

「什麼樣的人才是合適的呢？」

「譬如說像你這麼好的人。」說著伸手在他的臉上輕輕撫摩。他閉了眼，好像又回到多年多年以前的時光，早就沉睡在記憶裏的，變成了朦朧的一片夢境。

她的手從他的頰到他的鼻，從他的鼻到他的眼窩。她住了手，微微探起身來仔細地注視著他。

「你又哭了麼？」

他突然攫住了她的頸，雖然使她嚇了一跳，她卻並未掙脫。他吃力地摟緊了她，哀哀地哭了起來，哭得全身都抖索不止。她溫柔地搖著他、拍著他，口中不停地叫著：「貝貝！貝貝！可憐的貝貝！」

終於止住了哭，臉仍然埋在她的胸裏，羞赧地抬不起頭來。

她抽了幾條紙巾給他，這才把鼻子眼淚擦拭清爽。

「教你見笑了。」

「哪裏！哪裏！我也常常哭的；不過都是在一個人的時候才哭。現在，跟你在一起，我只覺得快樂。」

苦笑了笑，卻咬緊了下唇。又要了一支菸。

「你是這裏人嗎？」他突然問。

「不是，我是在東部出生的。」

「你的父母呢？」

「他們還在東部。」

「你們不常見面？」

「有時候也見面。見面時也沒有什麼好說的，所以很少見。你呢？你也有父母的吧？」

「我？很久很久沒有見面了，也沒有通過信。也不清楚他們怎麼樣……」

「大家的情形都差不多。」

「為什麼呢？東部並不是那麼遠，還是應該去看看他們。他們一定很想念你。」

「誰說的，才不會！我媽就知道喝酒。我爸住在醫院裏。」

「住在醫院裏？」

「住在療養院裏。他已經好久不會走路了。看樣子這一生大概是沒有出院的希望了。」

「是癱瘓？」

「可不是！兩條腿全不能動。每回見他，我就想哭，想痛哭。想起從前我們幼年時他那麼健壯的一個人，帶我跟弟弟爬山呀，露營呀，我們是有過一段好日子的，但一轉眼一切都變了。」

她猛吸了一口菸，又慢慢地吐出去，出了半天神，又道：「他自己倒並不愁。也許他慣了，認命了。」她仰起頭，故意把煙使勁兒地吹向天花板。一連噴了好幾口，轉過頭來：「認命了，一切都安然！」

「是，我們都認命了。到沒有什麼選擇的時候，這是唯一的處身之道。」

「可是我就不行，我就不想認命！」她的臉忽然繃得緊緊的，用力地搖著頭，脖子上的一條筋隨著她的頭艱辛地蠕動。「看到我爸那種樣子，我就難過，……」

「你也不必替他難受！」

「怎麼成？我是他的女兒呀！想起他那麼健壯的一個人，想起……所以我還是不要去看他。我要遠遠地到西部來，離得他遠遠的，遠遠的，愈遠愈好。」

「這樣你就可以忘了麼？」

「我也不知道！我只是不要認命。我不能替他做什麼，我救不了他，所以我也不要為他受苦。我要為自己找些快樂。」她掉過臉來瞪著他問道：「你想我做得不對麼？」

想了想，不知如何回答，卻終於吞吞吐吐地說：「沒有什麼對不對，自己覺得心安就夠了。」

「是。」她好像鬆了一口氣。「別再談這些吧！你知道，我沒跟人談過我爸，這是第一次、第一次。我也不知道為什麼竟跟你談起來，也許因為你是那麼好的一個人。你很體貼，了解別人。」

「我？我自己並不知道我有這些個長處。」

「是的，打第一次遇見你，我就覺得你是與眾不同的。現在體貼別人的人是愈來愈少了。」

「愈來愈少了。」他也這麼說著，就坐起身來探身撿起落在地上的衣物，一件件地穿回去。

「你要走麼？」她略感吃驚地盯視著他問。

「是。」

「其實你是可以睡在這裏的，你可以明早再走。」

搖了搖頭：「我睡不慣別人的床，明天還要上班，還是回去的好。」說著已穿著整齊，猶豫了一下，在衣袋裏摸出皮夾，抽出兩張二十元的鈔票，塞在她的手裏。

「其實你不必給錢的，我已經好久不做這種工作了，現在我有別的收入。」她說。他捏了捏她的手，意思是讓她收下。

她搁著那四十元，楞楞地望著他走出房去。

他走到門口，她忽道：「再見！祝你好運！」

「再見！也祝你好運！」他回轉身，也這麼說了，就匆匆開門走出去。

一九七七年七月十五日於溫哥華

雪的憂鬱

零下三十多度的氣溫，這差不多是北極的天氣。

從兩個星期以來，簡直無所謂下雪不下雪這一回事，雪時下時止，大地上早就是一片白。即使太陽偶然出來，在這樣的低氣溫之下，也無法使積雪消融。雪鋪在地上，掛在樹枝上，覆在房頂上，充斥在空氣中，也壓在人的心上。他闔上眼，便有一種窒息的感覺，好像積雪沉甸甸地由空中向他沒頭沒臉地覆蓋下來。以雪的冷、雪的堅凌，他的血管、肌膚、毛髮，就這麼硬生生地凍僵了。深埋在雪中，幾萬年以後，怕不要變成雪下堅硬的一塊化石。睜開眼來，又是那一片白，一片失去線條、失去稜角的一片渾噩的白，具有重量似地壓在他的心上。

是壓在他的心上。今天早上一起來，就發現掛在窗外的溫度計從零下三十多度降到零下四十度。他覺得胸口窒悶，但這樣凌厲的冷空氣，他是不敢打開窗戶的。他現在才明白，為什麼這裏的建築物都是雙重玻璃窗。他在香港起身前，雖然早就有心理的準備，但卻沒想到冷起來竟這麼使人難受。從他住的地方走到學校，雖說不過一刻鐘的路程，也足可把雙頰凍僵。要是在這種季節去拔牙，倒可以免了打麻藥。

他緊了一下在大衣領上纏了雙重的長圍巾，想加快一些腳步，卻又不敢真正加快；唯恐稍一疏忽，在凍得崩硬的積雪上滑上一跤，可不是個滋味。

枯乾的樹枝，一夜之間變得美麗非凡。每一根枝條都瑩白得耀目，放眼望去，一層層的銀枝疊疊不盡。這種光景他以前只有在銀色聖誕的畫片上見過，還想那是裝飾起來拍照用的，沒想到果真天地間就有這種景色。遠處的天空是灰濛濛的，每一座建築物都噴出一縷也是灰濛濛的煙氣，襯著地下的雪的灰白，竟成了一個單色的世界；雖有一種說不出來的美感，但美得單調，美得悽切。

悽切，他特別感到悽切。自從上個星期醫生告訴他檢查的結果，就有一種陰影罩在他的心上。他甚至於想到了死，雖說荒唐，在他二十三歲還不到的年紀，可也不是不可能的事。說也奇怪，想到了死，也並沒有特別的恐懼。他甚至於假想到自己倒斃凍僵在路旁的模樣。身體凍成冰棒一般，給人踢上一腳，就會把腳反彈回去。凍結在地上的屍體，搬也搬不起來，他就可以安穩地躺在那裏，等到來年春天積雪融盡的時候，才可以把他搬去埋葬。

這種滋味倒也不錯，反正到加拿大來唸書，選到這麼冷的地方，選的系別等等，都不是他的主意。爸爸說來就來，說唸什麼就唸什麼，一切都安排好了。要是他的病，也在爸爸的計畫之中，倒也順理成章，那麼死亡也就不是什麼可懼的。

上星期接到波兒的信，她還說多麼羨慕他有這種深造的機會。他覺得實在可笑。按著他的心意，他寧願留在香港。雖說他並不多麼喜歡香港，可是那裏畢竟是他出生長大的地方，有他相熟的朋友，和相熟的那一片土地。

他一面走，一面聽見自己腳下嚓嚓的響聲；腳下已經不是雪，而是冰。忽然一聲急劇的煞車聲，一扭頭，就看見地上躺著一個人，一輛車停在三尺開外的路中心。他跑過去。車中也下來一個人，把那躺在地下的扶了起來。渾身抖顫著，嘴唇流著血，是一個東方女孩兒。開車的人嚇了一跳，想是自己撞了人，下車一看，才知道女孩距車還有好大一段距離，是自己滑倒的。開車的問她傷了沒有，她搖搖頭；問她要不要送醫院，她又搖搖頭。他一隻手攙著女孩子的另一隻臂。女孩子對他說：

「我要去圖書館。」

「好，我送你去。」他說。謝了謝開車的人，他攙著女孩往前走。女孩兒已經掏出手帕，自己拭去了嘴唇上的血跡。剛走了兩步，女孩才發現扭了腳踝，只能一步一拐半倚在他的臂上。

「中國人？」他用廣東話問。

女孩轉臉望著他，似乎沒有聽懂他的話。

「香港來的？」這個女孩兒聽懂了，卻用普通話回答說：「台灣來的，我不懂廣東話。」

「噢！」

「你不會國語？」女孩問。

「會少少。」紅了一下臉，又急忙改口道：「會一點！」

「你來多久了？」

「差不多一年了。你呢？」

「剛幾個月，九月初到的。真沒想到這裏這麼冷，在台灣從沒有這麼冷的天氣。」

他這時候才注意到女孩穿得像一個球，大衣上的罩帽低低地覆下來，圍巾又高高圍上去，只露出眼睛和鼻子的三角地帶，腳下的長統靴是嶄新的。這一身打扮就怪不得摔觔斗了。

他們走上學生宿舍那一條室內小街。街兩旁是供應學生日用品的各種各樣的店舖。從這裏到圖書館可以一直走室內的走廊。他解下圍巾，女孩也解下圍巾，脫掉罩帽。他這才發現女孩的臉，扁扁的鼻子，大大的眼睛，頭髮燙得蓬蓬的，說不上漂亮，可也並不難看。

他們經過一間咖啡店，他停下腳。

「要不要喝杯咖啡，暖一暖？」

女孩望了他一眼，點點頭。

他們各自端了咖啡，找一張小圓桌坐下。他替女孩拿了糖和牛奶，放在她的杯旁。

「你不放糖？」女孩問他。

「不放。糖吃多了糟牙！」

女孩笑了笑。他見女孩的兩顆門牙中間裂開一條寬寬的縫，像波兒的一樣。他注意到波兒的門牙，是他們靠在尖沙咀碼頭的欄杆上的那一回。每人手中拿著一支巧克力冰棒，望著行人鯽似地在面前流過去。好毒的太陽曬在海面上，海波把晃蕩的陽光打背後反射過來。他一扭頭，波兒對他嫣然一笑，他就看清了她門牙間的那條寬寬的縫。他當時有一種衝動，想用舌尖去舔她門牙間的那條寬縫。也許他舔上去的時候，那條縫就會合攏來夾住他的舌頭。然而他只低下頭去舔他的冰棒，巧克力和牛奶的溶液流在他的拇指上，他也急急地舔去了，覺得肩背上汗膩得難受。

「你沒課？」

他吃了一驚。一看錶，「呀！」怎麼把上課也忘了！「來不及了！」

「真不好意思。」女孩說：「為了我，耽誤你上課。」

「沒關係！」

怎麼沒關係？這位老師極嚴，每次上課都點名，沒有人敢缺席的。多虧了這一門課，才學會了普通話。說起來也可笑，在香港時從來沒想到自己是什麼人。廣東人？中國人？英國人？都沒有關係。可是一到加拿大，忽然覺得自己是中國人了。中國人竟不會說中國話，真教人臉紅。中國人居然到加拿大來學中國話，更教人臉紅！也真虧他，這間大學居然專為香港來的學生開一門中文課。硬著頭皮選下來，要是教爸爸知道了該怎麼說？選這種課做什麼，還是把英文學好了是正經！

「你沒去過台灣？」女孩用小勺攪著咖啡問。

「沒去過。你去過香港？」

「也沒去過。香港一定好玩得不得了，是吧？」

「也沒什麼！人太多，很熱，很亂，很髒！」

他為什麼要這樣說？他明明想馬上飛回去，飛回那又熱、又亂、又髒的地方，遠遠地離開這晶瑩皎潔的雪國，再也不要回來！

「可是香港大家都說英語啊！你的英語說得一定很棒！」

「也不是每個人都說得好，上英文學校的說得比較好，上中文學校的就說不好。」

「香港英國人一定很多的吧？」

「不少。都是做官的跟做大生意的。」

「你算不算英國人呢？」

「我？」他嚥了口唾沫，不知道如何回答。過了一會兒他說：「不！我是中國人。」

「可是你是拿英國護照的吧？」女孩那麼不放鬆地瞪著他。

他想說是爸爸叫我拿的。可是到了唇邊的話又嚥了回去，卻說：「拿英國護照的也不能算英國人。雖然拿英國護照的英國人可以隨便到香港來，可是拿英國護照的中國人卻不能隨便到英國去！」

「你知道從台灣到加拿大來有多麻煩！我倒寧願住在香港！」

「香港是殖民地，有什麼好？」

「以前在台灣的時候，好想去香港。大家都說香港好好玩。」

「香港至少沒有這麼冷。是吧？」

「是呀！台灣也沒這麼冷。我家在新竹，就是風大一點，其他一切都不錯。在台灣的時候好想出國，出來以後又好想家。」

他抬起眼來仔細看那女孩，想在她的臉上找出她說的是否真話。這時她也正好抬起眼來看他。他們恰好四目相對，又同時慌張地低下頭去，急忙地端起咖啡來送到唇邊。他從咖啡杯上偷偷地瞟過去，見她的唇稍稍地腫起，剛才摔破的地方還有一絲血絲掛在那裏。

他無意識地舉起杯旁的小勺舔了一下，臉就突然地漲紅了。但是就在這時他覺得他的胃部急劇地收縮，急忙用一隻手扶在那裏。他知道他的胃部又作起怪來，也許他不應該喝這樣的黑咖啡。

「你怎麼啦？」女孩吃驚地問：「你的臉色好白！」

「沒關係！」他吃力地說，盡力忍住腹中的絞痛。「胃病！」

「胃病？」

他點點頭。

「胃出血？」

他又點點頭，疼得說不出話來。他想告訴她，也許他就要死了。上個星期醫生對他說得趕緊開刀。可是在學期中間，他怎麼能去開刀？爸爸說應該要把學位趕快唸完，爸爸說他應該得到好成績，爸爸說他一生勞苦全是為了子女，爸爸說也許要靠他全家移民到加拿大來，爸爸說……也許他應該寫封信問問爸爸他應不應該去開刀？其實開刀不開刀真是沒有多大關係，大不了就是死。在香港的時候，他已經幾次想到了這種問題。他好像預見到他的屍體漂在尖沙咀的海灣裏，他預見到爸爸的絞痛的臉色、媽媽的搥胸的嚎啕，他心中就有一種說不出的快慰，他就從海面上坐起身來對他們大喊：

「現在你們該稱心如意了吧！你們叫我做什麼，我就做什麼。看！這就是你們要我做的！你們總該稱心如意了吧！」

「現在好點兒了沒有？」女孩兒伸過一隻手來，放在他放在桌面上的一隻手上，他覺得這隻手好軟好膩。

他點點頭。

「為什麼不去看醫生？」

「看過了。」

「醫生沒給你藥吃？」

「醫生說要開刀。」

「要開刀？這麼嚴重！」

「也不是多麼嚴重，我總想自己會好的。」

「還是聽醫生的話好！」女孩拍拍他的手，就把手抽了回去。

他的陣痛已經過去了，臉上又恢復了血色。他推開了面前的咖啡杯說：「我想我應該回家去。」

女孩關切地說：「你能一個人回去？」

他笑了。「不能一個人回去，怎麼來上課？」

女孩看了看腕錶，站起身來說：「我也要上課去了。謝謝你的咖啡！謝謝你的幫忙！再見呀！」

「再見！」

他望著女孩圓鼓鼓的背影一步步離去，忽然想起來忘了問她的姓名。

穿過室內街道的玻璃壁，他可以看見銀白的樹枝層層疊疊地伸向遠方（爸爸的鬢髮這幾年也是銀白的了），氣溫大概仍停留在零下四十度左右。雪晶瑩地覆蓋大地，不知道什麼時候才會消融。

一九七七年十二月於愛夢屯

學笑的人

不知道從什麼時候起，他養成了這種發楞的習慣：不言不語，只楞楞地望著前方，望著空間中的不可捉摸的一點。這一點連繫著過去還是未來？他也不多麼清楚。總之，不是現在。他好像在「現在」裏逃脫了，消失了，不再存在於現在的感觸世界中。

他沒有什麼朋友，不只是現在，就是過去他也沒有什麼朋友。當然他是極需要朋友的。但不知為什麼，每逢遇到一個陌生人，三言兩語他就開始撤退了。他需要穩穩當當地回到他的孤獨中，然後慢慢地悽然地咀嚼著他的孤獨。他雖然早已厭恨透了這種孤獨，可是只有在孤獨中他才感到安全。一脫離了這種境地，他就失落了自己。所以陌生人對他終究是陌生人，他沒有一個朋友。

然而他忽然遇到了一個她。這個她也不過是一個陌生人，甚至於比一般的陌生人更要陌生。他想她的時候，他再也想不起她的衣著、她的面貌、她的聲音；然而他卻清清楚楚地記得她的眼光。對他，她的整個的存在就是那一個眼光，像一團火似地灼痛了他的神經。就因為灼痛了他的神經，他才清清楚楚地記得這一團眼光，好像在夏夜的天空飛墜的一顆殞星，帶著餘燼未了的光焰一下子闖入了他的心田。他竟來不及設防，就被這陌生的眼光闖入了，把他的孤獨的禁園生生地打開了一個缺口，才使他如此地惶惑不安。

她望了他一眼，這一眼就恰恰地落在他的跛腳上。一隻五吋厚的鞋底告訴了任何人他的腳跛的程度。他沒有抽回他的跛腳。然而他同樣痛恨這種無禮的侵越，正像他痛恨所有故意規避著他的跛腳的眼光一般。不過這眼光從他的跛腳一寸一寸地移動上來，接觸了他自己的充滿了敵意的眼光，好像立刻了然了他的心思，以一種較量手勁兒般的逞強固執地停留在那裏。他自然也沒有理由撤退。他一向都以他的冷峻回報任何無禮侵越的人。然而這次他終於受傷了，只因那是一團火，具有一種他未曾料及的熱度。他慢慢地低垂下眼簾，像一隻鬥敗的獸，狼狽地蜷伏回自己的巢穴裏。

「你不會笑！」

他吃了一驚。抬起頭來，就看見那一團燃燒的火焰哧哧地飛濺著火花。他於是慢慢地撤退，一步一步地，先移動他的未跛的腳，再把他跛的一隻拖回來。就這麼一步一步地撤退回他的禁園。

「你不會笑！」

隔了一大段距離，火花仍然飛濺著。他惶惑不安地加快了腳步，急急撤退，退入黑暗中，讓黑暗包圍了他，就不會再有跛腳、再有他，再有任何目見的事物。

然而他並不喜歡黑暗，黑暗帶給他一種隱隱的恐懼。他還記得幼時他的父母把他一個人撇在家裏的光景，只有一盞發著瑩瑩的藍光的小燈，他就悄悄地爬出他的眠床，尋找母親。聽不到任何聲息，面對著無窮的黑暗，他盤坐在那一盞藍色的小燈的瑩瑩的光焰裏，咧開嘴大聲地哭喊。除了他自己哭聲的空洞的回響，聽不到任何聲息，只有黑暗一層層地蕩漾開去。

每次他楞楞地出神的時候，就好像又盯視著那無窮的黑暗，他又成了一個盤坐在瑩瑩的藍色的光焰裏的三歲的孩子。那恐懼的滋味就像酸甜苦辣一樣明確地在他的口腔裏流動。他並不多麼喜歡這種滋味。然而這卻是令他感覺到自己存在的一種獨特的方式。如果沒有這種滋味，也便不會有他。

「我不會笑？」

從什麼時候起他停止了笑？再也記不起來。也許他根本就沒有笑過，因此他臉上笑的肌肉是不存在的；就是存在過的話，恐怕也早已僵死了。

在鏡子裏他看到他自己的面影，他說不上是喜愛還是厭惡。既然沒有一個朋友，也許他應該要喜愛這一個面影；不然又有什麼存在的理由？為了這麼一個理由來自惜自憐，未免太單薄了吧？然而卻也總算是一個理由。

他微微張開嘴，把兩隻手的中指插進兩邊的嘴角裏，然後輕輕地把嘴角朝外拉扯；但總不像一個笑！他又用兩手的中指壓在太陽穴上，把眼角狠狠地往上拔起，仍不像一個笑！

他有些灰心，就垂下手來，眼睛卻仍然盯視著鏡子裏自己的面影。一會兒他就穿過了他自己的面影，看到了他背後的空間。他就又盤坐在一盞藍色的瑩瑩的光焰中，面對著無窮的黑暗。他哭著尋覓母親。

然而黑暗中什麼也沒有的，沒有母親，也沒有任何親切的東西，他便因此遠離了人羣。所有與人的關係，對他都是一片不可捉摸的黑暗。他只有在黑暗前方的暗弱的燈影裏，望著黑暗一波波地蕩漾開去。心中懷著點兒無可名狀的恐懼，有一隻跛腳，又不會笑，這就是全部的他，他的全部。

恐懼的滋味又在他口裏流動，他覺得他必須抗拒任何無禮的侵越。他要結結實實地把自己封閉在他孤獨的禁園中。也許他並不真正需要朋友，他需要的只是點面對自我的勇氣。他有一隻跛腳，他不會笑，然而他卻有在口腔裏流動著的一種恐懼的滋味。想到這裏，他忽然覺得有足夠的理由生存下去。

一九七七年十二月十六日寫於愛夢屯

舞醉

他急急地從他那狹隘的單人公寓跑出來的時候，好像火燒屁股那麼急。他不是不能忍受孤獨，而是他不敢面對著自己。

這些年來他一直過著單身的孤獨生活，並不以為苦。然而最近幾個月來，忽然發現當他孤獨地一個人留在公寓裏時，他就變得異常亢奮不安。坐也不是，站也不是，電視也看不下去，書也不能讀，最後在無可若何的亢奮中，他總是在自家身上發洩一番。事後他又深深地懊悔，覺得自己犯了不可饒恕的罪過。特別是他發現他的眼圈黑了下去，臉消瘦了下去，他就真真地感覺到生命在他的體殼裏這麼毫無意義地溜走了，他竟還沒有嘗到愛的滋味兒。不管是什麼樣的愛，即使是殘缺的呢，變態的呢，都比這麼讓生命白白地流逝要好得多了。

所以最近他竟不敢在公寓裏久留。一到他發覺那亢奮的情緒一抬起頭來，他也不管是什麼時刻，立刻抓起外衣匆匆地奔到大街上去。他住的這條大街差不多是這個城市裏頂熱鬧的一條，不管什麼時候都充滿了人潮。他就在人潮中急走，一直把自己走出一身汗來。

這時候他雖然仍在亢奮的狀態中，可是他覺得他身體中所發射出來的電力不再被四壁反射到自身上來，而是射入了大街上他所遇到的那些人們的體殼之內；同時他也感覺到別人電力的反應，他便藉此獲得了一種紓解的快感。

然而他卻又不想主動地去尋求更為紓解的機會。他以為他只要張開一張網，別人就應該自動地闖入來。這樣他就可以佔有了絕對的優勢，接受還是拒絕，都可以隨他的意了。

在他所認識的女性中，也有幾個有意無意地丟給他幾個眼波，或是說些撩撥的話，但僅此而已，並沒有人真的投入他的網羅裏來。也許他張開的這面網太過於無形，就是誰人願投，也有些摸不著頭腦。

他自己呢，卻也並不自責。他不說自己缺少勇氣，卻覺得強摘的果兒吃不得，他一定要等那瓜熟蒂落的機會才覺得自然。所以他總對自己說，我並不需要這些女人，獨身的生活是很安逸的。然而當他感到生命這麼無聲無息地暗暗地溜走的時候，他又不免懊惱。連愛的滋味兒還沒有嚐到，人就要老謝了！想到這裏，他心中不免又充滿了矛盾。

當他在大街上這麼急走的時候，他有時會覺得迎面而來的人臉直朝他壓了過來，像坐在立體影院內看迎面駛來的飛車或奔馬，一直壓到面前才倏然打身旁逝去，卻因此驚出一身冷汗，他渾身所流的汗一半固然是迅急扭動的腿的肌肉所逼洩的，而另外的一半則是這麼驚出來的。

他這麼跑了半個或一個小時之後，就喘著氣返回家中，立刻去沖一個冷水浴，然後用乾毛巾把身體擦得像剛拔掉毛的小雞一般。

他剛剛在著力地摩擦他的因冷水浴而結出了雞皮疙瘩的皮膚的時候，電話竟意外地鈴鈴地響了起來。誰會打電話來呢？許久沒有接到電話了。

摘下電話機，對方是個尖細的女音：「是羅大維嗎？」

「我就是。請問你是誰？」

「猜猜看！」

這倒奇了，好久沒人來電話，來一次竟這般調皮。想一想，只有一個較熟的女朋友。

「蓓蒂？」

「什麼鼻涕眼淚的！」

聽著原不像蓓蒂的聲音。忽然想到了那個在馮家遇到的女孩子，衝口而出：「戴梅仁！」

「好個大美人！」

「你不是戴梅仁？」

「我倒希望是了！」

「猜不著！」

「女朋友太多了，自然不容易猜。」

頭上忽然冒出汗來，不知道如何回答。幸好對方打開了僵局：「老同學，不記得了？真是貴人多忘事，上個月不是在梁家碰見的麼？」

「哎呀！陸楓，是你呀？我還當是誰呢！」

這句話又說糟了，果然對方頂了回來：「女朋友一籮一筐的，當然不會想到咱們了。」

「得了，得了，陸楓啊！你這張利嘴我算服了。」接著笑兩聲。倒很滿意到了節骨眼兒上自己居然也有這種應對的本領。

「怎麼？看樣子，你的口才也不差呀！記得在X大的時候，不是一張口就臉紅的麼？真是士別三日就得刮目相看！」

真虧她，陸楓居然記得自己一張口就臉紅的。自己對陸楓倒沒有多大印象。在X大，尖口利舌的女孩子太多了。

「到國外總得學點本領吧！」

「原來是到了國外才學的！」

「哎……哎……我真說不過你。上次不是一見面就教你考甏了？」

「現在不是大碩士了嗎？怎麼這麼容易就考甏了？我倒問你，還記得上次我們約好的事嗎？」

呆了呆，約好的什麼事呢？

「對不起！我們約過什麼事嗎？」

「唷唷唷！說你貴人多忘事，一點也不差！我們不是說一起去跳舞的嗎？」

糟了！居然是一條自投羅網的魚！

「噢，可不是嘛！後來因為……因為……因為丟掉了你的電話號碼。」

「是真的丟掉了？還是臨時的藉口？」

「是真的丟掉了喔！」

「要是什麼大美人的電話號碼，大概就不會丟掉了吧？」

「是我胡塗，那天你寫的那塊紙片裝在口袋裏，洗衣服的時候忘了拿出來，洗沒了。」

「這倒沒關係。丟掉了，我再給你。還想不想一起去跳舞呀？」

這條魚竟這般不知趣地自投羅網！

「怎麼不想？正找不到舞伴呢！」

「倒用不著這麼客氣。你看，舞伴都自己找上門來。」

「那……那……那就去跳！說去就去，今晚就去好不好？」

「哎唷！倒沒想到你是這麼個急性人！我只不過提你一句。」

「你看你，掠上人家的勁兒來，你又要打退堂鼓！」

「誰打退堂鼓？你說今晚是不是？今晚就今晚！去哪兒？你說！」

想了想：「去熱風好不好？」

「熱風在哪兒呀？」

「就在百老匯大街，離鋼比街不遠的，門口有個紅燈的大招牌，閃呀閃地，遠遠兒地就看見了，很好找。咱們九點鐘在熱風見。」

「你沒車呀？」

呀！好大的架子！自個兒找上來的，還要人去接駕！斬釘截鐵地：「沒車！」

「那也不要緊。但你得在門口等我，我不要一個人進去。」

「好，一言為定，九點熱風門口見！」

掛斷了電話，一看腕錶，六點不到，還早得很。不過，還是先吃了飯再說。做飯也容易，煎一煎已經解了凍的豬排，調一碗生菜，現成的麵包，泡一杯茶就成了。

吃了飯，把碗碟往廚房的水池一堆，也不去洗，端著那杯熱茶，歪在沙發上，一口一口地呷著。

窗外，對街的樹梢在夕陽中抖動著閃光的綠葉。那天陸楓就穿了一襲翠綠的又像旗袍又不像旗袍的長袍，袖子挺肥，下襬挺寬，腰身卻又緊緊地煞進去，領口圓圓的開得極低。從沒見過開領的旗袍。

「你的衣服好別致！」

「自己設計的。怎麼？夠不夠水準？」

聽別人說陸楓跟一個美國來的波多黎哥人同居過幾年。後來那個波多黎哥人一甩手走了，陸楓失意了一陣子。可是她那種見人先帶三分笑的模樣，使人不覺得她有過什麼傷心事。女人真是善於偽裝的動物。

喝完了茶快八點了，趕緊去刷牙刮臉。其實臉早上已經刮過了，再刮一次比較保險。在剛刮過的臉上抹一把清淡的刮鬍後用的香水，麻酥酥的，有一種說不出的快感。把頭髮從中平分，又用水抹平。穿什麼衣服呢？幾條牛仔褲都該洗了，穿那條石榴紅的燈芯絨的褲子，上加一件黑綢的敞領運動衫。黑紅兩色很相配。脖子裏再掛上表姊送的那塊銀亮的福字。自己在鏡子裏端詳了一番，自己對自己笑，露出一嘴白牙。這一身打扮，很合乎登徒子的身分了。

為什麼想到登徒子？男人就不該愛美的麼？就不該穿幾件漂亮的衣服？何況去跳舞呢！父親！父親！我盼望你在這裏。要是你在這裏，我要穿上更花俏的衣服，或者乾脆脫個精光，走到大街上去。你的巴掌、你的拳頭、你的一腦門子的道學、你的嘆息、你的鄙夷的眼光、刀一樣利的眼光，是應該有代價的，對吧？

公共汽車上的人不多，他選了一個後座靠窗的位子。他斜對面坐了個年輕人。棕紅的髮，棕紅的修剪齊整的小鬍子，臉上佈滿了深褐色的斑塊，一個耳垂上釘了一點星型的金色耳墜，項間繫一條時下流行的白石項鍊。他不時地抬頭去望這一個年輕人；但這個年輕人只瞪視著車窗外充滿了斑斕的燈火的街景，始終沒有轉回頭來看過他一眼。然而他們竟在同一站下車。他發現這個年輕人也是到熱風去的。跟在這個年輕人的身後推開了熱風的門，才忽然想起來他是應該在門口等陸楓的。他又連忙退回來。

先站了一會兒，看看錶，九點一刻，原來自己也遲到了一點兒。他看見有人在街道兩旁停車，有人走進熱風裏去。他在門前來回地踱著。再看看錶，已經九點三十，還不見陸楓的影子。他倒開始懷疑陸楓會不會先他而至，先進去了。再轉念一想，既然她說過不要一個人進去，總不會先進去的。女人總有遲到的習慣，表示她們在生活中有更多的自由，實在是因為少有自主的關係。

正這麼想著，一輛計程車在路旁停下來，飄出一個碧綠的身影，正是陸楓。穿的還是那天見過的那襲又似旗袍又不似旗袍的袍子，只是今晚在袍子上加了一件白色的毛線披肩，手中多了一個黑色的錢包。一見陸楓，他又忍不住低頭看了一眼腕錶：九點四十！

「對不起，來遲了點兒！」陸楓輕描淡寫地說。

整整遲到了四十分鐘！只是一點嗎？

他嘴裏卻說：「沒關係！等女朋友就得有點耐心。對不對？」

「這還像話！」陸楓說。說著挽起他的臂，一起走進熱風裏去。

進了雙重的隔音門，才是買票的窗口。這時已經聽到裏邊的震耳的樂聲；喇叭響得特別高昂。一走進舞廳就沉進煙霧繚繞的音波裏。彩色的燈球，只能把舞廳照得半明半暗，只有那個小型樂隊的台上是明亮的。兩支喇叭、兩架電吉他、一個鼓手、一支豎笛就湊成了今晚的樂隊。那個吹長管喇叭的是一個三十來歲的矮胖子，一頭棕黃的鬈髮，正對著麥克風。另外那個喇叭手是一個生絡腮鬍子的黑人，旁邊兩個彈吉他的都長髮披肩，有一個側身斜對著舞池，只能看到他半邊臉。鼓手也留著鬍子，加上披散的髮，差不多只能教人看見兩隻炯炯發光的眼睛。只有那個吹豎笛的臉長得修長清秀，非常年輕，也是長髮披肩，看不出是男是女。舞池已經半滿，台子也已上了八成座。他們找了一個角落坐下。桌上玻璃罩裏的那支小蠟燭已經奄奄欲熄。他伸手拿起來，左右搖了搖，把化成液體的蠟油搖到四周，燭芯才又炙亮起來。然而受了這咖啡色燈罩的阻遮，燭的光度與其說是照明，不如說是點綴。

陸楓把披肩摘下來。放在椅背上。他問陸楓要喝些什麼，陸楓說：「威士忌！」

「這裏不賣酒！」

「舞廳不賣酒的嗎？」

「有特種執照的舞廳自然賣酒，這裏只是私人俱樂部的性質，所以不賣酒。」

陸楓撇了撇嘴說：「那麼，給我來杯 Seven up。」

他走到飲料櫃台那裏，替陸楓要了杯 Seven up，替自己要了杯橘汁，又買了兩碟花生米，一併端回來。

他端起橘汁喝了兩口。在這樣喧鬧的樂聲中談話幾乎是不可能的。他扭頭四面看了看，多半的人都已下池跳舞。在不遠處的一張檯子，圍坐了四、五個年輕人，正在歡聲嘩笑。在公共汽車上看見的那個棕紅頭髮的小伙子也赫然在內。不知為什麼他忽然覺得那修剪整齊的髫子配著閃光的金色耳環，實在滑稽。當他掉轉回眼光的時候，卻發現陸楓正在盯著自己，眼中閃出一種晶亮晶亮的光彩，他忽覺得很為不安，就立刻請陸楓下池跳舞。

他開始穩穩地斯文地扭，但樂聲很急，不久他就不能自持地旋開雙臂大擺大扭，而且不時地打著圈子。陸楓卻一直扭著小碎步。她的腰身雖說很緊，衣服的下襬卻開得很開，照說很有大旋大擺的餘裕，但不知為什麼她一直那麼扭著小碎步。也許她的鞋子不多麼合腳，怕扭傷了腳踝；也許她的豐脂已經太厚，早已扭動不起來了，然而她卻一直瞅著他，半嗔半喜地微微笑著，瞅得教人心慌，使他不得不掉開眼光去仰望天花板上被旋轉的燈球拋射出的閃爍不定的燈影。他覺得自己是一隻鳥，正展開雙翼在綴滿繁星的夜空中迴旋，耳邊的樂聲卻是海潮與勁風。

他正淫淫地冒著熱汗，樂聲戛然而止。擴音器裏報告說樂隊要休息二十分鐘。他們回到自己的位子。喝光了那杯橘汁，又去買了兩杯，一杯給陸楓，一杯給自己。喧嘩的人聲突然高昂起來，填充了樂隊所遺留的空寂。擴音器裏又報告抽獎開始。除了門票的號碼以外，還可以加買五毛錢一張的彩票。中獎的就可以得到一張這個樂隊所灌的唱片。他買了兩張彩票，但都沒有中獎。

「你常常來這裏？」陸楓忽然問。

「有時候來。」

「一個人來？」

「有時候一個人來，有時候跟朋友。」

「好像這裏很不錯嘛！都是年輕人。」

「也有老的。」他向一邊努了努嘴，指給陸楓看一對花白頭髮的夫婦。

老了的時候還有愛情麼？要是還沒有嚐到愛的滋味人就老謝了呢？

他就拿眼去瞟陸楓。陸楓的眉毛顯得特別黑，好像是畫過了。嘴唇也很紅，塗了唇脂。頭髮黑亮亮地壓在頭上，像一頂黑緞的帽。是假髮麼？他很想伸手去揪一下看看。

「你怎麼這麼森森地看人？」

「是森森地麼！」

「可不是森森地，眼珠一動也不動，好怕人！」陸楓說著垂下眼去。

他收回了眼光。樂聲又起了。他見那個棕紅頭髮的年輕人跟一個黑髮的小伙子一齊走下舞池去。那個黑髮的沒有鬍子，胸前的領口卻露著一叢茸茸的黑毛。兩人一下去就跳得很野，都是大扭大旋，不停不歇，看得教人頭暈。他的眼光又落在另一對女人的身上。一個極胖，跳得非常肉感，在她扭動的時候，胸和臀都震顫不已。另一個身材適中，穿了一條極短的熱褲，皮靴高及膝骨，上身是一件袖口極肥的印度布花衫。她把兩臂高高地伸出，一上一下的翩躚，猶如穿花的蝶翅。兩腿也大大地叉開，每步都叉一大步，卻又把腿軟軟地抬起輕輕地放落，纖細的腰身便成了支持上下翩舞的兩段的中軸。他真吃驚，這麼纖細的腰身，是否承得起這上下兩段的張力？那上邊的一部分會不會真如穿花的彩蝶斷飛而去？

「不跳了？」

他好像從夢中驚醒，把手順從地遞給陸楓，兩人就又走到舞池，立刻把手分開了。

陸楓還是走她的小碎步，上身板著，屁股也不多麼扭動，臉上仍然掛著那種半嗔半喜的笑容。他慢慢地扭動腰肢，兩手在她身體的左右搖擺，看看觸到了她的身體，卻又抽了回來。她仍然走著她的小碎步，可是臀部開始做大幅度的擺動，原來她的腰也還是柔軟的。她偏著頭，臉上帶著微微的笑容，雙眼半閉，他就看清楚了她的塗抹了靛藍的眼皮。她的鼻梁稍稍塌陷下去，她偶然張開嘴的時候，便露出一隻尖銳的虎牙。奇怪的是只有一隻，如果他們的距離不是這麼近，是不容易看得出來的。這個女人最近只不過才見了兩次，多年前的影子早就模糊了，他的記憶中好像從沒有這麼一個人。然而這是一個女人。如果在大街上遇到這麼一個女人，他會背過臉去；如果在什麼聚會裏遇到，他不會提起交談的興趣。他不明白為什麼竟同這個女人這麼面對面地跳著扭著。

他也開始半閉了眼，覺得自己像一條蛇，在地上直立起來，從腳跟逐漸地向上蜿蜒。他任他的頭左右搖擺，手臂柳枝一樣的柔，水藻一樣地蕩在音波的波流裏。他微微睜開了眼睛，又看到了陸楓半塌的鼻、靛藍的眼皮。他想伸手去摘她緞帽似的假髮。真是假髮麼？也許是她自己的頭髮！她自己的頭髮有這麼黑？這麼亮？也許是染過的！他實在想的是扯她的圓領。從沒見過開領的旗袍。「自己設計的，夠不夠水準？」她的頸為什麼這麼短？還要露出來！如果他伸手從低低的圓領那裏在她胸前朝下一撕，會是種什麼光景？然而他的眼光卻一剎那觸到了那個吹豎笛的青年。長髮披肩，乳色的縐紗襯衫在胸前開了一條縫，緊縛著他（或她）豐盈的胸脯。他也可以哧地一聲從那條開縫裏撕下去，他就可以知道他到底是男是女。低低的圓領，朝下一撕。他的手無意中撞上了陸楓的腰。她嫣然一笑，露出了那隻尖尖的虎牙。愛情！他能不能愛上這麼一個人呢？有時候他獨自到舞廳裏去的時候，看別人成雙捉對地廝舞，只有自己孤零零地坐在一隅，被人海棄絕了的，覺得好寂寞、好寂寞。那時他想只要有一個同伴說幾句話就可以滿足了。愛情，那時候愛情不過就是需要一個人陪伴著說幾句話而已。現在他竟可以跟一個女人共舞。他會不會愛上這麼一個人？一個跟波多黎哥人同居過幾年的這麼一個人？跟波多黎哥人同居又有什麼關係？為什麼獨獨想到波多黎哥？波多黎哥人、美國人、非洲人、亞洲人、印第安人、黑的、白的、黃的、紅的，不都是從猿猴變來的麼？不都是一類的動物？躺在一張床上，在夜的羽翼的覆蓋下，都是一樣的軀體，一樣的愛情！那就是愛情？想著跟陸楓兩個人赤條條睡在一張床上，就有一種奇異的感覺，說不上是興奮，還是沮喪。愛情也許只是一種想像的情感，一落到現實生活中來就不免乏味。世間不管多麼美味的食物都不能天天不停地吃；不管多麼悅耳的聲音，也不能日日無懈地聽；那麼兩個人之間的愛情又能持續多久？兩個不同的個體，都具有著獨立發展的潛能的個體，如何能被這麼一個奇妙的字眼兒連繫在一起？陸楓的靛藍的眼皮、稍稍塌陷的鼻子、尖尖的虎牙，如果在街上遇到你會背過臉去，但你也不是不可以跟她睡在一起。你又有什麼條件？然而你愛她嗎？她愛你嗎？不是因為她來跟你跳舞就表示了她對你的愛情，正如不是你肯來跟她跳舞就表示了你對她的愛情一樣。就是兩個人睡在一張床上，也並不一定就表示產生了愛情。愛情是可能的嗎？就是可能的，又有什麼結局？如果你透露了你的愛意，毋寧把把柄交到別人的手裏。那時候就該只有任人宰割的份了。像幼年時肆無忌憚地發著拗脾氣，逼出媽媽一泡一泡的眼淚，還不就是你摸準了她愛你。只有在這種暴虐中，你才感覺到媽媽對你的愛情。等到父親一陣巴掌下來，什麼拗脾氣都沒有了。所以你認定了父親並不愛你。愛你，為什麼會狠下心下那般毒手？一巴掌下去，就是五個赤豔豔的指印子！愛情！愛情只是為了一個人可以折磨另一個人！只有在你愛的人受到折磨的時候，你才能感覺到愛的滋味。一點也不錯，兩個獨立的個人，能有什麼愛情！不但愛情是那麼不可能，就是彼此相知也是難的。就是當兩個人你看著我我看著你的時候，不是還是兩個人？你仍然得承擔你所遭受的壓力，啃噬你自己的痛苦。沒有人可以真正分擔你的問題，你也不能真正分擔他人的。而生命也同樣地會流逝，跟沒有愛情的時候一樣地流逝。

流逝！流逝！他張開嘴，嘶嘶的聲音在他的胸腔裏像擠壓著一個漏氣的皮球似地流洩了出來，但立刻淹沒在震耳的樂聲中。只有他的頸的兩旁突起了兩稜明顯的青筋。他仰了臉，天花板上的燈影一剎時又化作迷目的星空。彷彿他獨自置身在一個星球上，這個星球正在急劇地震動著。他的汗就大滴大滴地沿著雙頰流了下來。他只能閉上眼。他仍然感到陸楓在他的面前扭著。你所想的，陸楓能知道多少？陸楓所想的，你又知道多少？你還要去愛？你還企圖為人所愛？那只是因為寂寞，嗯，寂寞！寂寞可以教人發狂。發狂的時候，你就不管什麼愛不愛，你就跳上一個女人的身體把她姦淫了。這也算是愛情的吧！陸楓的圓領開得這麼低。為什麼？為的是露出她正要隆起的那一部的胸？白皙皙的胸肌，在她塗了粉的臉的下邊更顯得白皙皙。

為什麼這麼熱？汗淋淋漓漓從他的額上、頰上、頸上不停地流洩下來。他開始大扭，開始急轉身，像要把他的體軀充塞到四方。他覺得他的頭髮在他著力迴旋的時候向四面飄起。

他的兩手伸出去，彷彿想抓住些什麼。特別是他忽地一下轉回身來，兩手就恰恰要抓在陸楓的身體上。他只要從圓領那裏一撕，哧地一聲！那身體該是柔軟的、光潔的，雖然是教波多黎哥人的黑手撫摸過的身體，也該仍是柔軟的、光潔的。他就縱身跳上去，哈！哈！陸楓開始撕咬他的胸、他的腹，哈！哈！他流了滿頭的汗、滿臉的汗、滿胸的汗。他騎在她的身上。哈！哈！他喘息著要窒息天旋地轉天旋地轉要窒息他大叫兩手猛烈地伸出忽地一下轉了一圈忽地一下轉了一圈雙腿是搖動的槳無法停止在音波中划動他的雙手要脫飛而去忽地又一圈兩手猛抓他要抓住那一對柔軟的髮向四周飄起大汗淋漓如雨地激烈地喘息忽地又一圈……

咚地一聲，他撞進陸楓的懷裏。

「哎唷！」陸楓尖叫了一聲，穩住了他的身體。「你這是怎麼啦？」

他垂著頭趔趔趄趄走回他們的座位，抓起那半杯橘汁咕咕地一口氣喝淨了。

他抬起頭來，看見那個吹豎笛的仰起笛子對著他猛吹。不知道是男是女？

「你怎麼啦？」陸楓伸過一隻手來抓住他的臂關切地問。

「頭暈！」

「你跳得太猛了麼！沒見過像你這麼猛轉猛轉沒命地跳的！」

「這才是跳舞！」

「跳舞是拚命的嗎？」

「……」他想要吐。

「是不是好一點？」

他搖了搖頭。一剎時他覺得他的血液都離開了他的頭部往下倒流，像一條小溪似地潺潺地向下流，使他連吐的力量都沒有了。頭上七竅生風，眼前就黑糊糊地了！

「我看，我們還是走吧。」陸楓說。

他站起身來。他感到有一隻手撐著他的臂。他好像走在雲裏霧裏，踏著腳下軟綿綿的雲朵。他覺得他們走過了兩重門。好涼！好涼！一個趔趄，他重重地摔了下去。好疼！他用手指去摸他的額角。

「你這是怎麼了？」陸楓急切地俯下身來。

「醉了！」

「你沒有喝酒嘛！」

「醉了！」他又重複道。

「你看，都流了血！」陸楓慌不迭地在她那黑色的錢包裏去掏手絹，去替他擦拭額角上隱隱流出來的鮮血。

父親！父親！你看啊，你的拳頭，你的歎息，你的鄙夷的眼光！

「Taxi-Taxi-」陸楓忽然朝街心揮手高叫著：「好，起來，我送你回去！」

他使力爬了起來。仍然感到有一隻手臂撐著他的臂鑽進了汽車。

他的頭靠在她的肩上，軟膩膩的。他喃喃地告訴了司機他的地址。他嗅到一股混雜了香水的汗酸。

汽車停下，她轉過頭來問他：「是不是這裏？」

他連看也沒看，就點了點頭。他們爬出汽車，她仍然扶著他的手肘。他打褲袋裏掏出鑰匙交在她的手中。她開了大門。

「幾樓？」她問。

「五樓！」他說。

他們進了電梯，出了電梯。她看清了拴在鑰匙上的號碼，就用他給她的鑰匙打開門。他們進去。她把他小心地放進那張長沙發裏。

「還疼不疼，這裏？」陸楓用手指捺捺他的發了青的額角。

他露齒一笑，血一下子海潮似地沖回他的頭部。他一抬手就抓住了她的手腕，另一隻手出其不意地攔腰將她抱住。吹豎笛的青年，不知道是男是女。一使力就把她的人壓在了自己的胸上。

「你這是做什麼？」陸楓吃驚地瞪大了眼睛。

父親？父親！教波多黎哥人的黑手摸過的身體也該仍然是柔軟的、光潔的！

陸楓吃力地掙扎，他也吃力地掙扎。沙發前小桌上有一個花盆翻落到地下，沙發前的小桌跟著歪斜到一邊。兩人都喘著粗氣，臉上淌滿了汗。他鬆開了抓著陸楓手腕的那隻手，猛地抓到她的胸前圓領。哧地一聲，那又像旗袍的上襟左右裂開。我到底知道你是男是女！

砰一記重重的耳光。

他怔住了。鬆了手。

「豬！豬！」陸楓趁勢跳起來哭聲地喊。一手按著裂開的衣襟，一手抄起她的白色毛線披肩飛也似地衝出門口。讓門在那裏大開著。外面是黑魆魆的走廊，有一股涼風跟著衝了進來。

他仍然坐在那張沙發裏，臉上淌著汗，心通通地跳著，兩行熱淚慢騰騰地打他的眼裏流了下來。

一九七八年三月於愛夢屯

失業者

在我畢了業也失了業的這段日子裏，我像脫離了社會、脫離了組織的一個方外之客。我沒有家庭，沒有親人，沒有工作，沒有朋友，是一個真正無牽無掛的遊子，漂流在異國的土地上。我說是沒有朋友，也許是說得太過分了些。朋友總還應該是有的，只是都不過是些泛泛之交，如我不去主動地聯絡別人，也就沒人主動地來聯絡我了；特別是在我失業的這種日子裏，就益發產生如此這般的感覺。

這種時候，我也真正感覺到為人的自由。我總是獨來獨往，不負任何責任，也似乎沒有任何掛慮。我在失業保險處得到了最起碼的生活保障，似乎也無甚苛求，也沒有什麼野心，日子也就這麼樣地打發過去。

我也不讀書，也不看報，也不關心人世間的一切事件，每天午後便到海邊的沙灘上去曝曬我的肌膚，像其他與我一般的失業者一樣。在別人努力工作的時候，我們這班人卻懶洋洋地躺在海邊的沙灘上，度著漫無止境的假期。我也弄不清到底我們這班人是為社會所拋棄，還是自願地逃避現實，不知上進。

這樣的生活，我也並不覺得特別的快樂，可也沒有特別的痛苦。幾個星期以後，我的皮膚已經曬成咖啡的顏色，血管裏充盈著旺盛的生命的血漿，心裏便產生一種莫名的渴望。渴望什麼呢？卻也說不清楚。

我每天來到沙灘上，海在那裏，日光在那裏，安閒的失業的人羣在那裏。每個人佔據了一方土地，把四肢懶洋洋地伸張開來。大家都是些孤單單的個體，少見成羣捉對的朋友和家人。大家面對著海洋，面向著陽光，寂然無聲地讓生命靜靜地流逝。沒有想到去與別人交談，也沒有人去侵越別人的領域，大家都揀選左右四方五至十公尺以內無人的所在安置下去。這種空間的距離防止了任何企圖與人交談的欲望。眾人挺在那裏，倒像是些寂然地擺在墓園裏尚未下葬的屍體。

然而我們畢竟不是屍體，仍是有血有肉的人，有感覺，有思想，有作為人所應具有的一切。我說「我們」，因為至少我自己是如此，便沒有理由設想別人不是如此。這時我的的確確感覺到我的存在，一種極為強烈的感覺，是我以前從不曾有過的。以往的生活都有一種目的——一種為社會為家庭所決定的目的，需要我全部的精力予以完成。我的身心彷彿只是為了完成這個目的而存在的一種工具。不錯，只是一種工具！一種手段！我的自身並沒有任何目的可言。我的存在便只反射在完成目的的程度上。我為成功而喜，為失敗而憂，因此憂喜的情緒與我自身在那一定的時空中的安適與否並無直接的關涉，反倒控馭在未來的假想的掌握中，我的存在也就空懸在未來的假想中了。如今，我沒有了職業，沒有了野心，沒有了作為，有的僅是為了維持當下生存的一種最起碼的活動，我因此好像忽然發現了我自己，發現了在天地間這一時刻所存在的這麼一個個體。我不再追馳，便也就安然地接受了當下的這一種存在的方式。我感到陽光之溫熱、清風之舒暢，是的確確用了我的肌膚的感覺，沒有想到陽光與清風會增進我的健康，有了健康的身體才能完成什麼什麼大業種種人為的社會的邏輯。因此，可以說，我打社會裏逃脫了。我成了一個原始的人。

我仰起頭來便立刻看到湛藍的天空，有時候那裏有幾片棉白的雲，但更多的時候是看到海鷗的翼在陽光下發出熠熠的白光。我會因此而冥想到我自身也騰身而起，那飛著的是我，而躺著的是鷗。我的雙眸因強光的刺激而感到疲憊不堪的時候，就自動地闔了起來，陽光就在我的眼簾上幻出了一陣櫻紅的雲霧。我再細瞇了眼縫，就又會瀏見一粒粒的珍珠綴在我的胸肌上。有幾顆倏地打兩脅滾了下去，沉入了熾熱的細沙中。我也瞅見了我自己臂上的汗毛被陽光染成淡褐的顏色，在清風中微微地抖動。細細地品察時，便彷彿感到毛孔中的一種極輕微的搖撼。我的手指穿過沙地熾熱的表層，就觸感到沙內的陰涼，像有一股沁心的冷泉順了我的手指流入我的雙臂。

環顧四周，人們都靜靜地在日光下曝曬著肌膚，感覺到我所感覺到的這一切簡單而原始的感受。驟然間好似這般光景成了人生唯一的景貌，唯一的目的。人生除了到海邊享受陽光之溫薰，清風之暢拂，再也沒有別的事可為了。

是，沒有其他事可為了！我是一個失了業的人，頂奇特的又是在異國的土地上失了業的人。我的教育，我的奮鬥，我所做過的一切的努力，彷彿就是為了達到這麼樣的一個目的：在失業保險處領取救濟金，然後到海邊來度那漫無止境的假期。在這個社會裏，已經多年沒有戰爭，沒有災荒，沒有饑饉及其他物質匱乏的威脅。人無求於人，人與人的關係也淡了，人無所驕於人，別人的成就與地位也就沒有什麼足以欽羨之處。人的權柄受著法律的局限，不管有多麼大來頭的人，也無所施力於你；所以不管他是什麼人，也沒有任何值得敬畏之處。大家都各自一般活在自己那有限的一方空間中，彼此無所關涉。你病了，自有醫院的醫生來照顧你；你死了，自有人來把你的屍體埋葬或火化；你還有什麼有求於人的？但我心裏卻產生一種莫名的渴望！渴望什麼呢？卻又說不清楚。

有時候我也想到這樣的生活不如回國去，再去過那種人與人彼此廝纏得糾結不清的日子。大學的時候，八個人同住一個房間，你礙著我，我礙著你，誰也不得清靜。那時候多麼期盼有自己獨佔一間房的日子！人為了在有限的空間求生存，做出各種各樣的掙扎。有的不計一切犧牲，以求出人頭地；也有的硬踩著別人的頭皮往上爬。有鄙夷一切的貴人，也有奉迎諂媚的奴才，有得意洋洋的，也有灰心喪氣的，有仗勢欺人的，也有含冤莫伸的，哭的哭，笑的笑，亂作一團。那時候多麼企盼可以過一種與世無爭，清靜安樂的日子，像現在躺在和薰的陽光下的沙灘上一般。

以往所做的種種努力，莫非就是為了達到這一個目的——漂流到異國的土地上來做一個無所事事的失業者，每天不勞而獲地嚼著牛排、喝著牛奶、吃著麵包，然後大搖大擺地蹣跚到海邊上來曝曬那不勤的四肢麼？到皮膚曬成咖啡的顏色，血管裏充盈著旺盛的生命的血漿，皮膚卻一天天皺摺起來。過了幾十個寒暑，生命也就逐漸地消融於無形了。不曾苦幹，不曾欺誑、不曾奉迎，也不曾驕世，只安詳地使生命消融在海灘上的日光下，這就是人人所期盼的清靜與安樂的生活麼？我不多麼明白！但是我確實感到一種自我的存在，一種極為強烈的感覺，是我以前不曾有過的。

我似乎終於——噢，終於肯定了自己，打以往死纏住我的那種脫逃的感覺中脫逃出來。我一向總有一種脫逃的感覺，脫逃出家庭，脫逃出責任，脫逃出社會，脫逃出我所不喜的那種種人與人的關係；甚至於脫逃出我自己！不但我，別人也在不停地脫逃中。我的父親就從我的母親那裏脫逃而去。我的母親口口聲聲地說他的生命是為了我的父親而存在的，可是終生她不曾做過一件取悅於我父親的事。她不自覺地折磨他，迫趕他，卻自以為她多麼需要他，愛他。她躺在病床上為癌症銷毀了形骸的時候，仍然詛咒著他。我一閉上眼就可以看到她那種銷盡豐肌的面容，在蓬髮下只剩了兩顆火樣燃燒著的眼睛，盯視著白色的窗幕。窗外雨點一滴滴地打在芭蕉的綠葉上，間雜她一聲聲的乾咳，空洞而悠遠。她的生命就這麼一絲一絲地乾涸下去，沒有過去，沒有未來，甚至於沒有現在。她好像是從不曾存在過的一個鬼物、一個夢魘，在沉睡中拖著鈍重的腳鐐一步步踏過我的心房。我便從狂喊中驚醒過來。我要脫逃，逃出這一切積壓了幾千年的夢魘。

現在我躺在這金黃的沙灘上，好像從驚悸中復甦過來，發覺了我自己的形體。沒有責任，沒有野心，沒有任何的鞭策驅趕著我。我終於感到生存是一件欣悅的事。我活著不再為了旁人，而只為了我自己，或者說只為了活著而活著。我走了那麼多波折的彎路，終於又回到這麼樣的一個結論。讓有野心的人去取得權勢吧！讓喜愛工作的人去工作吧！而我卻是一個沒有野心的懶人，偷取了別人的成果而苟活；雖是苟活，卻也不失那一份生的欣悅。

幾個星期過去了，沒有人來顧問我，我也不去顧問人。我的皮膚已經成了咖啡的顏色，血管裏充盈著旺盛的生命的血漿，心裏就開始產生那種莫名的渴望。渴望什麼呢？渴望發生一些事件，渴望發生一些人與人的關聯。就是主子與奴才、欺人與被欺，也總是一種人的關聯；雖是一種不美滿的關聯，卻也是一種關聯，與漠不相關的情況不同。

拖著腳鐐的腳又一步步地踏上我的心房。我所脫逃過的夢魘又閃出些五顏六色的誘人的魔光。我本想已經逃出了人間的絞索，現在卻又感到惶然。如果我有抉擇的權利，我又將何去何從？我是否應該先保有我自己，不為外物所驅策？

唉！我一面享有獨立不羈的自由，一面卻又渴望著絞纏不清的人事。多麼矛盾的念頭！大概生活在羣體中的個人，總免不了這樣的矛盾。在羣體中的個人是不會有真正的獨立不羈的自由的。然而在羣體的生活中是否會完全喪失掉自我的意識呢？螞蟻和蜜蜂是喪失了自我意識最徹底的生物，卻又不多麼值得人們的欽羨！所以我還是以保有自我為美。

我就這麼躺在沙灘上，懷著我的渴望，等待著發生一些事件在我身上，而事件卻總不發生。也許別人也這麼渴望著。譬如說，我丟一把沙在我鄰近的人的臉上，就足可以引起一種紛爭、口角，或拳腳交加的爭鬥。這也是一種人與人之間的交往與關係。可是我並不去丟這樣的一把沙，也沒有人朝我的臉上丟一把過來，所以爭鬥也不會發生。如果我對人說一聲「喂！」也可以造成一種交談的機會，說不定可以交成一個朋友。然而我已有的朋友都不去聯繫，因為都是些泛泛之交；再增加多少個這種的泛泛之交，對我的生活都無濟於事。所以我就閉緊了嘴，絕不對人說一個「喂」字。如此腳鐐的聲音也就愈來愈遠了，夢魘也溶入了天邊的白雲蒼狗。我每日來到海邊的沙灘上，揀一方左右四、五公尺內無人的隙地躺了下來，讓日光曝曬著我的四肢，清風暢拂著我的肌膚，我就扎扎實實地感到我的存在。

在這一方天地之間，有我的體積，時間就在我的怦怦的心跳中流逝過去。生命中無怨無尤。於是我只有這麼想：這就是一個人極真實的生存目的！

最後的一天假

惶惶地徘徊了半日，你兀自赤著腳站在近水的沙灘上。

兩個星期的假期，一眨眼就過去了。想到今天已是最後的一天假，就不免倒抽一口冷氣；明天又要做那種枯燥乏味浪擲生命的工作了。把成千累萬無休止的信件按照郵區、街道、門牌捆紮起來，一日復一日，做著同樣不變的工作。手指已經被信件和捆紮的繩索磨出了老繭，腦子更是一片空白，身體不過是一架肉做的機器；什麼服務人羣、服務社會的美言，只不過是哲學家坐在安樂椅裏一時的空想罷了。人類的感覺與思想總離著好大一段距離。

然而如沒有這枯燥乏味的工作，就不知何以維生，還談到什麼生命？活著好像就為了幹這種枯燥而乏味的工作，而幹了這枯燥乏味的工作才可以生活。生活真是不可理喻的！幸而每年有兩次這麼短暫的假期，給生命多少增添了一分光彩，就如陰暗中的地下室中偶爾透入的一線驕陽。

最後的一天假期，該如何珍惜！然而也要完了，正如生命本身，不管多麼珍惜，總要了結一般。想著一切都終究要過去，便不免有點兒神傷。因此才被她笑為神經質。其實她也同樣會感傷；有時還要流淚，流更多的淚。

也許不該與她相遇，就在這沙灘上，在陽光下，她也有一個短暫的假期。反正一切總要過去，相遇與否也就沒有多大關係。坐在她身旁，看她把太陽鏡戴上又摘下，摘下又戴上的那副不安靜的模樣，才真是神經質。

就在這裏，她坐過的地方，一隻小沙蟹飛馳而過，也不留什麼痕跡。陽光依然嬌美，和風依然薰暢，然而卻是最後一天的假期！如是最後一天的生命，又該做如何感想？也不過如此的吧！畢竟不是最後一天的生命，雖然明天的日子已不多麼像生命，卻仍不能不算是生命。在你仍然感到你無所感的時候，感覺就仍然在那裏，你便仍然是一個活物。

活著的東西，多少都有一份欣喜，不管活得多麼無聊與痛苦。她不曾說過痛苦這兩個字，可是她也沒有什麼笑容；正像你，笑的肌肉好像特別僵挺。也有些愛笑的，像那邊一對中年夫婦，一面大嚼炸魚，一面吃吃咯咯地笑個不了，雖然笑聲十分空洞，竟像是魚刺卡了喉嚨的結果，但總是笑聲。她也笑過兩次，有一次是冷笑，有一次是淡淡的苦笑。這樣的時候，你都覺得她並不可愛，你寧願看她的眼淚。也許因為你自家心中深藏著一份殘忍的悽苦，雖不一定以看別人的痛苦為樂，但那種無助的惻怛很能引起你的同感。你因此也陪她流些淚。沒有什麼特別的原因，只因彼此對問著：「我們為什麼活著？」問了又問，問了又問，問到最後就把眼淚問出來了。在那一刻你感到與她非常接近，你竟想到決心改變你的生活。然而這樣的念頭一眨眼就過去了。你還是得回到你的信件中。她呢？她回到她的百貨商店中去，去一天站他七個小時，去對川流的顧客苦笑。這是她的生活。每人都有自己的一方天地。你不想走進她的天地，她也並不邀請你走進，正如她也並不想走入你的天地，你也沒有邀請她的意思。

可是你也並不遺憾，甚至於有些欣喜。她把太陽鏡除下，問你有沒有火柴的時候，你替她點了香菸，也替自己點了一支。她別過頭去，戴上太陽鏡，抽她的香菸，並沒有說別的話。你眼裏充滿了海天的湛藍，忘了她的存在，她卻又突如其來地跟你說起話來。先從天氣談起，然後又說到工作，有一句沒一句，前言不搭後語地。

你覺得奇怪，她坐過的那地方，如今竟只是一片沙地。你走過了，好像什麼也不曾發生過似的。你雖然覺得這沙地沒有什麼值得留戀，只因為這是你最後一天的假期，便也就沒有理由馬上離開這裏。還有不少戴太陽鏡的女人坐在這片沙灘上，她們也許剛剛開始她們的假期，而你的已是最後的一日！就要完結的最後一日！

你揀了一片草地，在兩個彈吉他的青年身旁坐下，跟沙地隔著一條走道，便像跟她隔成兩個世界：草地與沙地、今日與昨日。

那天她問你：「明天還來不來？」那天的明天就是今天的昨日。啊，已經是昨日了！但也是她的「明天」，你們的「明天」。你只簡簡單單地說了一個來字，第二天你們果然又在同一個地點相遇。她安靜了不少，不像那天似地把太陽鏡一會兒戴上，一會兒摘下。她請你替她把防曬油塗在背上她自己搆不到的地方，你也並未驚奇，因為她馬上自薦把油塗在你的背上。就像現在這兩個吉他手把油塗在彼此的背上一樣自然。他們真年輕，十七？十八？總之不會超過二十歲。兩人都有豐滿的胸肌和寬厚的背。他們塗完了油，又繼續彈奏他們的吉他，仍是那麼舒緩而幽深。你喜歡舒緩的調子，就像現在這有一聲無一聲的那類。這使你覺得正像自己的生活，雖然是有氣無力的，卻也像一支歌曲，你便叫它作「無聊之歌」。但有一天發生了有聊的事情，你又覺得不知所措，反倒想還是無聊的好。你會覺得不管多麼有聊的事，最後仍然不出無聊的範圍，又何苦去花那番精力！

她應該是一個精力旺盛的人，就憑那麼健美的身體！然而神情卻又是懶洋洋的，教人覺得活著是一樁極費力的事。她給你沖了一杯極濃的咖啡，就懶懶地躺在那張睡椅裏，模樣是再也不必起身了。只因為夕陽落海的時候，你提議同去進餐，你又搶著付了她的帳，她才覺得有請你到她家裏喝一杯咖啡的必要。你本來想坐坐就走，無奈話題愈扯愈遠。她又拿酒給你喝了，你的話就愈發多起來。起初她只是聽著，後來她也滔滔地說起她的故事。說著說著就流下淚來。也沒有什麼特別悲傷的事蹟，可是淚就這麼來了。就像這吉他的樂聲，一聲聲把時間扯碎了似地，就足以教人傷感莫名。

她並不見得是一個多麼傷感的人，看起來頗為理智，家裏理得有條不紊的。像你一樣，雖活得不多麼起勁兒，可也並不是捱日子，該做的還是做了。也許你們早已失去了年輕人那種浪漫不羈的氣息。像這兩個彈吉他的青年，穿著這麼破爛的衣服，仍不失其樂，倒是值得令人欽羨的。你有些好奇，開口問他們是不是學生？他們搖搖頭，並不停止彈他們的吉他。你又問他們是不是在工作？他們又搖搖頭，仍不停止彈他們的吉他，他們也許不願意跟你搭訕。她卻是喜歡跟你談的。她又是那麼溫柔體貼的一個人，看你流淚的時候，她就忍不住抱住你說：「哭吧！哭吧！每個人都需要痛哭的。」其實你的淚完全是教她引來的，又因為你喝多了酒，平常你才不是那麼個傷感的人呢！

她說：「我在這裏，你要哭就哭，要笑就笑，一切都很安全。」

「世界上真有安全的所在麼？」你差一點又破口說出這句話來。

兩個年輕的吉他手中的一個竟歪過頭來問你有沒有零錢。

你驚訝地問他做什麼。

他說：「我們沒有工作，又遠離了家，所以沒有錢。沒有錢，可要吃飯呢！」

你就說：「那麼為什麼不去工作？」

另一個插嘴說：「喜歡的工作找不到，不喜歡的工作不想做。」

你又說，為了生活總應找點事做，不管喜歡還是不喜歡。他們卻不以為然。一個說：「為了生活而工作是對生命的一種浪費，不若這麼討幾個錢，只要可以填飽了肚子，就可以盡情地享受生命的快樂。」

你再沒有話說，就掏一塊錢出來遞在其中一個的手裏，心裏暗想：你不知道已經浪費了多少你自家的生命了。這時，你似乎又聽到她所說的「我們為什麼要這麼活著」那句話和你所問的同樣的一句話。

離開她的時候，問她第二天還去不去海邊，她說假期已經完了。她問你同樣的問題，你也說假期已經完了。其實你騙了她，你還有今天一天的假期呢！你為什麼要扯這樣的謊話？只是因為她說假期已經完了，你便當作是她不願再見你的藉口。你又有什麼理由再見她呢？

年輕的吉他手又把一塊錢還到你的手中。你詫異地望著他。他便指一指海濱的那家餐食店，你才發現店前坐了幾個罷工的店員。你卻看不清他們胸前的牌子上寫明的罷工的理由是什麼。他們赤裸的身體上都塗著閃光的防曬油，舒舒服服地躺在陽光裏，也就是足夠的理由了。

但願郵局再來一次大罷工，你就又可以回到沙灘上來了。你把那塊錢又塞給那個吉他手說：「拿著吧！你們總是要吃飯的。」

「我們常常餓著肚子，倒也不在乎！」那人接了錢，又繼續彈他的吉他。就這麼一聲聲地把夕陽彈入海中——這麼大的一輪落日！

你說再見的時候，她跟到門口，她的頭就恰恰映在立燈的光輝中，那時你竟想她背後有一輪落日呢！你看不清她的面孔。你吻她的時候，卻覺得她的唇在動著，似乎想要說些什麼。你抬起頭來，給她個說話的機會，她又不說什麼了。你倒是想問她，你們是不是應該再見？到了，卻什麼也沒有問就離開了她。你便想到她也許想問同樣的一個問題，而終竟也把話嚥了下去。大家都太懶，懶得沒有任何興致去改變目前的生活，像是已經預知，即使有所改變，也一定沒有什麼結果的。為什麼要花這份心思？還是一切隨其自然的好。

短暫的假期就要完了。最後的這一天，不管多麼珍惜，也要過去。這一天你本來不打算再到這裏來的，後來卻又來了。看到一隻小沙蟹爬過她坐過的沙地，一點痕跡也沒留，什麼也不曾發生過似的。

吉他仍然一聲聲響著，愈發地把夕陽催入海中。木椅上坐著兩個老人，正望著大海出神。他們的白髮都教夕陽染紅了，臉上卻呆呆地沒有一點表情。他們目不轉睛地瞪視著大海，彷彿可以這麼永生永世地瞪視下去。

「生命就讓它這麼消磨了麼？」

你知道你不會再見她，甚至於不會再想她。她來到這裏，像一陣風；你來到這裏，也像一陣風，吹過去就什麼也沒有了。她可以再遇到別的人，你也可以再遇到別的人。生活仍然繼續著，不管多麼乏味，也仍然繼續著。生命就如此一天天一日日地耗損下去。

然而你仍覺有些悽然，只因為這是最後的一天假期，竟像是再也不會有這樣的假期了，雖然你明知再過一年你又會有這樣的一段時光。

康教授的囚室

十月末的秋陽，不等轉到正西方已經沉墜下去，暮色霧似地漫上窗台。康教授朝園中瞥了一眼，見除了那株春天時經她的手修剪過的木本玫瑰外，別的樹木都已兀禿禿的了。仍然青碧的草地，也給敗葉密密地覆蓋起來。他早就應該——像往年似地——把敗葉耙起，今年竟沒有這種心情，就任其腐屍似地一層層地疊在那裏，隨秋風泊蕩，任秋雨澆淋。有些葉子已緊黏在草莖上，開始腐爛；荒涼！殘敗！這景象轉眼間也就被暮色吞沒了。

他拉起窗幃，就見瑪麗——那個最近雇用照顧他飲食起居的老女人——已經把一盤冒著熱氣的干芋湯擺在餐桌上。他坐下，把餐巾從那個陳黃的象牙環裏抽出，一抖就攤在膝頭。他略一頷首，瑪麗就點燃了擺在餐桌中央兩旁的兩支半燃了的紅燭，然後靜悄悄地退到廚房裏去。

他瞅著面前的湯盤，低眉垂目，像個入定的老僧。湯盤旁銀調羹的長柄上刻著KY兩個字母。過了好大一會兒，他才掬起調羹，他的拇指正好蓋在Y字母上。他慢慢地舀了一勺湯，送進嘴裏。一抬頭，隔著搖曳的燭光，他就看見她仍然坐在餐桌的另一端，像平時一般，雙眉緊鎖，低垂眼瞼，並不舉箸。她臉色蠟黃，就是皮膚白淨的中國女人過了三十歲的那種蠟黃色。中間扁塌的鼻梁上佈了星星的幾個深褐色的雀斑。她的平滑晶亮的黑髮絲似地從兩鬢垂掛下來，一直垂到被餐桌遮去視線的地方。額前的劉海整齊地止於眉際，好像給她的臉龐做了一個半幕，他的臉就謎樣地躲在幕後。

「楊！」他激動地叫了一聲，銀調羹噹地一聲跌落進湯盤裏，好幾滴干芋湯飛濺到他胸前的衣襟上，他也並未察覺。瑪麗打廚房裏伸了個頭出來，馬上又縮了回去。

「喝你的湯！」她低著頭喃喃地說，且不看他。她聲音低微，說話總是呢呢喃喃，因為她有一隻暴牙，怕張大了嘴給人瞧見。

他喝了一口湯。

「那本書你仍然沒有寫完麼？」她略一抬眼，馬上又低垂了下去，面無表情地喃喃著。

康教授好像吃了一驚，右手不自覺地去抓了抓蓬亂的頭髮。

「你得趕快把這本書寫完。」她繼續喃喃道：「這本書太重要了。作為一個漢學家，你得懂得中國人的心態表情。要想懂得心態表情，你得從文學入手。最精微的文學莫如詩，詩中充滿了意象與情韻，抓住了詩中的意象與情韻，就抓住了中國人的心態。你懂嗎？」

他怔怔地朝前望著，呆如木雞。

「上次漢學會議上你那篇論文直如放屁！」

他瞪大了眼睛。

她仍然低垂了眼瞼繼續她的呢喃：「你也配談莊子麼？你懂得什麼是逍遙齊物？什麼是秋水馬蹄？你還是別去丟人現眼！你應該從詩入手，這是捷徑。」

「可是我是學哲學的呀！」康教授反駁道。

「我不管你學什麼的，你只要按照我的話去做，保管沒錯兒！」

「我那篇論文，也不是沒有人拍手叫好。」

「自然叫好啦！你把逍遙唸成酒肴，你把馬蹄說成豬蹄，還能不叫好嗎？再說呢，你的同事都把『莊子』唸成了『莊』子，『老子』卻又認作『老』子，逍遙酒肴又有什麼關係！」

「哲學弄不得，詩更弄不得了！」

「這是胡話！我知道你又要說那句話：哲學不過是幾句空話，說錯了也沒有多大關係。可是我要你真正出人頭地，真正懂得中國的學問。所以你非把這本詩論寫成不可。不寫李白，就寫杜甫，要不然寫王維也可。風花雪月，你們也不是沒有，只是感覺有些差異，理解是不難的。這就如代數中的公式，以已知數代入未知數，未知數就變成已知數。世間沒有比這個再容易的事。」

「你說的倒簡單，中國東西我也弄了十好幾年啦，不想愈弄頭愈大。到現在連四聲也唸不準！」

「四聲唸不準是誰的錯？」她忽然抬起頭來，眼內閃出一種冷冷的兇殘的光芒。「我怎麼教你來著？」

他從膝上抓起餐巾放到餐桌上，人站了起來，遲遲疑疑地向餐桌那一端移過去。到了她的面前，他就半跪了下去。她的兩手平攤在膝上，他就把他的手放在她的手中。她的黑緞似的長髮像兩片幕布似地垂在他的面頰的兩旁。

「跟我說：媽！麻！馬！罵！」她每說一個字，就齜出一次她的暴牙。

「媽！媽！媽！媽！」

「再說：媽！麻！馬！罵！」她的手合了起來，大拇指的指甲掐在他的手背上。

「媽！媽！媽！媽！」

「胡說！我說的是：媽！麻！馬！罵！」她的指甲漸漸深陷下去。

「媽媽！媽媽！」

「胡說八道！聽仔細：媽！麻！馬！罵！」她的指甲在他的手背上愈陷愈深。

「媽媽媽媽！」

她住了口，咬著牙，直把指甲在他的手背上掐出一道血口，血隱隱地流了出來。

他仰起臉來，恨恨地說：「我恨你！恨你！恨所有的中國人！恨中國文化，恨中國的一切！」

「教授！」

康教授一回頭，看見瑪麗拉著長臉站在他的身後，胖大的身軀，像一座肉塔。

「教授，你的湯都要涼了，還不快去喝！」說著瑪麗提著康教授的衣領就把他提了起來，一直把他送回到原來的座位上才鬆了手，轉回廚房裏去。

康教授剛舉起調羹，就聽見一聲冷笑從對面傳來。那女人歪坐在楊坐過的那張椅子裏，棕紅的髮梳成一個高髻，濃妝豔抹，一對碩大的銀色耳環左擺右盪，倒也儀態萬千，手中還執著一把摺扇，不停地搧動，好像暑熱正盛的光景。

「你笑什麼？」他傻著眼問道。

「我笑你這個小傻瓜！什麼不好學，偏去學什麼勞什子的中文！這種奇怪的東西，一輩子也別想弄得通！這還不說，又去娶一個中國老婆，把親戚朋友的關係也都斷了。現在吃苦受罪，全是活該！」

他張大了嘴，伸出右手，又去抓他的亂髮。

女人就站了起來，嬝嬝婷婷地走過去打開了餐廳的門，一羣人立刻蜂擁而進，你推我擠，吵雜無比。他立刻給人擠下了座位。他只能矮下身，躲入餐桌下面，仰起臉，他就看見人們的腿腳在他面前擺來擺去。那女人俯下身來，用扇子點著他的額頭說：「乖乖，該去睡了！」

他搖了搖頭。女人就惡狠狠地用扇子的骨筋戳在他的頭上，卻又回轉身去對進來的那些客人做出若無其事的一副笑臉。

過了一會兒，女人又俯下身來用扇骨擊打他的頭。他就兩手抱了頭向另一邊退去。在倒退的時候，他碰在一個人的腿上。仰臉一看，原來又是瑪麗肉塔似地站在那裏，手中端了一個盤子。

「教授，你的牛排！」說著瑪麗放下盤子，兩手吃力地揪著康教授的衣領，把他從餐桌下掏了出來，又把他安置在原來的座位上。撤去了干芋湯，把牛排放在他的面前。又倒了一杯紅酒在他面前的高腳杯裏。然後張開兩手，像趕雞似地把湧進來的人羣趕出了餐廳又走回廚房去了。

康教授迫不及待地端起酒杯，一口氣就喝了半杯。他拿起餐刀去割面前的牛排，割了半晌，卻一塊也割不下來。一抬頭，見楊就站在他的身旁，黑髮都搭落在他的肩上。

楊低垂著眼瞼，悄無聲息地把餐刀從他的手裏拿了過去，另一隻手叉住牛排，只聽克察一下，克察一下，就把牛排割成了小塊。

咯咯的一陣大笑，原來那個棕紅髮的女人正站在那餐桌的另一邊盯視著楊的動作。

「從小他就不會割牛排。每次都要我來親自動手。」她說：「我們原想他是白癡，可是他又不是。他不過就是比別的孩子遲鈍一些。」

「夠了！夠了！」他瞪了那女人一眼，大聲喝斥道。

「別理她！」楊說：「她就是這種幸災樂禍的人！吃你的牛排！」說著就叉起一塊牛排送進了他的嘴裏。可是因為用力太猛，刺著了他的舌頭，使他尖叫一聲，還是把牛排吞了下去。

瑪麗又從廚房裏伸出頭來望了一眼，馬上又縮回去了。

他覺得楊的長髮搔得他的脖頸癢癢的，他就撩起她這一邊的長髮放到他身體的那一邊去。這樣他就躲進了她的長髮形成的那間密室，他覺得好安適。正在這時楊叉起第二塊切碎的牛排又送到他的口邊。他一開口，叉子又刺上了他的舌頭。他不免抗議道：「楊，你刺痛了我的舌頭！」

「刺痛了你的舌頭，是叫你把四聲說好啊！」楊說。

「對對！該該！」棕紅髮的女子插嘴道：「誰教他不務正業，去學這些奇奇怪怪的東西！今天學中國話，明天學日本話，後天就要去學野人國的話了！」

「什麼話！」他怒目而視道。

「別理她！」楊喃喃地說，小心把暴牙用嘴唇包得緊緊的。「這女人無知無識，滿口胡言！」

第三叉到了他的嘴邊的時候，卻刺中了他的下唇，楊借勢狠狠地插下去，把他連人帶椅叉倒在地上。

棕紅髮的女人喋喋地大笑起來，一迭聲地說：「好啊！好啊！你這個沒用的東西，是專門給人欺侮的呀！把我的臉都丟光了！」說著伸手去扯他。他正想去撥開她的手，不想一撥並沒有撥動。定睛一看，卻又是瑪麗肉塔似地站在面前，一隻粗臂揪住了他的前襟，另一隻粗臂扯著椅背，只一帶，就把他連人帶椅掀了起來。

「教授，你又醉了！」

「醉了？」他不服氣地反駁道：「我並沒有喝多少酒呀！」

「你還再用多喝嗎？你肚子裏的酒已經存了半缸了！」

唐教授垂了頭，懨懨地坐在那裏。

「吃完你的牛排！」楊說。

「乖乖，快吃！」棕紅頭髮的女人說。

「教授，倒是吃你的牛排呀！」瑪麗也說。

他搖了搖頭，把盛牛排的盤子推開。

瑪麗撤走了牛排，端來了一盆生菜。

康教授皺了皺眉頭。

瑪麗替他撥了一盤生菜，擺在他面前，就又回廚房去了。

「這生菜真不錯！」楊說著用食指跟中指夾了一片剛要送進自己嘴裏，中途改變了主意送到他的嘴裏來了。克察克察地咬嚼著生菜，卻聽楊道：「多吃點生菜，精力充沛，寫完你的書，明年系主任就是你的了。」

「系主任？」棕紅髮的女人站在另一邊不勝驚異地叫道：「系主任倒是個不錯的差事。」

說著也夾了一片生菜送進他的嘴裏。他也克察克察地嚼嚥下去。

「這樣的孩子也能做系主任嗎？」棕紅髮的女人微微側仰著頭，右手輕輕地搖著摺扇，半譏誚半懷疑地說。

他仰了頭，張著嘴，去細查她這副表情，卻冷不防被人揪著耳朵把他的頭扳回另一方。那是楊。她湊到他的耳邊細聲說：「別聽她說什麼！你的問題都是她弄出來的。」

他望望這邊這個女人，又望望那邊那個女人，就舉起右手去搔他的亂髮。

棕紅髮的女人換了個姿勢，把身體的重心移到另一隻腳上，用收緊的摺扇篤篤地點著桌面說道：「做系主任也不錯呀！別忘了你父親是當過法官的。我們是上等人家！」

楊又俯身湊上他的耳朵低聲道：「她不是利物浦的一個野雞麼？到了這裏才嫁給法官老

爺的。」

他瞪了楊一眼。

棕紅髮的女人儀態萬千地後退了兩步，突然張開兩臂柔情地叫道：「噢，我的小湯米，讓我好好地看看你。就要做系主任的人了，誰相信呢！」她衝上來，冷不防在他的額上吻了一下，就咯咯地笑起來。

楊背轉身去，噘著嘴理她的長髮。

棕紅髮的女人沿著餐桌來往地踱著，她的拖地的長裙在她踱步的時候發出沙沙的聲響。她又繼續道：「小時候你不知道帶給我多少麻煩。別的孩子十一個月就會走，你一歲半才會爬；別的孩子兩歲不到就會說話，你三歲了才會叫爸爸媽媽。我們真怕你竟是個白癡。謝天謝地你倒不是！我又是個急性子，教你吃了不少苦。看！」說著她一手舉起餐桌上的一只燭台湊到他的面前，另一隻手撩起他額前的亂髮。「這塊疤就是我不小心失手用剪刀刺傷的。噢，我可憐的小湯米！」她又吻在他額上。這次她沒有立刻抬起身來。他卻意外地聽到一聲啜泣。他輕輕地推開了她，發現啜泣的並不是她，他的身後被燭光拋了個巨大的黑影在天花板上，俯壓著整個的餐廳。他轉過頭來，見啜泣的是楊，她的兩肩在披掛下來的黑髮下微微地聳動。

他站起身來，轉到楊的面前，見楊的長髮把她整個的面龐都遮沒了。他就一手撥開她的長髮，另一隻手去取了餐桌上的另一只燭台，仔細查看她的面容，卻見她也並不在啜泣，只是低垂了眼瞼神經質地聳動著兩肩，帶著十分不屑的表情。

「我只是擔心你不能及時完成你的書。」楊喃喃地說：「完成不了，什麼系主任，都要泡了湯。」

「我要努力做完，我……我……我一定努力做完！」他吃吃地說。

「別忘了去抓住詩中的意象與情韻，抓住了意象與情韻就抓住了中國人的心態。」

「是，意……意象、情……情韻！」他吃吃地說。

「那麼什麼是梧桐雨？什麼是寒江雪？」她忽然翻著白眼冷冷地瞅著他。

「梧……梧……」他吃了一驚，立刻噎住了。他想立刻轉身到書房中去翻查麥氏大辭典，他的手卻被楊緊緊地拉住。

「不用去查，查了也沒有用的。」楊冷冷地說。她從他手裏接過了那只燭台，就把燭台微微地傾側過來，讓熾熱的蠟油一滴一滴地滴在他的手背上，一面喃喃地道：「蠟炬成灰淚始乾呵！淚始乾！記住這句詩！」

他撫著他燙傷的手。楊放下燭台，捧起他的手，放到唇邊去吻那燙傷的地方。

他覺得她的唇一觸到傷處，就一點疼痛也沒有了。心中好像感到一種從沒有過的安適與快樂。他就也掬起她的兩手來，一直舉到他的唇邊。在他還沒俯吻下去的時候，卻聽到摺扇擊打著餐桌的篤篤聲。他抬起頭來，碰上另一個女人的冷峻的眼光。她微微搖著頭，緊抿著嘴唇，似乎在制止他的動作。她手中的燭光打她的臉下方反照上去，把她的兩目映成了兩個黑色的深洞。然而她臉上的肌肉卻漸漸地鬆弛下來，終於形成了一個笑臉。她就擎著燭台姍姍地走了過來，一面說：「我的小湯米，我們是有過一段好日子的。還記得吧！那個長長的夏日，我們在阿麗絲湖畔露營游泳。有父親、卡洛、你和我。我，我從沒有想我是一個多麼了不起的母親。可是我也為你們盡過心了。」

「你為卡洛盡過心！」他忿忿地反駁道。

「也為你，我的小湯米。別不知感恩！」她走到他的面前，把手溫和地放在他的手上。楊一轉身，抓起另一只燭台，低著頭繞著餐桌走到另一邊去。口中喃喃地唸著：「蠟炬成灰淚始乾呵！淚始乾！」他推開了這女人的手，繞桌朝楊那裏走去。「我們是有過一段好日子的，我的小湯米！」女人擎著燭台緊緊地跟上來。

三人之間保持著幾乎相等的距離，圍著餐桌繞圈子，天花板上閃爍著片片搖曳不停的燭影。就在此時，瑪麗氣勢洶洶地把一個托盤重重地頓在餐桌上，從兩個女人手中奪過了燭台，重新在餐桌上放好。康教授也就趁機悄悄地溜回到他的椅子上去，眨著無辜的眼睛，好像一個做了錯事等待呵責的孩子。

瑪麗並不在意，只把生菜盤搬開。在他面前放了一杯熱氣騰騰的咖啡，一小碟方糖，一小缽牛奶，就又走開了。

康教授並不去碰糖和牛奶，只端起咖啡來呷了一口。

「你父親喝咖啡也不放糖的。」棕紅髮的女人又發話道。

「你給他做過一杯咖啡嗎？」他楞起眼睛問道。

「為什麼要我來做？有傭人，為什麼要我來動手？」

「那是不一樣的！」

「有什麼不一樣！咖啡還不是一杯咖啡嘛！」

「你永遠不會懂得。不一樣就是不一樣。你一生就知道你自己，你可也想到過別人？」

他說著把咖啡杯重重地朝桌上一頓。

「小心！」楊插嘴說：「別打碎了杯，這是中國來的瓷器！」

他白了楊一眼，道：「中國來的就不能打碎麼？中國來的就更該打碎！我恨透了中國！」

他說著自覺氣往上衝，又加重了語氣說：「我實在恨透了中國！」

楊垂著眼瞼，看也不看他一眼道：「你要是恨我，就只管說是恨我，為什麼要說恨中國？沒有中國，你哪來的飯碗？」

他氣得咬牙切齒叫道：「是，恨你！恨你！恨你們兩個！」說著把咖啡杯狠狠地擲到地板上去。幸虧有地毯隔著，咖啡杯不曾摔破，咖啡卻濺潑了一地。

瑪麗一個箭步竄了出來，也不說話，撿起咖啡杯就走。一會兒又帶塊抹布來揩抹地上的咖啡，然而並無法揩抹乾淨，咖啡的濃汁仍然斑斑滴滴地留在銀灰色的地毯上。

「世上可有不恨父母的兒女嗎？」棕紅髮的女人說。

「哼！」楊冷笑了一聲道：「這有什麼好氣的。你要是這麼恨我，就來打我，殺我，都可以，犯不著跟地毯過不去。」說著她跪下身來，伸出她指甲尖尖的細長的手指憐愛地去撫摩地毯上的斑漬。

他的怒氣漸漸地沉落下去。他目不轉睛地注視著楊的每一個舉動。她的髮有一半攤在地毯上，她歪身坐在那裏，腿斜斜地伸出。他看見她赤著腳，趿著她在醫院裏穿的那雙繡著一雙紫色蝴蝶的淺藍緞的中國拖鞋。她的小腿渾圓得像一段未經雕琢的象牙。他竟忍不住奔過去，捧起一隻趿著藍緞拖鞋的腳，把唇貼到那象牙色的渾圓的小腿上。

楊似乎打了一個冷顫，迅急地抽回那一隻腳，用她的白色的袍子的下襬蓋了起來，兩手就吃力地把袍子的下襬釘在地板上，一面翻起白眼來瞅著他。

他也盯著楊的白眼。這麼過了好大一會兒，他忽然激動地伸出兩手，用哀求般的聲音說：「楊！我愛你！我愛你！」

楊毫無反應地仍然用白眼瞅著他。

他就伸手搁起她的兩手來。才待放到唇邊，就看見她的一隻手已經腫脹成深紫的顏色。

「呀！這就是春天裏剪玫瑰刺成的傷痕麼？」

「不錯。這就是春天裏剪玫瑰刺成的傷痕。」楊一字一字重複地說。

「這就是你的致命傷麼？」

「這不是我的致命傷！我的致命傷你知道是癌，是這裏的癌！」她抽出一隻手去放在她的胸部。「只是沒有玫瑰的刺傷，就不會發現這裏的癌。」

「不發現癌，你就仍然活在這裏！」他哭聲說。

「那又有什麼好處，橫豎你那麼恨我？」

「恨你，也愛你！我需要你，媽媽！」苦澀的淚滴在她的腫脹的手上。

她抽回了手，冷冷地說：「我不是你的媽媽，你的媽媽在那裏。」她指著端坐在燭光裏的那棕紅色頭髮的女人說。

那女人就咧開嘴大笑起來，愈笑愈響。他忽然發現那並不是笑，而是哭，一種沒有淚的乾嚎。她邊嚎邊道：「媽媽已經老了！老了!!她的兒子早已經把她忘啦！」就在她這麼說著的時候，她的臉一點點地皺縮起來，她的高髻頹然塌陷下去，她已經成了一個皺臉癟嘴的老婦。

康教授再一回首，赫然發現楊那黑緞似的長髮披在一個白糁糁的骷髏頭上。他大叫一聲就往後跌了下去。然而他並沒有失去知覺，他覺得有一隻有力的手撐住了他的背，把他拖到那張沙發榻上。他睜開眼來，瑪麗已經把他放好。她披了外衣，手提包掛在肘彎裏，正預備回家。

他從衣袋裏摸出錢夾來，掏了一張十元的票子給她，一面說：「謝謝你，瑪麗！」

「教授，不是我誇張，伺候你這一頓晚飯，比殺隻豬都要累人！」

他擺了擺手，瑪麗就走過去，用塗濕了口水的手指熄了兩支蠟燭。室內突然籠罩在黑暗之中。瑪麗躬下身，低聲說：「早點睡，不要去喝酒了吧！」

瑪麗開門出去的時候，康教授也站了起來，去穿他的大衣。在瑪麗開門的時候，他已聽到外面淅瀝瀝的雨聲。他站在門前躊躇了一會兒，又返身回到客廳，開了燈，就去翻電話簿子。

他撥了電話。粗聲粗氣地問道：「福康老人院嗎?啊，我要康太太聽電話。什麼?已經睡了!不可能!」他看了看腕錶道：「才十點半鐘!……不行!我要看我的媽媽!我非看我的媽媽不可!我不能再住在這牢獄裏!一分鐘也不行!我說就是現在!現在!我就來!」他幾乎是歇斯底里地說了這些話，也不等對方的回答，就掛斷了電話。

他也沒有打傘就奔了出去。在等街車的時候，他的外衣差不多已經濕透了。街車上稀稀落落地坐了兩、三個乘客。他望著窗外的雨絲霏霏霏地在街燈下穿梭，像是些生了翅的小飛蟲。忽然眼前出現了幾個中文字的霓虹字招。他急忙伸手去拉街車的電鈴。司機停下車來，他縮著肩走入雨中。就在對街的門廊裏。他看見了幾點香菸頭的火光。他就趔趔趄趄地穿過馬路。在路燈下他看清了門廊裏站著三個豔妝的年輕女人。他湊過去仔細一看，見是兩個白種女人和一個中國女人。三個人一看清了他的面目，全都背轉身去，不再理他。他就訕訕地走開去。

又走了幾步，黑影裏有人嗨了一聲，他就停住了腳。

「先生，你有火？」他看清了是一個中國女人，右手的食指和中指間夾著一支未燃的香菸。

他在衣袋裏到處搜索，並沒有找到火柴。他就傻楞楞地站在那裏。

「沒關係！」女人毫不在意地說：「你先生今晚有空兒嗎？」

「有！有！」他忙不迭地回答道。

「來喝一杯好麼？」女人說著指了指樓上。

「好是好，」康教授囁嚅地說：「可是我有一個條件。」

「什麼條件？」

「我要你做什麼，你得做什麼。」康教授又道：「我可以多給錢。」

女人猶豫了下道：「那得看是什麼。你不是有虐待狂的吧？」

「不！不！」康教授連忙否認。卻反問道：「你多大歲數！」

「二十八！」女人毫不遲疑地答。

康教授一手揪住女人的膀子，拖到路燈下仔細看了一眼道：「怕不要四十五了吧？」

女人不悅地擺開他的手臂，朝地上啐了一口：「也不看看自己，還要挑三揀四的！」

康教授諾諾地說：「我不在乎你的年紀，我是看你的頭髮。」

「我的頭髮有哪裏不對麼？」

「我是看你的頭髮黑不黑長不長。」

「我的頭髮不黑麼？」

「黑！」

「我的頭髮不長麼？」

「長！」

「那要怎麼樣？」女人翹了翹下巴不屑地說。

「你的頭髮是盤著的。」

「你要我放下來還不容易。來！」女人說著抄起他的臂就朝街角走去。轉了一個街角，女人帶他登上一個小樓梯，一直爬到四樓，女人才拿鑰匙開了門。

燈一亮，他就看清楚了那個小房間：一床、一桌、兩椅，還有一個洗臉的自來水盆。

女人關好了門，脫了外衣，忽然發現他的外衣都被雨打濕了，就驚訝地叫道：「呀！你都淋透了，快把衣服脫下來。」

他脫了外衣。女人再繼續一層一層地剝去全身的行頭。他卻伸手止住了她。

女人不解地望著他。

「先把頭髮披下來！」

女人拔去髮針，一頭緞似的黑髮就水波也似地流了下來。

他抓起來聞了聞。

女人連忙說：「剛洗過的。」

他退到椅子那裏，脫去了鞋子，脫去了毛衣，只剩一件襯衫和褲子。女人走過來坐在他的膝上。他卻拍拍椅子叫女人坐下。

「閉起眼來！」他命令說。

女人有些擔心地說：「做什麼？」

「我替你理髮。」

「理髮？」女人不解地望著他。

「我替你梳頭！」

女人鬆了口氣，但還有些惴惴地說：「可別給我梳壞了！」

「沒錯兒！」說著他就到他的外衣袋去取他事先備妥的工具：一把梳子和一把剪刀。他先把工具藏到身後，又說：「閉起眼來！」看看女人果真閉起了眼睛，他就把剪刀插在背後的褲袋裏，開始用梳子仔細梳理女人的頭髮。女人闔了眼，讓他盡情地梳理著。看看頭髮都梳理平妥了，他一手抓起了額前的一綹，另一隻手暗暗地把褲袋裏的剪刀拔了出來。只聽克察一聲，就把那一綹黑髮齊眉剪斷了。女人立時驚呼一聲，從椅子上跳了起來。一手護著額頭，一手護著胸前，惡狠狠地望著他叫道：「你做了什麼？」

待到她看清楚了他手中的那一綹黑髮，她就哭叫道：「你剪了我的頭髮！」說著她風似地奔到臉盆上的那方小鏡子前仔細端詳她的頭髮。

康教授丟了手中的頭髮，跟了過去，若無其事地說：「現在不是更好看了？這樣至少可以年輕十歲！」

女人仍然忿忿地咆哮：「這可不行！難看死了！你得賠我的頭髮。」

「我賠！我賠！我自然賠！」康教授一迭連聲地說。

女人這才稍稍鬆了口氣，仍然怨懟地盯著他問道：「賠多少？」

「要多少是多少總行吧？」

「至少得賠五十塊！」說著女人轉身又到鏡子裏去端詳。

「五十塊就五十塊！」

「再加上另外的五十塊，就是整整一百塊！」女人轉回身來一本正經地說。

「什麼另外的五十塊？」

女人噗哧一聲笑了，做了個手勢說：「你不要？」

他搖了搖頭。

女人又忿忿然了。叫道：「你就是為剪我的頭髮來的？」

他又搖了搖頭。走過去把女人牽坐到原來的那把椅子上。輕聲道：「我再付你五十塊，我只要你做一件事。」

「什麼事？」

「要你准我躲在你的頭髮裏。喏，就是這樣。」說著他半跪了下去，把頭藏在女人披掛下來的黑髮中，兩手環過女人的腰，臉就貼在女人的胸前。「你看，就是這麼簡單！」說完，他就躲在女人的髮中哀哀地哭了起來。

一九七八年六月十六日於溫哥華

碎鼠記

他滑進客廳，一開燈，就見輪椅龐大的陰影清晰地印在客廳的白色窗幕上。嚥了一口唾沫，想從輪椅裏拔起身來，躺進他最喜愛躺在那裏看書的那張睡榻裏去。那裏，我曾消磨過多少個夏日的黃昏，沉潛在各式各樣的詩歌中、小說中和各式各樣的夢想中！他吃力地用兩臂撐在輪椅的扶手上，企圖把他那疲軟、痲木、可以說毫無知覺的兩腿打輪椅裏拖起來。他撐在那裏，直到汗珠大粒大粒地從雙頰上淌了下來，也不曾移動分毫，只有灰敗而沮喪地讓他拔高了的上體再癱重地沉落進輪椅裏去。媽媽，我竟是這麼不中用了！

輪椅的陰影又如故地清晰地印在客廳的白色窗幕上。往昔——多久遠的時日，像已埋入墓穴的時日！——在這樣夏日的夜晚，就是到了很深很深的夜裏，這落地長窗也不會關閉。我喜歡隨意地踱到涼台上去。那裏，有他細心栽培的花草，散發著幽幽的清香。我也可以扶著欄杆仰望滿天的繁星，特別是無月的夜裏。透過關閉得嚴絲合縫的窗幕，他似乎看見爬滿欄杆的蔦蘿，因為乏人照料的緣故，恐怕已經蔓過涼台侵越到窗門那裏了。隔著窗幕，他實在無法看到涼台上的以及窗外的任何事物，卻只見一隻不知在何時何處侵入室內的飛蛾不停地繞著睡榻旁的那盞立燈飛舞，把牠的黑影撲索索地投射到白色的窗幕上，就像在那裏奮力掙扎著要破幕而去的模樣。

他咬著下唇，望著睡榻發呆。最近我已經嘗試過不知多少回，我要不靠麗莎的幫助，獨力把我的肢體從輪椅裏搬到睡榻上，然後再從睡榻上回到輪椅裏去。然而他似乎只是做著無謂的掙扎，始終不曾成功。要是麗莎看到了我這種模樣，她該是種什麼表情呢？她恐怕又要手足無措地慌張起來。我又會因此發怒，大聲地叱喝她。她就會因我的斥罵更加慌張，漲紅了她那原是蒼白的小臉，抖索索地像一隻受驚的小鼠茫然四顧。啊！麗莎，我不要看你這種模樣！我不能忍受看你遭受任何折磨！我不能坐視你幼小的心靈來分擔我所遭受的痛苦！我會因此而發起瘋來。可是，麗莎，我心裏多麼愛你，多麼希望你能幸福快樂地活著！你知道麼？

他舉手拭了一把額角冒出的涔涔的汗珠。忽然聽到客廳外的走道裏傳來一陣窸窣的聲音。他又用手滑動輪椅，退回到走道裏去。定睛一看，在麗莎臥房門外較陰暗的角落裏擺著一只鐵絲籠，正是他三番五次吩咐麗莎放到車房裏去的那籠倉鼠。怪不得適才聞見走道裏散發著一股嗆鼻的臊味兒。自從他壞了腿以來，他對奇怪的味道特別敏感，只要一聞見這種怪味兒，根根神經都覺得彷彿暴張起來，麗莎竟對此視若無睹，依然把那籠倉鼠擺在走道裏！麗莎啊麗莎！我是不願責罵你的。可是你也得想一想我的痛苦。你不應故意地自討責罵來加深我的折磨！你明知看到你遭受折磨的時候，我內心所受的折磨比我自己身受的痛苦還要深刻百倍！

他盡力屏住呼吸，將輪椅朝那籠倉鼠慢慢地滑過去，然後俯下身，把籠子提了起來。在幽暗的燈光下，他看到那隻母鼠帶了一羣小鼠慌急地東奔西竄，一個個驚懼地躲到紙屑的下面去。

小時候我也養過一隻倉鼠，是父親買給我的。父親戴著渾圓的眼鏡，上唇上留著兩撇短鬚，嘴邊常常掛著笑容。他的手掌寬大而肥厚。他拿給我那隻倉鼠的時候就是捧在他的大手裏，叫我一個個地掰開他的指頭，看裏邊兒是什麼。

「一隻倉鼠！」我驚叫著。

他就把倉鼠放在我的手裏，然後用他的大手撫摸著我的髮，我用我的小手撫摸著倉鼠的皮毛。那時我把倉鼠養在一只鑿了洞的鞋盒裏，常常拿在手裏撫弄，又讓牠在身上鑽爬。如把牠裝進衣袖裏，牠就會沿著衣袖爬上我的胸膛，然後再打領口那裏爬出來。我也讓牠在園裏的草地上任意爬行，可是我忘了鄰家的那隻大黑貓！

黑貓啣著倉鼠沿著短牆飛逃。我看見倉鼠在貓口中吱吱地掙扎求活。我看見倉鼠的血一滴滴地滴在短牆上。我發了瘋似地衝上去追打黑貓。我衝上去……衝上去，我的膝蓋在短牆上劃了一道寸長的血口子。黑貓啣著倉鼠飛也似地逃去。

他放下鐵絲籠，呆呆地望著幽暗的甬道。甬道陷入在無盡的黑暗。只有客廳的門口泛出澹澹的燈光。斜斜地他看見客廳裏那張睡榻上躺著一個人。他的根根神經不由地都收縮了起來。他吃力地把輪椅朝前滑了幾步，就看清了父親蒼白的臉垂在睡榻的枕邊。父親的渾圓的眼鏡已經摘下來擱在他的身旁。他心中充滿了慌急，努力把輪椅滑過去，剛要拉起父親的手俯下身去仔細地看看父親的臉色，他的母親卻煞神般地衝進房來，粗暴地一把推開了他。他畏縮在客廳的一角，遠遠地看見母親帶了醫生來了。醫生走了。房內又進來許多別的人。接著他聽見母親一聲神經質的嚎哭，他也躲在他的角落裏不由自主地抽泣起來。倉鼠懸吊在黑貓的口中滴著血。父親的頭打睡榻上斜垂了下來。有人抬進了一口棺材，把父親的身體裝了進去。他失去了自制力地不管不顧地衝上去，排開眾人，嚎哭著，奮力奪出一隻手攀上棺材的口，想縱身上去。但是棺材太大了，太高了。他忽覺有人著力掰開他蜷曲進棺材口的手指。他抬起頭來，就看見母親一張冷霜一般的臉。他的手從棺材上一寸一寸地滑落下來。他匍匐在棺材的腳下。棺材卻像個生了腿的活物般慢慢地爬開去。愈爬愈遠，愈爬愈速，終於從洞開的長窗中急駛而去，沒入窗外無垠的黑暗中。

母親像一座巨大的神像矗立在他面前。他舉起手來去拉母親的衣角，母親回過身來俯視著他發出一聲譏嘲的冷笑，對他說：

「你就是我的兒子麼？如果沒有你這麼個兒子，我倒也自由多了！」奮力地打他手中奪出衣袂，揚長而去。

父親已經葬入墓中。我想著在冷月下孤立著的父親的土墓，便感到自己的孤單，竟像土墓裏埋著的不是父親，而卻是我自己。悽悽冷冷地被世人棄絕在荒郊漫野裏。

一時他眼前沉入完全的黑暗中。只有在遙遠的遙遠的地方有一豆燈火。他慢慢地把輪椅滑過去，耳中由微而顯地聽到敲擊木魚的聲音。逐漸地，他看清了一個面燈而坐的敲擊著木魚的黑衣女人的背影。

他微仰著臉悽悽地懇求道：「姑媽，母親去了，她叫我來跟你住了。我不會拖累你的吧？我會幫你打掃屋子，我會幫你買東西，我會……」

那黑衣女人並不回頭，擺擺手止住他的話，板板地道：「罷！罷！罷！你母親不顧你撒手而去，我可沒這種狠心把你送進孤兒院去。你在這裏，吃也由你，住也由你。只是我這把身子骨，可沒有帶孩子的那般力氣。冷暖處你只得多關顧著自己。」

他咬著唇，噤聲不語。冷月下父親的土墓，深深地埋葬了我。他忽然聽到前門的開門聲，就大聲叫道：「麗莎！」

過了一會兒，便有一個瘦伶伶的十三、四歲的女孩的身影站在客廳的門口。

「做什麼，爸爸？」女孩說。

「麗莎！」他咧開嘴，擠出了一個勉強的笑容，「麗莎，聽我說！你那籠倉鼠，我說過多少次要放到車房裏去，為什麼還擱在這裏？」

「鄰家有貓，車房是關不嚴的。」麗莎回答他時並不看他。

「倉鼠在籠裏，貓也吃不了牠。」

倉鼠在黑貓的口中吱吱求活，血一滴滴地滴在短牆上。

「吃不了，也會把牠們嚇壞的！」麗莎說。

衝上去，衝上去，他的膝蓋在短牆上劃了一道寸長的血口子。

「可是你沒有想到我是受不了這種臊味兒的。你就從來不替你爸爸著想！你就是這麼一個自私的孩子，是不是？你說是不是？」

「你也不替別人著想呢！」麗莎開始慌急起來，漲紅了臉爭辯道：「這是我的倉鼠，不是你的。我就從來沒聞見過有什麼臊味兒！你要是這麼嫌棄，我就把牠放在我自己的臥房裏。」

「那也不行！」他提高了嗓門說：「我也不要你日日夜夜地聞著這種臊味兒。再說老鼠也會傳染各種的疾病……」

不等他說完，麗莎就接口道：「人本來就有各種疾病。老鼠的病反倒是人傳染的。」

「我說一句，你就有這麼一大籮筐的話等著我！你就是這麼一個不聽話的孩子！你知道，廚房裏還堆著一大疊碟子，你也不曾洗！」

「為……為……為什麼就該我來洗？」

「不該你來洗，難道要一個瘸了腿的人來洗嗎？你倒把你的瘸腿的爸爸當成奴隸了！」

「瘸了腿的不當奴隸，不瘸腿的就該當奴隸嗎？」麗莎反駁道：「如若這樣，還是瘸了腿倒好些！」

「什麼話！」他臉上開始冒出汗來，聲音也顫抖起來：「這樣頂撞你的爸爸，好個乖孩子！你為什麼不跟你媽媽一起走了呢？你還是走了的好些！」

麗莎的臉刷地一下變白了，嘴唇仍然動著，可是聽不清她說的是什麼。

「我告訴你了，」他的音調愈來愈激奮地說：「把倉鼠放在車房裏，就得把倉鼠放在車房裏！」

麗莎退了一步，用身體擋著倉鼠籠子喃喃地道：「在車房倉鼠會給貓兒吃掉的。你明明知道，你還要我這麼做。你一點都不憐惜倉鼠，你從來不憐惜什麼……你從來誰也不知憐惜的……」

倉鼠在黑貓的口中掙扎求活，血一滴滴地滴在短牆上。父親笑著。掰開父親的手，就見倉鼠小小的屍體躺在父親慘白的掌心裏。父親的渾圓的眼鏡擱在身旁。父親的頭從睡榻上斜斜地垂下去。

「放到車房裏！」他更提高了嗓門呼喊道：「放到車房裏去，我說！」

一面喊著他就朝那籠倉鼠滑去。麗莎吃驚地反身跳過去護著她的倉鼠，嘶叫道：「你不能動我的倉鼠！這是我的倉鼠！不是你的！」

啊！姑媽！姑媽！我的母親在哪裏？我的母親，你做我的母親吧！不要棄絕我！做我的母親吧！那麼長的一條路，黑衣的女人在遠處慢慢地走著，並不回頭。我怎麼才能追得上你的腳步？

他動手去廝奪倉鼠的籠子，可是麗莎已經把倉鼠的籠子緊緊地抱在懷裏，哭聲道：「爸爸！你要把倉鼠嚇死了！」

冷月下的土墓裏埋的是我，不是父親！

「你要把我氣死了！麗莎！放手！你要再不放手，我就把這一籠倉鼠砸碎了它！」他伸手把倉鼠的籠子從麗莎的懷裏拉了出來。

麗莎蒼白的臉漲成紫紅，青筋在她的額上迸顯出來，奮力地打他的手裏廝奪著倉鼠的籠子。汗和淚掛了滿臉。她終於使出了全身的力氣著力一拖，把倉鼠的籠子拖了回來。可是她拖出來的不只是倉鼠的籠子，連他的身體整個地也從輪椅裏拖了出來。

他像發了瘋似地一聲狂喊，身體彷彿被擲入了高空。他的車朝著一方山崖的巨石撞去，朝著一方巨石撞去，朝著一方巨石撞去。他的驚怖的臉凝結在空氣中，失去了生命似地僵凝。我像一隻鳥似地飛旋在天空，俯瞰著這慘劇，心中不獨沒有恐懼，反倒有一種快感。是的，一切都可以結束了，已不是我之力所能及。我有所留戀？我無所留戀？生命的本身好像只是一種對經驗的探索，包括死亡在內。死亡在山上、在水邊、在巨石裏、在愛中、在恨中，無處不在地佇候著生命。生命如是一個變數，死亡便是一個常數，用至高的愛擁抱著生命。每一個生命遲早總要安息在死亡的懷抱裏，又回復到未生未形成生命的狀態，休歇在另一度空間的黑暗中。我又有什麼恐懼？他的身體擲入了高空，像一隻飛鳥俯瞰著他的車朝一方巨石撞去。在他的正前方，他卻看到麗莎坐在淨明的窗下的背影。她的髮高高地挽起，有些碎髮在晶亮的光中微微顫動。她的頸項潔白而細長。然而就在那潔白的頸項上，有一道寸長的血口子，血正在殷殷地打那兒流了出來。他像一隻中了彈的飛鳥旋墜入無底的深谷，一切都旋墜於無底的深谷，巨石、車，還有他自己。他的兩腳跋涉在泥潭中，搖晃著笨重的身體，幾乎寸步難行。他微仰了臉悽悽地哀求道：「姑媽，姑媽，你太重了！」姑媽的黑裙就披在他的額上，他吃力地用手撩開，又回手握住從他的雙肩垂吊下來的姑媽的雙腳。他的臉上流滿了汗，滿臉繃緊的筋肉顯出跋涉的艱辛。媽媽！我再也走不動了！我負欠你的是這麼多，我再也走不動了！黑衣的女人高踞在他的肩頭，不言不語，只一味敲擊她的木魚。

他的雙腳漸漸地沒入泥潭中，一寸寸地沒入，執著而艱辛。橐橐的木魚聲卻像女人的高跟鞋敲打著硬地的長廊。我睜開眼來，就看見珍的淚臉俯視著我。我不知身在何處。我要坐起來，卻發現我渾身疼疼，除了腿以外渾身疼疼。「我的腿！我的腿！」我已經沒有了腿！我的腿只軟軟地掛在我的下身，好像已經不是我身體的一部分。

「你的腿已經斷了！斷了！」珍哭聲道。

他頭上冒著汗，咬著牙，全身朝那個倉鼠籠子覆壓上去。父親在虎口中吱吱求活，父親的血一滴滴地滴在斷崖上。他突然聽到吱吱的慘叫聲。抬起頭來，他才瞧見麗莎的臉完全變了形，揮身抖索著。她從他身下抽出了壓碎的倉鼠籠子。那隻母鼠從鐵絲網的縫裏爬了出來，牠還活著。可是牠只能用腹部貼地朝前爬行，牠的兩條後腿已經折斷了。

麗莎半跪在那裏，癡癡地望著那隻兀自朝前爬行的倉鼠，半晌才發出一聲窒息的抽泣。

他望望那隻倉鼠，又望望麗莎。突然，他聳立起上體，兩手著力地爬了過去，抱住了麗莎的腿哭道：「麗莎，我的孩子！我的好孩子！我並不是有意的！」

可是麗莎掙脫了他，吃驚地撤身後退。

我不是有意的？不！不！我早已料到會有什麼樣的後果，我甚至於明確地感到我心中突然滋生的那種殘忍。我可以為此愧悔至死，只是我不能控制我的情緒。我心中充滿了怒氣。這怒氣在天長日久的積貯下，不但不曾消解，反倒像一顆定時炸彈般地等待那命定的時刻。

啊！麗莎！我為什麼要這麼對待你？

他抬起頭來，發現珍在俯望著他。他就哀哀地問道：「你當真地要走麼？」

珍半躬下身，冷冷地看著他的眼睛並不言語。

「你當真要走麼？」他又問道。

「你看看你自己的模樣吧！」珍冷冷地說。

他一轉頭，在一面落地的穿衣鏡中看見他自己匍匐在那裏的身影，他癡癡地望著的時候，珍映在鏡中的冷霜般的面孔就愈逼愈近了。他兩手支地，吃力地想站起身來，卻再也不能。

「你的腿斷了，你再也不會走路了，你已經注定了是一個廢人！」珍說。

「所以你要離開我？」

「是，我要離開你。因為你已經是一個殘廢的人，我沒有理由再跟你一起過下去，你有你的賠償費，你有麗莎，沒有我，你也照樣活得了。」

「當然，當然，我明白。就是你不說這樣的話，我也會勸你離開的。一個殘廢的人又有什麼理由，要求別人為他犧牲！」

「犧牲？」珍哧地笑了一聲：「什麼叫犧牲，因為你殘廢了，我就該對自己說：噢，好可憐的人哪！我應該守著他，安慰他，不管他發多麼大的脾氣都要忍著，因為他是一個殘廢的人。我要好好地照料他，像對待一個三歲的孩子。我不該再有我自己的生活，我不該再想到我自己的幸福，我是這麼一個賢慧的妻子！看啊！舉世的人都來看啊！我就是這麼一個賢慧的妻子！不只是一個賢慧的妻子，而簡直是一個為人犧牲的聖人。於是我自以為高高在上，把世人都看作糞土，我於是獲得了人所未有的自我滿足。這就是你所謂的犧牲。是不是啊？」

他搖了搖頭：「這不是我說的犧牲！」

「那麼什麼才是你說的犧牲？」

「犧牲應該是一種心甘情願的行為，不是勉強的，不是外加的。不但不以此邀譽世人，就是因此遭到世人的唾罵也不以為意。人不以此犧牲為美，也不以此為滿足，而仍要盡心盡意地去做的，那才是真正的犧牲！」

「不以為美，也不以此滿足，還要盡心盡意地去做，世間竟有這樣的事麼？」

「我也不怎麼知道。也許在愛著的時候是可能的吧！我想，只有在深深地真正地愛著的時候，才會產生這樣的行為。」

「噢，原來如此！」珍轉了個身，又面對著穿衣鏡中的他道：「我們是不是深深地真正地相愛過？我們是不是還在深深地真正地相愛著？你能不能回答我這兩個問題？」

他遲疑了一下，吃吃地道：「難道說我們結婚十幾年，竟沒有真正地相愛過麼？」

「你為什麼不正面回答我的問題？卻兜著圈子說這種話？」珍緊逼地問道：「就因為我

們共同生活了這十多年，我才愈來愈清楚你是怎麼樣的一個人。你把你自己封閉起來，你有你自己的天地，你有你自己的生活，你絕不容別人越雷池一步。你是天下最孤獨最自私的那種人！你還配談什麼愛！」

啊！媽媽！媽媽！你走得太遠了，太快了，教我怎麼趕得上你的腳步？

「住口！」他氣極聲嘶地喝道：「你就單看到別人的短處，看不到自己的缺點！你呢？難道你就不曾把自己封閉起來？難道你就不曾固執在你自己的幻想裏？把我們一天天地隔絕起來？」

珍默然，良久，點點頭，嘆了口氣道：「你說的不錯，我也有我的問題。這些年來，我過得好累好累。我老覺得我一個人往前走的時候，有一個人在後頭贅著我。那個人倒不一定是你，而好像是我的父親，我自己的父親！就好像他脖子裏纏了一條繩索，繩索的一頭卻拉在我手裏。我要是拉得太緊了，就要了他的性命！我就只能這麼不鬆不緊地一步步往前拖。我不能走我自己想走的路，我不能做自己要做的事。這樣的生活好累、好累！」

「你看！你的問題也不少，是不是？」他心感有些快樂地說。

「不錯！我們人人都有自己的問題。我們都只不過是在別人的身上尋找自己所欠缺的，在別人身上尋找自己的問題的答案。然而我們欠缺的太多了，沒有人可以完全滿足我們的需要，我們就繼續不斷地追求，失望，失望，再追求。這就是我們愛的過程，也就是我們愛的真相。」

「你的意思是說，愛人不過是一種自我滿足的情感？」他疑惑地問道：「如果在別人身上得不到任何滿足，也就沒有什麼愛情可言。」

「不錯！你看，現在你還能給我什麼滿足？」

他低下頭去，看見他自己鬆軟麻痺的腿，無話可答了。

然而就在這時，珍卻突然地張開兩臂摟緊了他的頸，把火熱的唇湊在他的嘴上忘情地喃喃說：「說！說！說！你只要說你還愛我，還需要我，我就不走！」

他打了個冷顫。「你就是我的兒子麼？如沒有你這個兒子，我倒也自由多了！」媽媽，媽媽！你走得太快了，太遠了，我跟不上你的腳步。媽媽，為什麼我一生都在虎口中掙扎求活？在震顫的悲懼中企求別人的憐憫？媽媽，我為什麼心中總充滿了憤恨的怒潮？我不需要寬恕與諒解，卻斤斤於啃齕自己的傷口，被黑貓的牙齕入於血肉中的傷口。我心中充滿了怒氣，只任其在我的肺腑中曲迴宛轉。我時時感到生命的勞累。即使我沒有做一絲一毫勞動體力的工作，我仍然感到那種身羸氣短的疲憊。我好希望靜靜地躺在孤月下的土墓裏，像父親的屍身。我曾百回千回地自問：像父親那樣的一個人，常掛著溫柔的笑容的一個人，到底有沒有為人愛過？即使愛過的，終竟也是孑然一身地孤寂地睡在他的土墓裏了。我好希望自己也是這般，靜靜地躺在荒野裏。為人所遺忘。簌簌的秋葉在樹間悲鳴的時候，也許我偶然睜開眼來，直視入漫無邊際的星空，心思便飛出時間之外，在無始無終的宇宙的黑淵中漫游。我自己何其渺小，渺小到等於一個零——一個不曾冒出頭來觀望這個世界的零！這個世界何嘗有負於我？因此我也並不有求於人！

他冷冷地推開了她，幾乎是冷酷地扭轉了頭。耳中卻聽見一聲聲斷斷續續的抽泣。那隻斷了後腿的母鼠仍然用前腿艱辛地朝前爬行。企圖逃脫牠永世再也無能逃脫的災難？還是企圖去尋覓牠的幼鼠？麗莎也仍然跪在那裏，不曾移動分毫。

麗莎！麗莎！不管你做了什麼，我仍然愛你；然而不管我做了什麼可怕的事，你還愛我嗎？你知道麼？也許在使你受著這些折磨的時候，我才更感到對你的愛心。「麗莎！麗莎！」他一路叫著爬過身去，緊緊摟住了麗莎的頸，喃喃地說：「原諒我，我的好孩子！原諒我吧！」

麗莎伏在他的肩上仍然時續時止地抖索著纖瘦的軀體。過了好半晌，她才斷斷續續地呢喃道：「牠……牠的腿已經斷了……牠成了一個殘廢，像你……」

「像我，一個殘廢！」他輕輕地重複道。不知為什麼，心中竟感到一點快樂。他感到麗莎的面頰在他的頸上愈貼愈緊，呼吸也慢慢平靜下來，好像漸漸睡去了一般。

一九七八年十月初稿・十一月十九日定稿

等待來信

耳裏似乎聽到幾聲鳥雀的驚鳴，睜眼一看，窗上還是一片黑暗。細想也許並沒有真正聽見什麼鳥的叫聲，很可能只是在作夢。夢中自己從一條河裏泅泳出來，卻竟無法跳上岸去。河岸就在眼前，只要一步就可以邁上去，但不知為什麼自己的腿就是不聽差遣，不管用了多大力氣，就是舉不起來。眼前河岸上有一片竹林，在陽光下每片竹葉都閃著耀眼的光芒。後來使出了吃奶的力氣，奮力一躍，撲通一聲，驚得竹林裏的鳥雀撲啦啦亂飛，自己竟掉進一個深坑裏去，嚇出一身冷汗，耳裏這才彷彿聽到鳥雀的驚鳴。甚至在黑暗的窗簾上竟像看到了幾片鳥雀的翅影。膝關節那裏在隱隱作痛。

過冬以後風濕痛雖說減輕了許多，但仍時作時止。年紀到了，身上的零件都幾成了無用的廢品，只有精神卻依然旺盛，睡眠因此愈來愈少了。夜裏十一點睡下，早上不到五點就醒。醒來後賴在床上愈發地感到風濕作怪，倒不如爽脆爬起身來。

他像平時一樣伸出他那扭曲了骨形的手，抖索索地打床邊的椅上抓過那件厚毛的晨衣，這就慢吞吞地爬起身來。坐在床沿上先披上晨衣，再用雙腳去摸索床前的拖鞋，把乾瘦的腳趾套入拖鞋，一手扶著床頭的小几站起身來。然後用不多麼聽候使喚的手指繫上晨衣的腰帶，就弓下身去扭開了床頭小几上的那盞檯燈。

橘黃色的光芒立刻水似地氾濫開去，一直沖到窗前的桌上。桌上稍靠左方的那張相片又像平時一樣地立刻被沖得漂浮了起來。

他的眼光直視著那張相片，心中急急地步伐卻仍然是緩慢地奔了過去。他一沉坐在桌前的圈椅裏，喘著氣就急忙地伸手穩住了桌上的像，猶覺那照像在他的指間浮動不已。

那是鑲在鬆銀的鏡框中一張稍稍泛黃了的肖像，是一個雙十年華的青年正從水中跳出。雙臂舞動半舉，雙腿半弓，做跳躍狀。青年只穿了一件游泳褲，腿和臂的肌肉俱皆圓潤而強勁，胸脯渾然地挺起。然而最引人注目的卻是青年的一張臉：長眉大眼，鼻梁端直，是一張俊俏的臉。那一張臉差不多正對著鏡頭，雖然是背光，但因距離很近，使得面目完全清晰。青年露齒而笑，笑得天真自然，無憂無慮。青年聳立的短髮披滿了水珠，有許多發著珍珠似的光，與青年身後背景的水光波影連成一氣。

他注視著肖像的時候，就見青年的眼睛眨動起來，頭部愈發地朝前昂起，腿部的肌肉更加緊張。好像一步就要從相片中跳出來的模樣。

他的心立刻通通地跳起來，兩手也不由自主地緊握著，口中急切地叫道：「跳！跳！陳照宣啊，跳！只要你一用力，就跳出來了，就跳過了幾十年的光陰，我就是立時死去也甘心了！」

他咬著牙，用力握緊雙拳，使出全身力量鼓舞著像中的人，口中不時地迸出「跳！跳！」的聲音。可是像中的人只是衝他笑著，眨動著眼睛，並不曾真地跳出來。

這樣堅持了一會兒，他自覺力乏了，鬆了一口氣，緊握的兩手也鬆弛開來。一仰身沉進他的圈椅裏，眼睛卻不曾離開肖像分毫，口中喃喃地道：「沒有用的！只差這麼一步，你就是跳不出來，你就注定了這種姿勢，這種年紀。多大年紀？二十歲！二十歲吧？二十歲！而我，已是八十有八的就木之人。你不會了解我的心情的，你不會了解我對你的期待，對你的愛慕，對你的……唉！我們中間到底隔著的是什麼距離？你……

他住了口。凝注了一會兒像中的青年，遂又慢慢地道：「我疑心你到底是否聽到了我對你說的話。我說了這麼多，你卻從來沒有回答過我……

說到這裏，他忽然看見像中青年的口唇似乎翕動起來，他的皺臉上立刻泛出了驚喜之色，側了耳朵仔細去聽時，卻又什麼也沒有聽到，只有掛在桌旁左壁上的那架老掛鐘發出哧啦哧啦鬆弛了的銅弦的呻吟。他再仔細注視肖像時，竟連青年的口唇也不再翕動了。

他失望地嘆了一口氣，但是眼光仍沒有離開肖像。這樣過了一會兒，他的臉上漸漸地又顯出了欣喜之色，就開了抽屜抽了一張信紙出來，順手墊了一張舊報紙在信紙下面，又從筆筒裏拔了一枝原子筆出來，開始寫道：

照宣：

從上次給你的信後，又有好些日子了。你既然聽不見我的話聲，信，你總有一天可以看得到的吧？我想現在這恐怕是我們之間可以互通聲息的唯一的辦法了。

再說呢，有許多話，除了你以外，我也不想告訴別的人。我們雖然差了這麼大的一段年紀，我卻總覺得你是一個至親至近的人。別的朋友，誰又有耐心來聽我的嘮叨？不要說是朋友，就是我的親生的兒女，我一提起我的往事，他們就說：「好了，爸爸！這些你已經說過好多遍了！」你看，莫非我就真的老胡塗到這種程度，把說過的事說了又說？其實我心裏比誰都清楚，我並不是特別喜歡嘮叨這些往事，只是到了這種年紀，日子一天天過得都一個模樣兒；未來呢？除了可以想見的那一方漆黑冰冷更沒有變化的墓穴之外，還有什麼可以值得說的呢？

我是一個簡單的人，也沒有經過什麼驚天動地的大事。可是，就是平平常常的日子，在年輕力壯的年月，也是綴滿了花花朵朵，不像眼前這單調的斗室這麼惹厭的。

前一封信中，我已經講到了我如何從我自己的國家漂流到這異國土地上來。我一直都自覺做了最佳的選擇。在戰爭到來的時候，我逃脫出來，到了這塊和平的土地上，因此一點兒也沒遭受到戰禍的災殃。經過幾年的努力，就開起一家雜貨店來。這也是我最佳的選擇。我本愛音樂，但我知道靠著音樂吃飯是不成的。人生最重要的事情就是先填飽了肚子，是不是？開雜貨店正是為了這個目的。雖然我並不曾靠著開雜貨店發了大財，但總算富富裕裕地過了一輩子，在物質生活上沒有吃過苦頭。

我的父親在有生之年總告誡我說：聰明的人按道理做事，瘋傻的人才按性子做事。我想我這個人雖不見得聰明過人，倒可以說頗知是非好歹，絕不會任著自己的性兒胡作非為。這也就是為什麼凡事我都會穩穩當當地做出最佳的選擇的緣故。在愛情上也是一樣。上封信中所提到的瑪麗事件，就是因為一陣子頭腦發昏，到清醒過來以後才知道是自己發瘋。西洋婦人重看不重吃，哪裏可以同甘苦過日子？所以後來我才又做出了最佳的選擇——乖乖地跟我家鄉來的淑貞結了婚。

我不知道當時我是否真愛上了淑貞，恐怕主要的是看上她那種樸素無華的外表，和溫婉體貼的脾氣，拿準了是個能持家過日子的婦女。我們雙方都沒有過什麼熱烈的感情，因此倒也相安無事。只是生了兩個孩子以後，淑貞的身體大不如前，但操持家務依然如故。我們這家小雜貨店得以日益擴展，多半就是靠了淑貞的勤儉操作。我們多半的時間都在店裏。有了孩子以後，淑貞的關懷又擱在孩子身上，兩人雖然日常見面，反倒沒有彼此關顧的餘暇。人都是有些妄想的，妄想超出水流般麻木了的生活，妄想更加真切地感到生命的存在。不知怎麼一來，我又開始跟瑪麗見面。

我當時也真有十分的激情，幾乎因為瑪麗改變了我全部的生活。瑪麗是一個任性的人，情緒容易激動，動不動就光火冒煙。對她這種性格，我不但可以忍耐遷就，反倒覺得是一種刺激。唯獨她有極強的獨佔欲，她要我跟淑貞離婚，我卻大為猶豫起來。倒並不是我多麼捨不得淑貞，卻正是我父親對我說的那句話「聰明人應該按理行事」使我躊躇不安。淑貞也知道我跟瑪麗的關係，卻從未聲張責問，這也正是淑貞的聰明之處。

不久瑪麗結婚離去，我又恢復往日那種平淡無味的生活。我說是平淡無味，實在是因為一天天的日子都沒有什麼兩樣。孩子一天天長大了，忽然發現自己的頭上生了白髮，由白而禿，生命就如此地走上了凋微的道路。到孩子們接續成人而去，我跟淑貞收了雜貨店開始過著退休的日子的時候，才悚然了悟到怎麼一生竟如此輕易地過去了？

淑貞本來就是一個沉默寡言的人，退休以後就更加不言不語了。我們中間也沒有什麼話好說。不過有一天，她忽然說：「為什麼我們不回去？」

「回到哪裏去？」我說。

「自然是回到我們的國家去。」

她的話使我吃了一驚，使我驚覺到原來淑貞在這裏活了一輩子竟仍有這種打算。可是我們這種年紀的人，又怎能回得去呢？淑貞不是不明白這一點，這麼說過一次，也就不再提了。可是她更加沉默了，一天天地乾癟下去，我也無能為力。我們差不多到了無話可說的地步。我有時拄著枴杖到門前的一片荒地上去閒坐，時常見我們的幾個同胞在那裏打太極拳，瞇縫著眼，黃黃的臉色，也沒有什麼生氣。

新年的時候，淑貞要去參加我們同胞的聯歡會。我本沒有興趣參加，只是不願掃她的興，於是兩人相扶著按時到會。到會的人不少，各種年紀的都有，可是看著有些異樣。男人穿著不多麼合身的西裝，女人也模仿西洋婦女戴著各式的帽子；有的帽子上還插著鳥毛，也像西洋的婦女。年輕的都是一口洋話。我忽然覺得到了個奇異的國度，既不是我們所寄居的國家，也不是我的故鄉，而竟是一個不明所以的所在，聚集著一羣不明所以的族類。而我，也竟是其中的一人！

有了這種感覺，我就再也坐不下去了，就慌慌忙忙地跟淑貞趕回家去。淑貞一句話也沒說，她好像也有同樣的感覺似的。從那以後，她就常常一個人獨坐著，又像在沉思，又像一無所思，我問她想什麼時，她總說沒想什麼。我們中間就更變得無話可說了。

我們既不曾真正相愛，也不曾真正相恨，我們卻都盡到了我們的本分。到老來竟成了兩個漠不相關的人，各自讓各自的心思在心中默默地流著。

她那麼孤獨地坐在窗前，一坐就是半日，不言不語。我見她一天天地乾瘦下去。額前的髮稀落了，額角嶙峋地凸顯出來。牙齒也差不多脫盡了，雖裝了半嘴的假牙，但仍然癟陷下去，使得皺摺的下巴高高地翹起。耳翅在陽光照著的時候，就像兩片透明的黃蠟。這麼過了些時候。淑貞就無疾地大去了。

我也沒有因此而慟哭，只在孩子們離去後的暗夜裏流了幾滴清淚。想著人的一生也竟是沒有多大意思；不管是聰明的人做了最佳的選擇，或者愚蠢的人任著命運的擺佈，到頭來也沒有十分兩樣。想著像淑貞這樣的一個人，寂然而生，寂然而去，如一滴在日光中蒸發去的露珠，不留任何痕跡。我似乎仍可以看見她佝僂著背在雜貨店中操作的身影。她沒受過艱辛，可也沒享過什麼快樂，只是淡漠地過了她的一生。她沒有怨尤，沒有嗔怒，沒有需求於人之處，我甚至於不知她是否有過什麼妄想與野心。她真正就是這麼一個沒有多大感覺的人嗎？雖在一起生活了一世，我竟不了解她的心情。她對我仍是一個陌生人。我對她大概也是一個陌生人。

我呢？我又何嘗放肆過我的妄想與野心？我一向小心謹慎，事事都做出最佳的安排。生活還沒有來到以前，我其實已經驗了我的生命，沒有意外，沒有奇蹟，一切都在預料之中。如果死亡也在預料之中，也就算最佳的選擇之一，而我的生命等於早已罩上了死亡的影子。如果我能夠重新再活一次，我會不會還要做出種種最佳的選擇？想到這個問題，我就不禁戰慄起來。我心中實在鬱積了無限波濤，暗流洶湧激盪，幾欲爆破而出。天！我也要活，活在不可預知的冒險中！如果我有機會再活一次，也許我要去革命、去搶劫、去尋花問柳、去狂賭濫飲，更可能的是跟瑪麗棄家私奔。我要做出種種違反理性的舉動，像一個活生生的人，而不只是一個理性的奴隸！我只覺鬱悶得要死，現在我只是一顆受了潮的炸彈，再也炸不出聲來了……

照宣！我多麼想，多麼想再回到你那種年紀。即使破著爬地獄中的刀山，我也情願……

他住了筆。變形的手因執筆太久的緣故，還在顫抖不已。嘴角上掛下了一絲口涎，他舉起手背費力地抹去。突覺眼前金光閃爍，一抬眼，竟見窗簾上塗滿了斑駁的陽光，太陽已經升得老高了。

他又望了一眼桌上青年的肖像。肖像中的青年仍然露著一般天真的笑容，仍然做出縱身跳躍的姿態，不過一切都已是靜止的。眼睛不再眨動，頭部不再昂起。好像隨著白晝的到來，一切都僵死在那裏。他臉上擠出了一個艱澀的苦笑，把寫的信裝在信封中，寫了地址，貼上郵票，又舐了封口，小心地封起，然後就一手拿著信，吃力地從圈椅裏挺立了起來。

他走入客廳。客廳裏的沙發都包著泛黃的麻布套子，只有在人來客往的時候才會把套子取下來。因為現在人來客往的機會愈來愈少了，那麻布的套子差不多就終年地套在那裏，日漸地從白色泛成灰黃。壁爐也早已不燃了，不過還有幾方木柴擱在爐旁，倒像是壁爐上的一種點綴。有一架破舊的鋼琴倚在牆角，早已佈滿了灰塵。

他開了客廳的門，慢慢地踱到門廊上來，眼前頓覺一亮。天空在明亮的陽光中藍得耀目，四月的天氣清冷中攙雜了幾分和薰。街旁的李樹魔術似地綻出了滿樹繁花。園中的櫻桃也怒放出捧捧粉雪。草地受了冬雪的浸潤、春氣的溫薰，數夜間就復甦了去夏的茵綠。籬邊的一株複瓣杜鵑也含苞待放，另一株木本玫瑰卻只開始露出魚鱗般的細葉；倒是雜植在籬邊的綴滿了黃白色碎花的野蘭，在晨風中抖索著細嫩的枝莖，在四月的繁華中顯得孤弱可憐。

他站在門廊上注視著這條在四月的嬌豔中似在沉睡的小街。每年四月都是這般光景，生命似從舊夢中復甦，風濕也稍稍減弱了它的暴虐，但在欣欣向榮中卻又如此寂寞！人生中有幾個四月呢？他站在那裏，手裏拿著那封信，靜靜地佇候著。

對街的荒地上也透出盈盈的綠意，但這時並沒有打太極拳的人影。一個老人牽著狗慢慢地走過。他隱隱地聽到遠處大街上傳來的隆隆的車聲。終於他的嘴角上泛出了一線微笑，他看見每天這時候經過門前的郵差正背著一個大郵包蹩了過來，遠遠地就朝他微笑點頭。他朝前邁了一大步，差不多到了門廊的台階上，焦灼地望著愈行愈近的郵差。

「陳先生，早！」郵差在隔壁鄰家送完了信，走下台階，朝他走過來打著招呼：「好天氣，嗯？」郵差朝腦後推了一把帽子，朝他笑著。

「好天氣呀！」他咧開大嘴笑著說，無限期待地直望著郵差手中的一疊信。

看了他這副神情，郵差無可奈何的攤攤手說：「真抱歉！今天又沒有你的信呢，陳先生！」

「又沒有我的信麼？」他的聲音微弱下去，臉色一時僵凝在那裏，嘴大大地張開，好半天沒有閉起來。他突然覺得好疲倦，就乏力地舉起手中的信說：「請你替我寄了這個吧！」

郵差接了信，隨意溜了一眼道：「又是給他的嗎？」

「是！是！是寫給他的！就有回信來了。就要有回信來了。」他喃喃地說著就返身走進去。他慢慢地拖著腳步，覺得拖鞋今天非常地不適腳，只在下邊絆著他。

他一直走進了浴室。在那面滿積了牙黃色斑點的鏡子裏，他看見了一張難看的皺臉。兩腮的皮膚鬆弛皺摺地朝嘴角垂下去。嘴唇不但失去了血色，而且失去了形狀，與腮上的皮連作一氣。眼皮無力地耷拉下來，包著一雙混濁無神的眼珠。眉毛灰敗地倒垂著。鼻子朝上聳起，顯出兩個毛茸茸的黑洞。耳朵半熔的黃蠟似地掛在那裏，上面像積滿了灰塵。禿了的頭皮也開始皺縮了，到處佈滿了黑斑；有一塊大的從眉心一直展延到鼻梁上，是他以前不曾見過的。他吃力地抬起手指摸了摸，也並不覺得有什麼異樣。他楞楞地望著這一張臉，幾乎全不明白幾十年的光陰怎就如此地把他變成一個陌生人？他有時候躺在睡椅裏，看著陽光一寸寸地移動，想到生命就在這種日影的波流中漸漸沖淡而至消失，便也覺無可奈何。生命只是一種無盡的期待，你眼睜睜所期盼著的未來，一剎時已經轉到你的背後；再往前望，未來仍在你的前方。他注目望去，就彷彿看到在白茫茫的平瘠的大道上走著那駝了背的淑貞。她佝僂著瘦小的身軀艱辛地前行。他便叫她的名字。她回頭望他一眼，在她的眸子裏竟沒有任何表情，像對一個陌生人一般，因此對他的呼喊也就全不理睬。他於是悟到了這便是未來而永恆的情境。大家本是彼此不相識的人，而終又成為彼此不相識的人。那相聚的數十年，比之於永恆的過去與未來，簡直是微不足道。最強韌的記憶也容不住如此短暫的一瞬。他終於恍然了悟到永恆的道理。他不再做任何無謂的呼喊，也不再去理睬他人。各人都茫茫然地徘徊在這平瘠的大道上，在時間的門檻外的荒渺中無目的地蹀躞。這種感覺使他會覺得自己突如其來地驟失依附；不但失去了人間的關係，而且失去了生命之所以為生命的依託，就如突然地墜入一種真空的間隙，惶惶然不知置身何處，也不知何去何從，思考感觀的存在都不再有任何實質的意義。這是超出了孤寂失落情緒以上的一種洪濛的恐懼。他的意志欲望在這一瞬間竟覺得頹然而解，所留的只是一具空寂而無理的體殼，如宇宙間的一粒灰塵，毫無道理地東飄西蕩，忽顯忽滅。

他霍然而甦，原來還站在鏡子的前頭。這大概也就算是真實了。他突覺渾身乏力，幾乎連站也站不住了。他扶著牆一步一拖地回到臥房中，就又坐進桌前那把圈椅裏去。眼前的肖像朝他僵凝地笑著。他覺得眼皮鉛似地沉垂下來，不一會就沉沉地睡去。

不知過了多少時候，他突覺好像有人從背後推了他一把，脊背上一陣刺骨的涼，使他機伶伶地醒了過來。睜開眼睛，看見自己的口涎一半拖在桌面上，一半拖在自己的手背上。再抬高一寸眼光，就見面前的肖像正在熊熊地燃燒著。再定睛一看，原來是窗外射進來的斜陽打在上面。

天已近黃昏了，夕陽撲進房來，使半邊牆壁都著上了火樣的顏色。他忽然想到，他一天什麼也沒有吃過；奇怪的是一點兒也不覺得飢餓。不但不餓，而且反有些噁心的感覺，好像胃中積貯的前日的食物還不曾消化下去。

他略一轉身，一眼看到床邊的檯燈仍然亮著，大概他今晨扭亮了以後忘了關閉。燈光朝他直射了過來，卻把臥房的後半部遮入漫無際涯的黑暗中。右邊的紅木衣櫃上密密麻麻地擺了一長列家庭照片——淑貞、孩子們，還有他自己的，都僵直地朝同一個方向瞪視著，好像正在瞪視著他，但是顯得非常遙遠，可望而不可及。他的眼光再向前划，就落在右牆上掛的一幅溪竹圖上。在一片竹林前，一條小溪橫流而過。夕陽正落在竹林上，使每片竹葉都似乎反射著火樣的光芒。在臥房中的光影漸漸昏暗下去的時候，這片竹林卻特別顯亮地突現出來。他凝視著這片竹林，若有所思，耳旁彷彿聽到竹葉在微風中的窸窣聲和小溪中潺潺的流水聲。就在這光景中，夕陽一點點地暗淡下去，暮色漫上了前窗。他突然驚叫了一聲，一轉眼就見肖像中的青年眨動著眼睛，翕動著口唇，像立刻就要從鏡框裏縱身而出。他握緊了拳頭，卻不再鼓勵地喊「跳！跳！」而是用盡了他全身的力氣，自己朝前縱身一躍，頓覺身輕如葉，竟跳進鏡框裏去。

他遂笑著縱身而起，在水花四濺中，驚得竹林中的鳥雀撲啦啦地朝四方亂飛。

一九七八年十月二十一日於維多利亞

孤絕的人

——評析馬森《孤絕》

龍應台

《孤絕》是本什麼樣的書？

先看一下統計數字。十四篇小說描出三種男女之間的關係：一種是愛過，然後飽受折磨、心碎的分手（八篇）；一種是偶爾相知相遇，一剎那的溫熱之後，連名字都不記得，「鴻飛那復計東西」（三篇）；最後一種，則是連邂逅的際遇都不可得，「還沒有嘗到愛的滋味人就老謝了」（三篇）。十四篇中，八篇涉及死亡或自殺，六篇有離異的父母，十二篇有子女為父母不睦而受創一生。十四篇中，結局「樂觀進取」的，零。

所以，覺得生命本身已經沉重，不願意「把粗糙的指按在自己創口上來體察痛楚的滋味」（聯經，六十八年初版）的人，或許不該看這本書。可是，覺得生命本身已經沉重，又不怕療傷痛楚的人，在《孤絕》裏卻可能找到另一個嘆息的靈魂，得到一點淪落人的同情。

主題，還有主題以外的

馬森不是那種憑衝勁、直覺、或所謂「天才」寫作的人，他很清楚的知道自己要用什麼樣的技巧表達什麼樣的意念。在「代序」裏，他已經把「孤絕」的主題明白的點了出來：現在人是一種自私與孤獨的動物。這本書，是「現代人孤絕感的一種藝術上的反映」。而作者不僅只是位作家，還是位社會學者，所以在序言中，甚至將孤絕感的緣由與時代背景都加以演繹印證，這個大主題因此不需要評者多言。值得探討的，是「孤絕感」以外或許不非常明顯的脈絡。

孤絕感，其實不是書中人物痛苦的癥結。人如果滿足於孤立的狀態，也就沒有痛苦而言。這些人一方面沉耽於孤獨的自由自在，一方面又渴求人類的溫暖。孤絕與投入相互抵制，產生矛盾，矛盾所以痛苦。〈舞醉〉人的心態刻畫得很生動。他不敢留在冷清的公寓裏受寂寞煎熬，所以投入大街人潮中，與人體摩肩擦踵，「藉此獲得了一種紓解的快感」。但這種快感總帶著恐懼：

> 當他在大街上這麼急走的時候，他有時會覺得迎面而來的人臉直朝他壓了過來，像在立體電影院內看迎面馳來的飛車或奔馬，一直壓到面前才悚然打身旁逝去，卻因此驚出

一身冷汗……

短篇〈孤絕〉的主角，好不容易和不知名的妓女一洗愁腸，卻又不能與她同宿，因為他「睡不慣別人的床」。馬森筆下的人都是縮在繭裏細細咀嚼、品嚐孤獨的蠶。

作者在序中沒有提到「青春苦短」這個主題。在這個集子裏，老，是沒有尊嚴的；老和醜是一回事。〈父與子〉中的父親，「生殖器也皺作一團，好像一顆黑色的蠶豆藏在一叢灰不溜丟的敗葉裏」，而年輕的兒子，則「是肉紅紅的長長的垂下去的一條」。〈等待來信〉的老人更是難看得令人作嘔：

眼皮無力地耷拉下來，包著一雙混濁無神的眼珠。眉毛灰敗地倒垂著……耳朵半熔的黃蠟似地掛在那裏，上面像積滿了灰塵。禿了的頭皮也開始皺縮了，到處佈滿了黑斑；有一塊大的從眉心一直展延到鼻梁上……

作者好像握著一支放大鏡，很殘酷的將衰敗老醜的形象刻意的照出來。《孤絕》裏每一個人都帶著驚恐的心情，數著更漏中的流沙，無力的、絕望的，想挽回即逝的青春。〈父與子〉的他只有二十五歲，他悲切的叫著：「爸，我不要你老！」短篇〈孤絕〉的主角已近中年，他嘆息：「要是生命也可換新的話，那有多好！譬如說再打二十歲活起。」年已古稀的陳照宣對著自己年輕的照片祈求：「多麼想再回到你那種年紀。即使跛著爬地獄中的刀山，我也情願……」

「生年不滿百」的憂慮自古已然，不是現代人所特有的心情。作者執意的去刻畫那份驚恐，倒使人疑問：老，真有那麼可怕可鄙嗎？

書中還有兩個耐人尋味的傾向，不知作者是否自覺。其一，父親往往是依戀的對象；其二，女性往往扮演反派的角色。

父親，在這本小說中，通常是個慈藹可親的人，敘述者對他常有特別溫柔的情緒。〈父與子〉裏，兒子彎身為老父繫鞋帶的一幕，頗為動人。〈海的滋味〉的父親對小女兒的溺愛與氣沖沖的母親成鮮明的對比。短篇〈孤絕〉裏的妓女一想起癱瘓的父親就「想痛哭。想起從前我們幼年時他那麼健壯的一個人，帶我跟弟弟爬山……」。〈碎鼠記〉的父親更是敘述者永生不忘的慈父。有少數幾篇對父親的感情是愛恨交織的，譬如〈雪的憂鬱〉，但父親仍舊是一生中一個強有力的主宰。

相反的，母親的角色往往嚴苛。帶點壓迫性、虐待狂。〈陽台〉裏的父親「一輩子只是媽媽的一個影子」。〈失業者〉的母親終生「不曾做過一件取悅我父親的事。她不自覺地折磨他、迫趕他……躺在床上為癌症銷毀了形骸的時候，仍然詛咒著他」。〈康教授〉的母親有虐待兒子的傾向，〈碎鼠記〉的姑母穿著黑袍，敲著木魚，更是恐怖如夢魘，壓得敘述人透不過氣來。

連一般的女性都顯得盛氣凌人。〈舞醉〉的陸楓、〈鴨子〉裏打電話來的女人，講話都咄咄逼人。〈陽台〉的女人「不但患著自虐病，而且還患著虐人病」；短篇〈孤絕〉的女郎主動的坐到男人膝上；〈最後的一天假〉中，也是「她」先向「他」說話。《孤絕》裏的女性往往強悍逼人，使丈夫和子女都成為受害者。這或許不是作者有意的刻畫，而是無心的流露。至於這種流露是否有其他的意義，那就是將來為馬森寫傳的人的事情了。

《孤絕》的封底有一段簡介的文字：「十四篇小說中，處處有孤絕的影子，也處處有重獲自我的明澈與喜悅。」

我看不出這本書有這樣肯定而樂觀的結論。

〈父與子〉的結語是一句無力而絕望的吶喊：「爸！我不要你老！我不要你老！」；在〈母校〉裏，受害的人在鏡中發覺自己和害人者（女校長）已經合成一人。〈雪的憂鬱〉籠罩著一片死亡的陰影，〈舞醉〉的人坐在冷清的公寓裏，一個人傷心的流淚。

十四篇中有一、兩篇似乎比較肯定人生，其實也是無可奈何，退而求其次的肯定。〈失業者〉的結尾先讚美存在：「日光曝曬著我的四肢，清風暢拂著我的肌膚，我就扎扎實實地感到我的存在。」真有這麼扎實嗎？緊接著的一段卻像不得已的自我解嘲：

在這一方天地之間，有我的體積，時間就在我的怦怦的心跳中流逝過去。生命中無怨無尤。於是我只有這麼想：這就是一個人極真實的生存目的！

「於是我只有這麼想」——這樣的肯定極為無奈、極為消極。〈學笑的人〉一方面對黑暗與孤獨心存恐懼，一方面卻也害怕人羣，於是他為自己開解：

也許他並不真正需要朋友，他需要的只是點面對自我的勇氣。他有一隻跛腳，他不會笑，然而他卻有在口腔裏流動著的一種恐懼的滋味。想到這裏，他忽然覺得有足夠的理由生存下去。

這其實又是退一步的、不得已的樂觀——既然衝不破這個繭，就說這個繭也美麗吧！但他的矛盾依舊，他的痛苦也依舊。這條蠶仍將踽踽在繭裏咀嚼寂寞與渴望，沒有「重獲自我的明澈與喜悅」。

十四篇小說充滿了痛苦與絕望，但在無可奈何之中，馬森的人物總是以敏感的心努力為生命找尋一點微薄的尊嚴與意義。只有從這個角度來看，《孤絕》這本書仍舊是肯定積極的，因為不管找不找得到那份尊嚴與意義，這些人努力過、掙扎過；畢竟過程比結果來得重要。

象徵與夢魘：看技巧

馬森的主題是現代人的苦悶，他的藝術技巧也深受現代文學及心理學的影響，相當倚重夢魘與象徵。

夢魘使馬森的小說有荒謬劇的色彩。〈母校〉是一場不堪回首的噩夢。私生的嬰兒泡在藥水瓶裏做標本，訓導主任拿把大剪把突出隊伍的學生的肢體克嚓克嚓剪掉，剪下的殘體拋在地上。以這種荒謬、誇大的筆法來控訴禮教對自然生機的殘害相當令人震撼。這和Edward Albee在《美國夢》裏將嬰兒眼睛挖掉、肢體一段段分解來表達文明社會的迫害，典曲同工。

〈鴨子〉是全書技巧較圓熟的一篇，不妨以這篇來鑑賞馬森的功力。

火車，在〈鴨子〉中，是個很生動的象徵。夢中，他坐在火車上，孤獨、焦急：「他到哪兒去呢？他不知道！這輛火車開到哪兒去呢？他不知道！他為什麼坐在這輛火車上呢？他也不知道！」這個令人惶惑不安的夢緊緊纏著他。同時，好幾次，他怔怔的停下手邊的事，隱約覺得像忘了一件重要的事，卻怎麼也想不起來。

緊接著這思緒朦朧的一段卻是完全動作化的描寫。作者像寫電影劇本的 Stage direction 一樣，不厭煩的指導每一個動作：

開始仔細地往身上打肥皂。從脖頸開始，然後腋下，然後胸前，一路往下。到了腿叉那裏，特別用力搓了幾把，然後是兩腿。最後把腳趾也一個個地分開，塗了肥皂……著手弄早餐。先熱牛奶——涼牛奶喝了會放屁——再把淺鍋放在一個電圈上預備煎蛋。就在等油熱的當兒，打冰箱裏提出盛橘汁的瓶子……倒出兩粒維他命C……打開抽風機，把雞蛋打在淺鍋裏……牛奶也開始冒熱氣了……

如此平凡的生活細節似乎不值得筆墨，作者為什麼刻意地不放過最細微的動作？何正光是一個注重體能的人，上健身院練得一身「彈簧暴起的肌肉」。有需要時，就在浴室裏自瀆一番。這何去何從的火車，和那件想不起來的事情，使他不安，所以他全神貫注的洗澡、擦身、煎蛋，想「涼牛奶喝了會放屁」。潛意識中，他在逃避，用感官來逃避心底蠢動不安的一個朦朧的問題：生命往哪裏去？

馬森不告訴讀者何正光心底的恐懼，卻以無言的動作鏡頭將他試圖逃避的心理流露出來，這是上乘的寫作。

這個火車的意義，在何正光從早到晚一天中，一步一生的揭露出來。

他先碰見年老退休的教授：「這個年紀不做點研究又幹啥呀？要死，還太早；要教書嘛，又沒人要了。」

然後與年輕的鍾成對話：

「唸完經濟又怎麼樣呢？」

「找事做呀！」

「找到事又怎麼樣呢？」

「娶妻生子呀！」

「娶妻生子以後又怎麼樣呢？」

接著是女孩子的電話，責備他「人人都要結婚生子，你就這麼與眾不同」。下一步，給父母寫信；他放棄了學位——「不是給人刷掉的，是我自己放棄的」——寫完又憤怒的撕掉。

夜裏的海濱公園是他最後一站。又看見那輛火車「無休無止地繞著圈子」，他心裏焦慮不安：「他能不能奮身跳下去？」

到此，火車的意義已經非常明顯：那是無可逃避的生命列車。娶妻是一站、生子另一站，老去退休又是一站。何正光下意識裏拒絕搭這列車；他不喜歡女人，他有同性戀的傾向，他主動放棄學位，都是反抗生命規則的表示。但在這一天中，他不斷的避免讓那個最終極的問題浮上表面來，他只是心裏隱隱不安、喉裏有「焦灼的苦味」，記不起某一件重要的事情來。

等到這一天的遭遇一件一件的攤開，夜裏，注視著澄明的湖水，他知道他不能再躲避，那件記不起的事情清冷的向他逼來。跳出這列車，唯一的辦法，是主動放棄自己的生命！

他的手慢慢向前伸去，觸到水面的時候，感到好涼好涼。

〈鴨子〉好在它不露痕跡的佈局。老教授的出現、與鍾成典型留學生的談話、一通尋常的電話、給父母寫信、公園裏的小火車，樣樣都是不起眼的小事。可是串在一起，配上一個令人不安的問題和背景中火車「突突突、突突突」的聲聲催促，這些無心的事件遂都共同指向一個主題——生命的意義何在。

批評：沒葉的枯樹更像冬天

「孤絕」有一些弱點。第一個能夠挑剔的，是作者偶爾過分的「說愁」（Sentimental）。譬如這一段：

你因此也陪她流些淚。沒有什麼特別的原因，只因彼此對問著：「我們為什麼活著？」問了又問，問到最後就把眼淚問出來了。

十七歲的少年維特也會寫這樣的句子；「強說愁」與深沉之間的差別或許只在於，前者流盡人前的眼淚，後者慟至深處反而無言。乾涸的眼眶、沉默的痛苦，也許比輕流的淚水更深刻動人。

我想馬森寫作有一個基本的難題。他是個重思考的人，希望藉文學創作來表達他對人生的一些觀念，但是如何以具象的人與事來顯示抽象的觀念呢？有時候，作者似乎就陷在抽象的雲霧裏，進不到有血有肉的具象世界裏來。〈陽台〉是個典型的例子。全篇由男人與鬼魂的對話構成；很糾纏、很鑽牛角尖的對話：

「……為了愛你，我可以忘了我自己。不過那樣的話，我自己漸漸地就不存在了，我只成了一種行屍走肉……我忽然發現你對我漸漸冷淡起來。我也明白，誰會愛一個沒有實體的影子呢？所以我想我應該找回自己。難處是一找回我自己，我就發現我不能再愛你，因為你不是我需要的那種人。」

馬森的角色沉溺在現代精神分析學裏，把自己軟軟的腦子捧在手心上，細數腦膜褶皺的紋路、討論充血的線條。〈陽台〉這篇作品近乎腦力遊戲，卻是不夠血色的小說。

話說得太多，大概是我對作者最苛刻的批評。

〈等待來信〉是很優秀的一篇。河流象徵無回的歲月光陰，發黃的照片是老人追不回來的青春；節節移動、不待人的陽光，老人乾皺醜陋的臉，一件一件烘脫出一個主題：流光易逝，人生無奈。既然如此，下面這一段解釋和演繹，就沒有必要。反而剝奪了讀者思考的空間：

他……看著陽光一寸寸地移動，想到生命就在這種日影的波流中漸漸沖淡而至消失，便也覺無可奈何。然而生命終究是為了什麼？只為了點綴這日影的流徙？他兢兢業業地保持維護著的生命，只是為了這不可挽回的衰頽。凋敗？腐朽？虛無？

這是美麗的散文，夾在這裏，卻削弱了小說的力量。

短篇〈孤絕〉的敘述倒是很少，但解釋的成分又在對話裏出現：

「一個人也真覺寂寞。難道你不？」……

「寂寞嗎？兩個人也會一樣的寂寞的，很多人也會一樣的寂寞的。」

「可是我就怕一個人寂寞……」

能不能不說「寂寞」這兩個字，而仍舊使人覺得心悸呢？

海明威的「一個清淨、明亮的地方」表達的也是人的孤獨與寂寞。無家無室、生命中一無所附的咖啡店老侍者關了店，默然回家：

……不再多想，他會回到自己房間去，躺在床上，而後，天亮了，他就會睡著。畢竟——他自說自話——這大概只是失眠吧！患的人也不少。

這一段令人黯然神傷，不只因為老侍者寂寞，更因為他不說自己寂寞，甚至於否認這是寂寞；一旦承認，或許最後一點力量都撐不住生命的重壓。

〈等待來信〉裏的淑貞是寂寞的：

她那麼孤獨地坐在窗前，一坐就是半日，不言不語。我見她一天天地乾瘦下去……牙齒也差不多脫盡了……耳翅在陽光照著的時候，就像兩片透明的黃蠟……

〈舞醉〉裏的他也寂寞：

嗯，寂寞！寂寞可以教人發狂。發狂的時候，你就不管什麼愛不愛……

淑貞的寂寞是實體雕刻出來的。她兩片黃蠟似的耳片將在讀者心裏留下不能磨滅的印象；舞醉人的心情卻是大聲吶喊出來的，吶喊出來的哲理過耳即逝。

馬森想表達的是生命裏的冬天，既然是冬天，一株謝盡秋葉、赤裸裸、怪骨崢嶸的枯樹足夠點出冬意，何必再刻意添上斑駁的葉子？

最後

馬森的文字可以優雅、也可以寫實。生命如「受了潮的炸彈」，生殖器「好像一顆黑色的蠶豆藏在一叢灰不溜丟的敗葉裏」都是令人難忘的辭句。他對老醜的刻畫幾近殘酷，但他的小說本來也就是剖心的工作，不殘酷不能讓血痛快的流出來。也因此，作者愈是自己捧心流淚說愁，作品就愈軟弱無力；他愈是不眨眼的，把血淋淋的心剖在讀者眼前，作品就愈令人震動。

換句話說。馬森的優點也正是他的弱點：他對社會人性的洞察使他思想深刻，但一旦急切的想傾吐這些抽象的思想，小說就輕易成為腦的遊戲。如何不說話、不流淚，讓具體的事件與人物自然的、有機的譜出戲來，或許是這位嚴肅的作家最需要突破的地方吧！

原載民國七十三年九月《新書月刊》十二期

朝朝暮暮，陽台之下

——讀馬森短篇小說《孤絕‧陽台》

張明亮

1

馬森短篇小說集《孤絕》有龍應台等的好幾篇評論——評論家們的闡釋詳也，備也，幾乎題無剩義也。

這兒說「題無剩義」，讚耶？彈耶？是讚、但自然也隱隱然含有某種意味上的彈。邏輯不能裁判文藝；用「異化」理論或「存在主義」便能一解解盡的作品，其存在價值就頗值得懷疑了❶；更何況閱讀也是自由的，見仁見智，見淺見深，不能一概，沒有「定準」。

譬如龍應台認為，馬森應該在下述這方面有所突破即「讓具體的事件與人物自然的、有機的譜出戲來」，因為他現有的寫法多了抽象的議論，「小說就輕易成為腦的遊戲」。在我看來，龍的這個說法似是而非：小說創作基本上應屬於「文字遊戲」，體現出作家「敘事的才能與技巧」，沒有「腦」或不用「腦」，你壓根兒就沒資格從事「寫作」；又，頂真說來，「語言的敘事」自然地離不開「議論」，尤其是「現代派」小說的敘事❷；再又，且嘗試從龍的「標準」去修改或改寫，那顯然已不是「馬森」，已不是「《孤絕》」了。於是，我跟龍的鑑黨品評很自然就產生了「對立」或分歧——我讀《孤絕》中的〈陽台〉，一邊讀一邊「擊節」，及至最後讀龍的評論，才發現有與我的「心賞」完全悖逆的考語：「〈陽台〉這篇作品近乎腦力遊戲，卻是不夠血色的小說。」

2

我們且專一來讀讀〈陽台〉。

「文學的中心總是你正在閱讀的書，一點點向外擴展，與其他星宿相遇」❸；我讀〈陽台〉，聯想紛呈（一個好的文學文本必然會產生這樣的閱讀效應）——首先便想起了晚清女詩人張孟緹〈偶成〉（之一）❹：

傾城何必盡名姝，月範花樣總過諛。
此意深知唯宋玉，高塘賦後賦登徒。

宋玉〈高塘賦〉裡便有馬森〈陽台〉裡的這個「陽台」：「妾在巫山之陽，高丘之阻，旦為朝雲，暮為行雨，朝朝暮暮，陽台之下」。宋玉賦高塘，人們往往忽略或竟不讀他後邊那些「寒心酸鼻」的句子：「秋思無已，嘆息垂淚，登高遠望，使人心瘁」——李商隱讀了並且讀懂了，他才寫了〈有感〉一詩：「非關宋玉有微辭，卻是襄王夢覺遲；一自高塘賦成後，楚天雲雨盡堪疑」。張孟提詩裡「此意深知」的「此意」正在此。也許「登高遠望，使人心瘁」虛涵兩意：一則嘆巫山神女疑幻疑真（「所謂伊人，在水一方」）；再則嘆就算美艷無雙，傾城傾國，「朝雲」怎可能會被君王愛到「白頭」——「唯愛所丁」者，「色衰愛弛」也。孟緹詩取後一意，夫妻關係必不可免地要被「見異思遷」的「好色」的「情欲」所捉弄，故說宋玉接下來又寫了〈登徒子好色賦〉。

馬森的詩情文意屬於宋玉、商隱、孟緹這一貫而下的思路——我們只看後來者是否有別出心裁的創新❺。於是我們便驚訝地發現，〈陽台〉裡的「陽台」成為了一個被刻意雕鏤的「意象」或「象徵」，並且對「朝朝暮暮，陽光之下」形成了絕妙的「反諷」，繾綣纏綿竟變成了夢魘糾纏——

> 他張大口，像在叫喊的樣子，可是沒有聲音從口裡出來。他回轉身，通往客廳的玻璃門已經關閉了。他抓緊門上的把手猛力搖撼，沒有聲息，也沒有力量從他的手上傳

達到門的把手上。他就明白了，那時刻又到了。

他再回轉身，手一觸到黑漆的鐵欄杆，那冷氣就像吸鐵石似地把他的兩手吸附在上面。嚇了一跳，他沒有力量把手拔起來。他心想如果真的施，盡了力量硬生生地拔起，恐怕要把手上的一層皮拔掉了！但實際上他施不出任何力量，他只有囚徒似地挺立著。

這是一段高度緊密的文字，荒誕而貼切地把「他」與「她」靈肉相嵌的關係烙在小說主人公身上無法抹掉的創傷表達出來了——龍應台所謂「不夠血色」的「血色」之濃烈，溶注著透骨髓的痛楚。

兩性關係，「高塘」（理想）是一個極端，「登徒」（現實）是另一個極端——兩點之間可連成一條直線，事實上卻連成了無數條曲線。有了這個基礎或前提，小說便可以沒完沒了地寫情愛或愛情。沒完沒了的寫下去，絕大多數作者便會不知不覺陷入案臼，落到平庸；對於極少數作者卻構成了必欲另闢蹊徑的挑戰。

「有情人終成眷屬」、「有情人難成眷屬」，已成小說家尋常套路。《紅樓夢》中寶黛關係被寫得悱惻纏綿，王國維在《紅樓夢評論》中據叔本華理論稱之為「悲劇之悲劇」；錢鍾書大不以為然，徑駁之曰：王氏於叔本華「道未盡而理未徹也」，「苟盡其道而徹其理，則當知木石因緣，僥倖成就，喜將變憂，佳偶始者或以怨偶終；遙聞聲而相思相慕，習進前而漸疏漸厭，花紅初無幾臼，月滿不得連宵，好事徒成虛話，含飴還同嚼蠟」，「苟本叔本華之說，則寶黛良緣雖就，而好遠漸至寇仇，『冤家』終為怨偶，方是『悲劇之悲劇』。然《紅樓夢》現有收場，正亦切事入情，何勞削足適履」❻。

現代小說家除了個別媚俗者，大都深切體會並表達出「夫婦之道苦」❼。有「五四」精神或「女權」傾向的作家，往往指斥「男權文化」的專制，從而表現出女性的「反叛」、「解放」和「獨立」的個性，從魯迅的〈祝福〉、茅盾的〈創造〉、〈詩與散文〉，一直到曹禺的《雷雨》，都比較成功地反映了或一時代的兩性關係的真實（即前面提到的「兩點之間的直線」）。「大夢誰先覺」？要到出了張愛玲，她寫的〈傾城之戀〉、〈紅玫瑰與白玫瑰〉等，才在更為普遍和超越的立場上寫出了「兩性關係」的「不對稱平衡」（用張愛玲的說法即「蔥綠配桃紅」）或「混合遊戲」的性質（即前面提到的「兩點之間的曲線」）。馬森在《孤絕》中寫兩性關係，顯然已棄絕了女權主義的「直線」思維，而在深入人物的性靈和心理方面，且又細緻地豐富了張愛玲上述小說的文學境界。如果說范柳原（〈傾城之戀〉）、佟振保（〈紅玫瑰與白玫瑰〉）尚未盡失「真人」的氣味（張愛玲說世上的男人「好人多而真人少」），那麼他們就都可能成為《孤絕‧陽台》裡的「他」——〈陽台〉便是能體悟到「悲劇之悲劇」的男性「真人」一份深刻的「懺情錄」。

3

要發掘小說的底蘊，理解敘事過程中的「他／她」關係的實質，是個關鍵。〈陽台〉中的「她」其實就是「他」。他們的對話，當然有源於生前的爭辯的成分，但基本都是「他」在「她」死後的虛擬——小說的基本構思就是寫「他」獨自一個人站在陽台上發生的「幻境」或「夢魘」或「白日夢」——就如說單口「相聲」，而且演得還極為認真（「這一切都好像演戲一般。不過他是一個太過認真的演員，他把他的情緒都放了進去，他自覺他的心因激動而通通地跳個不停。」）；這個構思巧妙地收到了一石二鳥的效果：即是「她」的辯難，究其實又全都是「他」自己的悔恨（「他」以己度「她」）——「你在深深地內疚」！

「他」對「她」恨不恨？當然恨！但這「恨」乃源於「愛」、是「愛的表現」，故又「悔」、又「內疚」。「她」自殺死了——「他」若打從頭厭恨「她」，「她」的死對於「他」來說直是求之不得的解脫；而情形正好相反，「她」的死無時無刻不在困擾和折磨著「他」，否則，「他」就不會說：「你以為活著的時候還沒有把我折磨透？最後還硬要我恨你一輩子！」相應地，「她」也才會說：「要是你恨我，至少表示你還愛著我」，「我知道你仍然愛我；要不然為什麼你每天站在這裡？天這麼冷，沒有一個人再留在陽台上。」同

理，「她」對「他」也是愛恨交加。就是所謂「心腸情感的辯證法」。❽

深入體會這種「心腸情感的辯證法」，我們就會發現，不可能非恨即愛的婚姻關係，原是一把令人酸楚的因愛生恨的雙刃劍。在茅盾的〈詩與散文〉中，在張愛玲的〈紅玫瑰與白玫瑰〉中，男性對女性有一種「兩美皆具」的要求：既要嫻淑含蓄，又要妖豔開放。茅盾筆下的女主角（年輕的寡婦）不買這個賬，「她」怒斥男性的自私虛偽，並且趕走了「他」。張愛玲筆下的男主角發現妻子嫻淑對內而開放對外，「他」便只好隱忍而玩世不恭，到外邊去嫖娼——因為「他」要做「好人」，要維持一個「體面的家庭」。茅盾和張愛玲似乎尚未關注到：這是一種兩難，男人有男人的難處，女人有女人的難處——誰對誰錯？——小說是「道德判斷被延期的領地」❾。正是在這點上，馬森〈陽台〉的敘事者和主人公「他」，就從「真人」的立場對這個婚姻中的「兩難」作出了深於細於茅盾和張愛玲的「反思」或「懺情」。讀〈陽台〉中「她」的辯難——再強調一下：即「他」理解和同情「她」的「反思」或「懺情」，真可以說是「字字血，聲聲淚」——

我知道，我知道你的愛好和需求。可是我也有我自己的。為了愛你，我可以忘了我自己。不過那樣的話，我自己漸漸地就不存在了，我只成了一種行屍走肉，只成了你的影子。我忽然發現你對我漸漸冷淡起來。我也明白，誰會愛一個沒有實體的影子呢？所以我想我應該找回我自己。難處是一找回我自己，我就發現我不能再愛你，因為你不是我需要的那種男人。

男女之間，一方要求另一方完全順應，「愛情」關係轉而成了「主奴」關係（或「他虐」與「自虐」；〈陽台〉中「她」的父親就是典型的「奴」）——平等的男女雙方所追求的「愛情」夫復何存？男女之間，彼此互相要求，「主動」、「被動」，猶如跳舞，好比下棋——心有靈犀，珠聯璧合，誰是弈壇高手、舞池絕配？更何況兩性關係還有個根本的前提：「愛並不代表熱情，更不代表肉體的欲望。……到我們不能再有任何肉體關係的時候，繼續同居便成為一種嚴酷的負擔」（《孤絕・父與子》）。我認可昆德拉對小說的另一界定：「唯一的真理在那裡沒有權力，那種撤旦式的模稜兩可使所有的堅定都轉換為謎」❿；〈陽台〉正是把「高塘」與「登徒」之間那種難分難解的既恨且愛的困境寫成了綿綿無絕期的「謎」：「看太陽落下去。一次一次無可挽回地落下去。……原來太陽又在東方靜悄悄地升起來了。」記得好像是喬治・桑說過，「婚姻制度是人世間最不合理的制度」；可是一次一次的婚姻無可挽回地衰落下去，而沒進過「圍城」的人們依然如故歡天喜地地衝進「圍城」——這真是人類、永恆的「不解之謎」。（附帶提一筆，馬森小說中多次出現的「太陽」暗示「循環依舊」，可與張愛玲小說中的「月亮」比較分析：類比之「所取」不同，無礙乎「底蘊」相通。）

基於以上的理解，我願把《孤絕・陽台》標舉為馬森短篇小說的代表作——恰恰跟龍應台反了一調——眾口一詞、沒有爭議的小說，只能是簡單、浮淺的作品。

（本文作者為廣州華南師範大學中文系教授）

註釋

❶ 米蘭．昆德拉：「對那些認為藝術只是哲學與理論思潮的衍生物的教授們，我是太害怕他們了」。（《小說的藝術》）

❷ 《管錐編》明確指出：「悱惻纏綿，議論亦何害於抒情乎」。另可參看拙著《槐陰下的幻境》第七章：專論小說中的「議論」的必然性和必要性。

❸ 哈．亞當斯《諾．弗來的成就》，《世界文學》一九九四年第五期。

❹ 《晚晴簃詩匯》卷一八七。

❺ 米蘭．昆德拉認為：「偉大的作品只能誕生於它們的藝術史中。……只有在歷史中，我們才能把握什麼是新的，什麼是重複性的，什麼是被發現的，什麼是摹仿的。」（《被背叛的遺囑》）；本文從〈高塘賦〉一直說到張愛玲，就是想在小說「藝術史」的座標上為《孤絕．陽台》定位。

❻ 參看《談藝錄》。

❼ 錢鍾書解《漢書．禮樂志》「夫婦之道苦」：「苦」同「楛」，脆劣也。（《管錐編》）

❽ 《管錐編》：情感分而不鬩，反亦相成；所謂情感中自具辯證。《老子》四〇章：「反為道之動」，「反」亦情之「動」也。宋詞、元曲以來，「可憎才」、「冤家」成詞章中所歡套語，猶文藝復興詩歌中之「甜蜜仇人」、「親愛敵家」、「親愛仇人」。譚嗣同《仁學》卷上曰：「淫而殺，殺而淫，其情相反，其事相因；殺即淫，淫即殺，其勢相成，其理相一」；則抉微之論，「淫」即愛之事而「殺」即憎之事，各著其極爾。

❾ 《被背叛的遺囑》。

❿ 同前註。

原載二〇〇一年一月號《聯合文學》第一九五期

象徵、規律、生死錯位

——讀馬森的〈鴨子〉

楊國榮

曾有人慨嘆說：在十九世紀，人所面對的最大問題是上帝死了；但在二十世紀，人的問題卻變成人自己死了。在現代的社會中，物質生活的高度發展，社會組織高度科層化，工具理性主宰人的思維❶，使得社會愈來愈像一部巨型的機器，而人則愈來愈像一件一件的零件。面對這個困局，知識分子紛紛掙扎，存在哲學就是其中一面鮮明的旗幟，要致力捕捉個體的地位和價值。而在文學的領域，亦產生了不少反映現代人困局或尋找出路的作品，比如卡夫卡、卡繆和沙特，一方面是著名的思想家，一方面也寫了不少這類的作品。在中國作家之中，自然以陳映真寫的商業社會異化現象❷最為人所熟知。但這裏要談的是另一位台灣作家的一篇作品〈鴨子〉❸，它也能充分反映現代人的困局。

這篇小說題為「鴨子」，但鴨子只有在篇末出現一次，至於貫串全篇的，卻是一列突突突地不知開往何方的火車。火車第一次出現在小說第二節，主角何正光憶起一個沒作完的夢：

……他坐在一輛火車上，好像就是公園中給遊人乘坐的那種敞篷式小火車。車上坐滿了人，可都是些陌生人。他安靜地坐著，覺得有點孤獨，也有點焦急。他忽然想到幾個問題：他到哪兒去呢？他不知道！這輛火車開到哪兒去呢？他不知道！他為什麼坐在這輛火車上呢？他也不知道！他因此而焦急不安。

火車在此顯然象徵了人生。人自身的路向、生命的路向和生存的目的，全都是個謎，正如主角弄不清火車和自己的去向與不知自己為何在車上一樣。火車上的人都是些陌生人，象徵人與人之間的割離，人在一生中縱可碰上無數的人，孤獨卻並不因而改變。作者寫道：「他睜開了眼睛之後，他似乎仍然坐在那輛火車裏。」強烈地暗示：這不只是一個夢，它清楚地道出人的生存的真相。

以後他在整篇小說中一再想起這輛火車，在吃過早餐後想起，在飯堂跟鍾成（唸經濟系的朋友）吃飯時想起，篇末在海濱公園餵鴨子聽見汽笛聲時也再想起。這幾次想起火車的場合都與吃有關，想來有點耐人尋味的深意。同時一再想起更意味著，這夢中列車所象徵的人生虛無，是鬼魅幽靈一般緊隨著人的，這種焦慮與不安潛藏於人心深處，隨時能出來作用，撩動人的心靈。

作者對人物所處世界的塑造十分成功。小說的開首第一節只有四個字：「鬧鐘，七點！」完全不涉及人，所涉的只有機器、數字和計算單位。接著一連五段寫到夢中的火車、浴室中的水龍頭，不經人手的熱水供應，然後有收音機、電圈、維他命丸、抽風機、各式的電鈕、電梯、最後是街上的汽車和它的馱盤馬達。各種冷冰冰毫無人味的機器和科技產品一連串緊接出現，唯獨就是沒有人，只有火車上的人例外，然而連在夢中那些人也是陌生的。這樣就成功營造出一個物化的、非人的世界來。

在這一大堆冷冰冰的東西中，偶爾有一、兩種事物流露出一點生氣來。當他拉起浴室中那塊淺藍色的塑膠幕時，「幕上幾條魚正索索地抖動著，水就嘩嘩地流了下來。」這兩句中不但魚正在抖動，而且還發出索索的聲響，再加上水流，使人幾疑是活生生的魚。然而，若牠們要活，也只能活在一塊冷冷的科技產品那扁平的表面上，這種生氣和死物之間的協調，就給人一種似生還死的荒謬感。稍後他走到窗前，看見「街道兩旁樹上的黃透了的葉子正隨著冷颼颼的秋風墜下去，然後又成羣成堆地在地面上索索地滾動」。「羣」字從來只用在動物身上，所以這句描寫使黃葉忽似有了生命一般，然而，它們卻是一堆最能象徵死亡的，剛枯朽掉並自絕於母體的黃葉，又一次造成生與死的錯位的感覺。

這種生與死的錯位，一直貫串著全篇，使全篇小說充滿著一種不安定的感覺，甚至一種威脅的力量。小說出現過的人物主要有三個（電話中的女子不見其人，又無名字，不算在內）。一個是張教授，他唯一的對白便提到死亡：

「……要死，還太早，要教書嘛，又沒人要了。不做點研究工作又幹啥呀？」

一個是鍾成，主角在飯堂看見他時，他嚼著肉餅，「番茄醬打口角溢出了些，好像咬著一塊充血的什麼。」這個樣子教人要麼想起口吐鮮血的垂死的人，要麼想起吃人的妖怪，總之跟死亡都脫不了關係。他跟主角談話，說啥完經濟後娶妻生子，「然後退休等死，如此而已！」至於主角自己，也煞有介事地說到不等退休就自殺。每一個人物都曾提及死亡。隨後作者還寫到主角幻想切腹，寫他寫信後撕掉，「也不去收拾，就任其碎屍似地躺在桌面上。」死亡的意象就這樣一直籠罩著小說的整個空間，使得小說瀰漫著焦躁、不安和詭異。作者寫死物還偶爾有一點生機，寫人卻讓死亡如鬼魅般附在他們身上，這種錯位促使生命的荒謬獲得了充分的表現，同時也是一個絕大的反諷。

在前半部，作者一再指明主角做每件事情時的鐘點，表現了現代人只能按一個既定的時間中的程式運作，人生活在一種掙不脫的機械化規律中。中段寫主角在浴室中剪頭髮，在鏡中看那髮型竟有點像鍾成，就可見人連外形打扮都是在一個規定的模式中的。篇末寫他看見水中自己的影子以為是鍾成，更暗示了現代人根本就是一個模子鑄出來的東西。在飯堂中主角與鍾成的對話，尤其顯出程式化人生的悲涼：

「你說沒有例外？」

「什麼沒有例外？」

「你剛剛說的，娶妻、生子、退休、等死，人人如此，沒有例外。」

「啊！你說這個呀！你是學歷史的，該比誰都懂得這道理。」

「譬如說，不娶妻，不生子，不就是例外？」

「就是不娶妻，不生子，可是也得退休，也得等死呀！」

「譬如說，不到退休，就……」

「就什麼呀？」

「就……就自殺！嗯！自殺！」

在主角（也許還有鍾成）心目中，規律是無法掙脫的，要掙脫竟只有死亡。生命應該充滿創發性，是規律的對立，然而它如今竟與規律連在一起，要靠死亡打破，不能不說是現代人的悲哀。

在種種規律之中，人往往變得麻木和機械，作者聰明把這一點不著痕跡地表現出來，譬如上述大量連接出現的機器便是一種成功的烘托，同時，全篇小說沒有一句（任何人的）情感描寫，更使人感到一種可怕的冰冷。作者一次又一次刻意描述主角的感官知覺，譬如洗澡，作者巨細靡遺地寫水的溫度、肥皂的滑膩等，又如主角裝訂影印時把書釘釘進手指，這是小小的傷，作者卻一而再的提及並描述其疼痛，另外如桌面的滲涼，幻想切腹時的感覺，主角手淫的描寫，篇末也故意以感官的知覺作結：

「……他的手慢慢朝前伸去，觸到水面的時候，感到好涼好涼。」

這種種都使人感到，肉體的感覺已成了人生的主要內容，除掉，人已別無所有。全篇絕少內心描寫，所僅有的卻都完全是空洞的，例如：

他……手往駕駛盤上一放，忽覺心中一動，好像忘了件重要的事情。什麼事呢？什麼事呢？他這麼自問著。可是一時又弄不清楚是什麼，心中泛起一種悵然若失的感覺。

他迷茫地睜大著兩眼，不知道該做什麼。隱隱約約好像遺忘了些什麼重要的事，該做而未做的事，可是又想不起來到底是什麼。這麼過了一會兒，他倒感到肚子脹起來，這種自然的需要倒是用不著思索的。

作者幾次提及主角有一身暴起的肌肉，跟這樣空洞的內心世界可說是一個充滿反諷意味的對比。而文中多次提到他的動作是「順手」、「隨手」、「不假思索」等，也充分表現出現代人的缺乏靈魂。以下一段描寫，更見其匠心獨到之筆：

他站起身到廚房裏，打冰箱裏取出昨日的剩飯菜。喉中又感到那種焦灼的苦味兒。他一點也不覺得餓，就又把飯菜收回冰箱裏去。

主角從冰箱取食物的動作顯然是慣性、機械和沒有意識的，一個人取了食物才發現自己不餓，而非餓了才取食物，實在是對都市生活無聊的一個深刻的諷刺。

結尾處鴨子出現，可說是點題之筆，而文字也出奇的美：

……他已經走進海濱公園了。人行道上有幾個中年人牽著狗溜達。轉過一個山丘，就是一個靜謐的小湖。湖的一面是山坡，另外三面都被樹叢密密地包圍著，藍天、白雲就靜靜地反照在湖心裏。這時候竟不見一個遊人，只有一羣鴨子在湖面上撲著翅，偶爾發出幾聲呷呷的鳴叫。

他站在湖邊，打塑膠袋裏取出帶來的麵包，慢慢地撕成碎片，隨撕隨朝湖中擲去。那羣鴨子都撲撲地遊過來，爭食他擲下的麵包。

……

他丟出了最後一片麵包，鴨子都歪著頭等待著，見再沒有麵包丟下來，一個接一個地無聲地划開去。湖水靜止如鏡，一剎時好像時間在宇宙的隙縫裏漏光了。湖水、樹叢、晚霞、鴨子，一切都是凝定的；不但凝定在外在的自然中，也凝定在內在的他的心中。他恍然若有所悟，這一幅景色看來似曾相識，竟如恆久存貯在他的心中一般。

這段描寫充滿了象徵的暗示。主角恍然若有所悟，悟的顯然是：這些鴨子就是人的寫照。當有麵包投下來，能滿足牠們的口腹之欲時，牠們都不假思索地為此掙扎，然而沒有麵包時，牠們就無事可為了。當他看見一切凝定時，不但是看見景物彷如永恆，也看見規律的永恆，即是：這種鴨子的生活便是人類的命運。所以似曾相識的是景物，也是生活，他從鴨子身上看見了自己和別人的生活。鴨子只懂口腹之欲，與主角機械地打開冰箱取食物恰成一深刻的對比。由此我們亦明白主角每次想起火車的場合都與吃有關（喉頭有焦灼的苦味也是），背後有何深意，更深深感受到，現代人的困局從何而來。

註釋

❶科層化和工具理性都是韋伯（Weber）用以描述現代化社會特性的名詞，前者約指社會各部門和機構的高度制度化，既分科且分層，每人於是只要負擔一件工作或生產中的極小部分，後者則指理性只是用以計算效益，是達到目的的工具，卻並不負有對目的作反省的責任。

❷異化（alienation），或譯疏離，這個名詞先由黑格爾提出，後來費爾巴哈和馬克思都曾對之作過新的詮釋。今日異化一詞的用法多採馬克思的意思，指人被從其生產成果與生產活動中割離，因為資本家的剝削，其生產成果乃至生產活動本身都不屬於自己。更重要的一重意思是人從他類的存有（Species Being）中被割離，這一點甚為複雜，最簡略的意思（難免有少許失真）是：人的活動原應是有目的性和創造性的，待其行動是其計畫投射在自然世界上的結果，但在高度現代化的社會中，人的活動失去了創造性，而且不再是自己的計畫的投射，而只按資本家的指示進行生產活動，藉此換取溫飽性欲等動物性的滿足，因而失去了作為「類的存有」的特性。

❸〈鴨子〉收在馬森小說集《孤絕》中；另外，亦被選入黃維樑主編《中國當代短篇小說選》（香港：新亞洲，一九八八年），頁一一〇——一二四。

原載一九九〇年一月《文學世界》第八期

稠人敞座中的孤客

——我看《孤絕》

吳海燕

《孤絕》是馬森一九七六年至一九七八年間的作品。在《孤絕》〈獻詞與謝詞〉中，馬森憶道：「這其間生命中受到極大的震盪。此之前，在輾轉跋涉了三大洲，經歷了幾種不同的文化系統之後，益發感到對人類社會現象之難解與人類前途之渺茫。」於是在一九七二年，放棄穩定的教職和生活方式，毅然飛赴加拿大，攻讀社會學博士，「企圖在理論上探索西方資本主義所走過的歷史軌跡及其當下所表現的型態」，《孤絕》也由此誕生。可見，作為一個現代人，馬森有同樣的現代苦悶與困惑，作為一個現代作家，馬森充滿了探索的熱情與勇力。一部《孤絕》正是他審視生活、叩問眾生又反觀自照的結果。

二十世紀的世界是都市化、工業化、機械化的世界，以西方為中心的科技和工業革命浪潮波及全球，這不僅帶來了現代工商業的一片繁華，引起文明社會意識形態和上層建築領域的深刻變革，而且隨著資本主義基本矛盾愈演愈烈，人類心理在這個激烈動盪的時代無所適從的恐慌與失落感，也不可避免地呈現並騷動。「我們這個時代，在工商業一片繁華的盛景中，不免感到心靈的荒瘠；在整體社會勇邁直往的大步中，卻感到個人的怯懦不前；在為身邊瑣事做出深思熟慮的安排時，對人類的前景竟感心勞力絀無能施其腦力。」（《孤絕》〈代序〉）於是，「孤絕」成了二十世紀現代人的普遍心態。馬森圍繞「孤絕」在《孤絕》中的十四篇小說裏做了有力的表現。

《孤絕》的主人公多是寂寞而孤獨地生活在一種自私冷漠的社會環境和社會關係之中，這無疑是現代生活的真實寫照。在當代經濟生活中，人漸漸或為一個獨立自主的個體，人與人之間的瓜葛隨機器工業的蒸蒸日上愈來愈少，傳統的大家庭關係也日漸式微。而弱肉強食的工業文明迫使人們在瘋狂競爭，理性的現實生活冷酷地摒棄人類昔日的溫情，於是人心惟危而日益隔膜。〈孤絕〉一篇中的男主人公離婚後獨自回到多年前住過的繁華又陌生的老街，最大的樂趣莫過於擇一高層住所，透過「公寓森林」看到層層疊疊的遠山，平時「早已習慣了獨坐書城，傾聽先哲的雄辯滔滔，或為小說中的一段情節觸動肝腸，或為一段樂章而潸然淚下，竟似有過無數的益友良朋，然而卻無能觸接他們。他們躲藏在一方方鉛字之後，他們潛隱在音符的波流之中。你舉起你的手來，卻觸到一片空虛。」而「這幾十年其實沒有什麼可抱怨的，豐厚的收入，平靜的生活，日子像同色的積木，一塊塊地往上疊起，直疊到雲霧裏。」這樣的孤獨無處訴說，無人能共！最後「他」竟在一位讓他感到些微暖意的浪女面前放出悲聲。這種滲滿絕望的孤獨瀰漫了整部小說集。〈陽台〉中一對夫妻相識多年卻仍不相知；〈雪的憂鬱〉中父與子代溝深廣；〈鴨子〉中的「他」三十歲還孑然一身，成天無聊刻板地打發光陰。而這些為孤絕之蛇噬咬靈魂的人們唯其如此，方更渴望愛與理解，然而這種內心深處焦灼的渴望之聲，又如空谷足音，無人理會之際，或變得痲木，如〈學笑的人〉那個跛足的學笑者，自覺所有與人的關係，於他都是一片不可捉摸的黑暗，唯有回到一己之孤獨中，咀嚼著孤獨，才感到安全，雖然實際上早已厭恨透了這種孤獨；或走向變態，如〈舞醉〉中的那個充滿愛欲渴望時，「就在人羣中急走，一直把自己走出一身汗來」的「他」，不管什麼愛不愛，便在舞會後按捺不住地對女伴施以無禮之舉。

透過這些令人窒息的孤絕，有史以來呈螺旋狀上升的異化問題，顯現著問題的實質。依馬克思之說，「人是人的最高本質」。而「我們本身的產物聚合為一種統治我們的、不受我們控制的、與我們願望背道而馳的並抹煞我們打算的物質力量」。這種異化首先表現在人與自己的客觀存在對象的異化，其次表現為人同自己的主觀活動能力的異化。對此，馬森也有所表明：「機器文明的發生不但改變了人與自然的關係，同時也改變了人與人之間的關係，前者所引起的自然生態的變化，使人類面臨前所未有的危機，後者則使人的日常生活和心態反應均發生了本質上的改變。」（〈代序〉）正是這種異化導致了人性的難堪的扭曲與變異，繼而產生了現代靈魂的焦灼。我們注意到，《孤絕》中的主人公大都期待擺脫這種扭曲與變異，渴望原始人性復歸。〈失業者〉中，「我一向總有一種脫逃的感覺，脫逃出家庭，脫逃出責任，脫逃出社會，脫逃出我所不喜的那種種人與人的關係；甚至於脫逃出我自己！」「沒有責任，沒有野心，沒有任何的鞭策驅趕著我，我終於感到生存是一件欣悅的事。」但這種脫逃又只有徒喚奈何。與此相聯的是主人公大都因此愛做哲理性或形而上學的思辨，「到哪兒去？」「從哪兒來？」「活著為了什麼？」一類的迷茫疑問，篇篇皆可以找尋，雖然這種疑問不免空泛和荒謬。

歷史不容倒退，只有更換視角極力找回自己，而不是簡單的原始復歸，在此，馬森與他的主人公們做了一致的努力——反思並力圖擺脫傳統道德與文化。馬森認為現代人的心靈在極度的張力間兩極分化：一邊是我們習以為常的傳統價值，另一邊是優裕新穎的豐足生活。（〈代序〉）「在卸脫各種文化的重負後，才發現為文化的重壓所扭曲了的筋骨。這種校骨正筋，追索原始自我，引發那久經各種文化壓覆因而萎縮了的生命的幼苗，的確是痛苦萬般的蛻變，但卻也是一種不可避免的生命過程。」（〈獻詞與謝詞〉）著名社會學家柯尼也說過：「文明社會，特別是我們自己的社會，對個人的要求，不僅是過分的，而且是非常複雜的，對立的和矛盾的，家、教會和學校所教導、所嘉許者，與外界的實際需要，其間有很大的距離，文化背景不同和道德標準不同的團體，創造不同的是非觀念。又有廣告這類東西來刺激欲望——欲望是常難填滿的。最後是文化迅速變遷，產生各種新欲望而遭受挫折，為了不能配合發現自身的情境而絕望，這種人可能變成各種神經病、自殺，或作奸犯科，專走極端，離經叛道，滿腹怨憤。」（《社會學社會之科學導論》）我們以為，《孤絕》中所蘊含的對文化的關注，顯示出作者本人思辨的高度，雖然與此同時又走向了一種憤激的反叛。

《孤絕》中存在著傳統文化價值的貶值，這裏既沒有儒家的那種自高怡適與自我圓滿，也沒有道家的忘情無我和飄然出世，有的是一種真切的生活。《孤絕》中大部分主人公對生活的追求已不僅停留在簡單的勞動和承擔職責的過程中，他們更注重於自我價值的實現，也即更高層次的人性復歸。在這一追求中，他們顯示出了對傳統的叛逆與不屑的現代精神特質。在此，社會系統向個人的「內在化」——即文化傳承的遺傳與保守，已顯得十分迂腐可笑，反之則是有個性的個人向社會系統的硬性對象化更多地構成變異或創新的機制。當然，我們說，《孤絕》中的這種個人向社會系統的對象化，並不是十分自覺的。

我們看見〈等待來信〉中的老人在給自己的一生做評判時這樣感嘆：

我呢？我又何嘗放肆過我的妄想與野心？我一向小心謹慎，事事都做出最佳的安排。生活還沒有來到以前，我其實已經驗了我的生命，沒有意外，沒有奇蹟，一切都在預料之中。如果死亡也在預料之中，也就算最佳的選擇之一，而我的生命等於早已罩上了死亡的影子。如果我能夠重新再活一次，我會不會還要做出種種最佳的選擇？想到這個問題，我就不禁戰慄起來。我心中實在鬱積了無限波濤，暗流洶湧激盪，幾欲爆破而出。天！我也要活，活在不可預知的冒險中！如果我有機會再活一次，也許我要去革命、去搶劫、去尋花問柳、去狂賭濫飲，更可能的是跟瑪麗棄家私奔。我要做出種種違反理性的舉動，像一個活生生的人，而不只是一個理性的奴隸！我只覺鬱悶得要死，現在我只是一顆受了潮的炸彈，再也炸不出聲來了……

這一段獨白是現代人受傳統理性壓抑的心靈的強烈宣洩，雖然呈現出不受任何約束的瘋狂。而這種極端的反理性在《孤絕》中帶有普遍性。〈康教授的囚室〉裏的康教授「實在恨透了中國」，不願再接受漢學的薰陶，而與世俗的母親與中國妻子產生尖銳的對立矛盾，最後他無法忍受再在象徵中國傳統文化這個囚室中待下去，而要衝出囚室尋找自己。但實際上，康教授對中國傳統文化又懷有棄之不能捨之可惜的矛盾心理。〈母校〉則通過袁愛雲回母校時產生的一系列恐懼心理，揭露了封建道學的虛偽與殘酷。

從這種傳統反理性的表象背後，我們不難尋到存在主義的影子。馬森對此也供認不諱，「存在主義有兩點對我的影響特別大。一是它確定人到世界上來是自由的，一旦你有了自覺，自己作為一個個人的存在以後，你就完全自由，你可以做各種各樣的選擇。其次，因為你有自由，你就負了很大的責任，你要為別人負責，但更重要的是你要對你自己的存在負責，也就是不辜負你自己的存在現象。」（見《新書月刊》，陳明順〈馬森的旅程〉）實質上，這是作者在面對世界的荒謬和人類的虛無而無法做出正確的解釋時，與存在主義的自由觀所保持的一種認同。沙特在〈存在主義是一種人道主義〉中指出：「因為如果存在確是先於本質，人就永遠不能參照一個已知的或特定的人性來解釋自己的行動，換言之，決定論是沒有的，人是自由的，人就是自由。」自由的中心是自我選擇，「由於人是自由的，明天他會自由決定人該是什麼樣的人」，而這種自由又是排他的。在這種自由選擇觀面前，傳統理性這種「自在的存在」就是阻礙了人性的發揮，而顯得笨拙。正基於此，馬森坦然地肯定實實在在的人生，包括肯定其卑微與世俗的一面，而對主人公們的各種心理舉止不做任何粗糙的或是傳統的價值評判。〈最後的一天假〉中兩個在海邊彈吉他又曬太陽的青年，因為喜歡的工作找不到，不喜歡的工作不想做，便不再去刻意找工作，而瀟灑地向別人乞討飯錢，盡情地享受自由的生活，這就是他們的自由選擇，一種與傳統理性對立的自由選擇。

如果說，存在主義在強調自由與行動是對人的主觀能動性發揮這一點，提高了《孤絕》中的主人公的意識層次的話，那麼，其主觀能與客觀、自由與必然、個人與羣體等辯證關係上的分離的局限性，則導致了《孤絕》無法樂觀與超脫的悲劇色彩。儘管馬森在〈獻詞與謝詞〉中指出：「我們豈能以文明人之狂妄而否定生命？……只有面對生命，對之做全面的接納，才算是積極的人生態度，才不負這一去永不可復得的生命過程。」〈最後的一天假〉裏也透露出同樣的意蘊：「活著的東西，多少都有一份欣喜，不管活得多麼無聊與痛苦。」〈失業者〉中的失業者暫時享有獨立不羈的自由，同時又渴望著絞纏不清的人事。這是一種多麼複雜而沉痛的現代矛盾心理！這也是來源於馬森本人的心理矛盾，他無法相信個人的絕對自由，他也無法徹底走出傳統文化的深深束縛。因此，作為這一矛盾心理的反應，荒誕感不時襲擊著《孤絕》中的主人公，他們永遠是稠人敞座中的孤獨者，永遠是獨行於荒野中的孤客。即使他們準備走向這種真切的生活，其中也仍含有幾分無奈，幾分迷茫。我們來仔細體味〈最後的一天假〉裏一段文字，這是那個失業者在最後的一天假裏的感覺：

> 你知道你不會再見她，甚至於不會再想她。她來到這裏，像一陣風；你來到這裏，也像一陣風，吹過去就什麼也沒有了。她可以再遇到別的人，你也可以再遇到別的人。生活仍然繼續著，不管多麼乏味，也仍然繼續著，生命就如此一天天一日日地耗損下去。

其中的若有所失的惆悵明晰顯現於字裏行間。因此我們以為《孤絕》中自認為該勇敢正視人生的人，實質上依然是被動地接受生活，人性依然無法復歸。至多則是希臘神話中的反覆推石上山，卻永遠不能成功的西西弗斯似的悲壯而已，結果依舊徒勞無功。

二十世紀是心態文學的世紀，而「如果人的社會關係、人際關係沒有從舊有的範疇中解脫出來，蛻化出來，現代的文學也不會從社會之廣進入人心之深，從理性為主轉化為感性為高。」（《孤絕》〈代序〉）正是馬森將文學向內轉的一種新嘗試。圍繞著現代人的孤絕這一中心主題，作者運用了多種多樣的表現方法：傳統的寫實手法向我們細膩真實地再現生活，而大量的現代派手法又向我們展示某種非理性的魅力，人類內心真實藉此得到充分暴露。

幻覺與夢境在《孤絕》中屢見不鮮，並常給作品蒙上一層神祕荒誕的氛圍。而這種幻覺與夢境又往往來源於人物內心的巨大情感壓抑，馬森自我分析為：一是父母情意的巨大影響；二是性愛內容與對象的不穩定。前者我們可以舉〈陽台〉為例。〈陽台〉描寫一個丈夫關於死去的妻子的夢。妻子因為丈夫拋棄了她而自殺。丈夫指責妻子自虐，而究其緣由，是父親的影子佔據了妻子的心靈。「我可不要像我的父親一樣。他一輩子沒有快樂過。他一輩子只是媽媽的一個影子，靜靜地坐在客廳的一角，搏弄著手中的酒杯，沒有人注意到他想些什麼，他要些什麼，他希望些什麼。」妻子懼怕成為父親那樣的人，而成為丈夫的影子，讓丈夫輕視和忽略，而一旦發現丈夫不再愛她時，整個人便乾涸了。後者我們可以舉〈舞醉〉為例。〈舞醉〉中男主人公不曾有過真正的性愛，同時對這種真正的愛又持懷疑與失望，正因如此，他更渴望得到異性之愛，這種長久積成的精神與肉體上的愛的匱乏便令他產生幻覺：一有情緒衝動，便「抓起外衣匆匆地奔到街上」，體驗到「身體中所發射出來的電力不再被四壁反射到自身上來，而是射入了大街上他所遇到的那些人們的軀殼之內；同時他也感覺到別人電力的反應，他便藉此獲得了一種紓解的快感」。馬森通過幻覺與夢境的運用省察人的內心，從中我們又看到了弗洛依德影響的痕跡。弗洛依德的文藝觀有一個鮮明的特點，就是無意識的刻畫，「無意識是精神的真正實在」，而幻覺和夢境是人們最真實地袒露本我的最佳時機，體現了人性的本來面目。與此相關的是馬森大量地運用意識流手法，運用自由聯想規律和通感聯覺規律，對人物的原始心理探幽索微。〈母校〉中的袁愛雲曾是一所專制刻板的女校學生，當時的校長待學生極為冷酷，學校管理嚴格得令人不堪忍受，學生進校如進監牢，袁愛雲就由於產生性愛而在畢業前被校方無情開除。二十年後，袁愛雲重返母校仍心有餘悸，固有的心理經驗不時干擾她，睹物見人總恐懼地喚起往昔的記憶。在這篇小說中，過去、現在彼此顛倒，意識、潛意識相互湧現，意識帶有相當大的飄忽性與流動性，使這篇小說揭露封建禮教的殘酷的主題得到了強烈的表現。

象徵隱喻手法的應用也是《孤絕》的一大特點，它有力地表現現代人的精神特質。〈鴨子〉中不斷閃現在主人公腦子中的坐滿陌生人的小火車意象，實質上就是象徵了紛亂而寂寞的周遭世界；而〈康教授的囚室〉中康教授剪斷那一中國女人的黑色頭髮，又躲在黑髮中哀哭的矛盾行為，又是他企圖擺脫傳統文化束縛，又無法壓抑內心深處對她的留戀的矛盾心理的暗示。必須指出的是，《孤絕》中的象徵手法不同於傳統的象徵手法，而具有現代意味，其中的主觀性很強，突兀具體地表現了主人公特定的心境。

細膩的心理描寫段落在《孤絕》中俯拾皆是，作者一般採用傳統的白描手法，毫不混亂。例如〈學笑的人〉裏一段描寫：

她望了他一眼，這一眼就恰恰地落在他的跛腳上，一隻五寸厚的鞋底告訴了任何人他的腳跛的程度。他沒有抽回他的跛腳。然而他同樣痛恨這種無體的侵越，正像他痛恨所有故意規避著他的跛腳的眼光一般。不過這眼光從他的跛腳一寸一寸地移動上來，接觸了他自己的充滿敵意的眼光，好像立刻了然了他的心思，以一種較量手勁兒般的逞強固執地停留在那裏。他自然也沒有理由撤退。他一向都以他的冷峻回報任何無禮侵越的人。然而這次他終於受傷了，只因那是一團火，具有一種他未曾料及的熱度。他慢慢地低垂下眼簾，像一隻鬥敗的獸，狼狽地蜷伏回自己的巢穴裏。

這段文字將一個殘疾者敏感自尊的內心暴露無遺，同時又讓我們體味到學笑者的深深的孤獨。

此外，大量的內心獨白常淋漓盡致地道出人物的心聲，大量的象徵與隱喻背後潛藏著作者本人的細緻精神分析，因而，《孤絕》的哲理性色彩由此呈現，作者的參與意識比較明顯。龍應台也曾指出過馬森寫了論文式小說，我們以為這樣的分析是有些正確的。由此，我們也不禁想到沙特和卡繆等存在主義作家的作品特點之一就是強烈的哲理性。馬森在法國期間，接觸了不少存在主義文學，勢必要受其藝術手法的影響，但我們認為，文學作品畢竟不是某種哲學意圖或作者思想的演繹，形象性畢竟是文學所特有的。

綜上所述，由於馬森刻意追求現代人的一種普遍心態——孤絕——的表現，他的小說便因此主要呈現了現代小說風格。在他的小說中，人物心理反映佔據了小說的中心地位，自我意識因而十分顯明，這種自我意識不但是精神的，也是感官的；情節背景描寫則處於一種淡化和被動之狀；正常時空結構被打破，意義結構空間則得到擴大；象徵與隱喻手法的運用、潛意識的挖掘使小說語言呈朦朧性。也正因如此，感情意識得到了自由而敏銳的表現，小說意蘊也變得豐富深刻起來，從而給人帶來獨特的審美快感。而《孤絕》雖然是馬森小說藝術上的一種新突破，但與傳統寫實手法仍有一聯繫，因而小說新穎而不離奇，神祕而不怪誕，總之，《孤絕》的藝術手法是很好地表現其主題的。

原載一九八九年九月《當代》第四十一期

《孤絕》評論索引

一九八〇年十月廿五日，林清玄〈尋找急流中的湖泊——在撞擊中創作的馬森〉，《中國時報人間副刊》；又收入《在刀口上》，台北，時報文化出版公司，一九八二年三月。

一九八一年三月十五日，白先勇〈新大陸流放者之歌——美、加中國作家〉（新加坡國際文學研討會特別報導），《聯合報副刊》。

一九八四年六月，陳明順（陳雨航）〈馬森的旅程〉，《新書月刊》，第九期，頁廿一—廿八；又收入馬森《文學的魅惑》，台北，麥田出版社，二〇〇二。

六月十日，碧邑〈不為迎合讀者而寫作的馬森〉，《民族晚報》。

九月，龍應台〈孤絕的人——評析馬森的《孤絕》〉，《新書月刊》，十二期；又收入《龍應台評小說》，台北，爾雅出版社，一九八五年六月，頁三三—四九。

一九八七年八月廿七日，聯副編輯室〈訪馬森〉，《聯合報副刊》。

一九八八年四月，黃維樑《中國當代短篇小說選》第一集編者的話（附：馬森〈鴨子〉），香港新亞洲文化基金會。
五月十日，劉慧媛〈獨立蒼茫代心聲：讀馬森的《孤絕》〉，《自由時報》。
六月，楊錦郁〈安定是為了尋求另一個變動——馬森談小說經驗〉，《文訊》，三十六期；又收入楊錦郁《嚴肅的遊戲——當代文藝訪談錄》，台北，三民書局，一九九四年二月。
一九八九年九月一日，吳海燕〈稠人敞座中的孤客——我看《孤絕》〉，《當代》，四一期。
一九九〇年一月，楊國榮〈象徵、規律、生死錯位——讀馬森的《鴨子》〉，香港《文學世界》，頁一二〇—一二四。
四月，朱春花〈馬森小說簡論〉，《台灣文學的走向》，福州，海峽文藝出版社。
十月，潘亞暾〈馬森與馬奎斯〉，《聯合文學》，第六卷第十二期。
十二月，《中國現代文學辭典》，頁四四五，上海辭書出版社。
一九九一年五月，校刊編委會〈訪馬森〉，《鐸聲》，台灣省立屏東師範學院。
七月，賴伯疆《海外華文文學概觀》，頁二二四—二三七，廣州，花城出版社。
七月，王晉民《台灣文學家辭典》，頁十九—廿一，廣西教育出版社。
一九九二年一月，秦亢宗《二十世紀中華文學辭典》，頁九六六、一〇三七—一〇三八、一〇四一—一〇四二，北京，中國國際廣播出版社。

五月，王景山《台港澳暨海外華文作家辭典》，頁十六—十八，北京，人民文學出版社。

一九九三年一月，劉登翰、莊明萱、黃重添、林承璜主編《台灣文學史》下卷．第四編中篇第七章第四節：〈叢甦、張系國、馬森與後期的「留學生文學」〉，福州，海峽文藝出版社。

五月廿二日，張成覺〈宏觀兩岸小說——王蒙、馬森演講小記〉，香港《星島日報》。

一九九四年一月十日，張默、隱地編《當代台灣作家編目：1949～1993年爾雅篇》，頁九三—九五，台北，爾雅出版社。

四月十日，隱地《作家與書的故事》（第一集增訂版）——馬森部份，台北，爾雅出版社。

一九九八年十二月一日，陳靜雪記錄整理〈孤絕的夜遊——馬森的文學人生路〉，台北世新大學演講，《中央日報副刊》；又收入林黛嫚主編《拿起筆來，你就是作家》，中央日報社，一九九九年十一月。

一九九九年一月，王立言、盧濟恩、趙祖謨主編《中國文學通典．小說通典》，北京解放軍文藝出版社頁，一〇六一—一〇六二。

二〇〇一年一月，張明亮〈朝朝暮暮，陽台之下──讀馬森短篇小說《孤絕‧陽台》〉，《聯合文學》，第一九五期。

八月，林麗如〈理性與感性的雙重書寫──專訪馬森教授〉，《文訊》，第一九〇期。

十月十九日，龔鵬程〈閱讀馬森〉，《聯合報副刊》。

十月十九日，徐錦成〈追尋一種自由飛翔的姿態〉，《中央日報副刊》。

二〇〇三年十月，龔鵬程編《閱讀馬森》（馬森作品學術研討會論文集），台北聯合文學出版社。

二〇〇七年十二月，侯作珍〈台灣海外小說的離散書寫與身份認同的追尋──以六〇到八〇年代為探討中心〉，《文學新論》第六期，頁廿七─四二。

二〇〇八年五月，劉緒才〈論台灣作家馬森小說人物的「孤絕」心態〉，《語文學刊》第五期。

馬森著作目錄

一、學術論著及一般評論

《莊子書錄》，台北：台灣師範大學國文研究所集刊，第二期，一九五八年。

《世說新語研究》，台北：台灣師範大學國文研究所，一九五九年。

《馬森戲劇論集》，台北：爾雅出版社，一九八五年九月。

《文化・社會・生活》，台北：圓神出版社，一九八六年一月。

《東西看》，台北：圓神出版社，一九八六年九月。

《電影・中國・夢》，台北：時報出版公司，一九八七年六月。

《中國民主政制的前途》，台北：圓神出版社，一九八八年七月。

馬森、邱燮友等著《國學常識》，台北：東大圖書公司，一九八九年九月。

《繭式文化與文化突破》，台北：聯經出版社，一九九〇年一月。

《當代戲劇》，台北：時報文化出版社，一九九一年四月。

《中國現代戲劇的兩度西潮》，台南：文化生活新知出版社，一九九一年七月。
《東方戲劇・西方戲劇》（《馬森戲劇論集》增訂版），台南：文化生活新知出版社，一九九二年九月。
《西潮下的中國現代戲劇》（《中國現代戲劇的兩度西潮》修訂版），台北：書林出版公司，一九九四年十月
馬森、邱燮友、皮述民、楊昌年等著《二十世紀中國新文學史》，板橋：駱駝出版社，一九九七年八月。
《燦爛的星空──現當代小說的主潮》，台北：聯合文學出版社，一九九七年十一月。
《戲劇──造夢的藝術》（戲劇評論），台北：麥田出版社，二〇〇〇年十一月。
《文學的魅惑》（文學評論），台北：麥田出版社，二〇〇二年四月。
《台灣戲劇──從現代到後現代》，台北：佛光人文社會學院，二〇〇二年六月。
《中國現代戲劇的兩度西潮》再修訂版，台北：聯合文學出版社，二〇〇六年十二月。
〈台灣實驗戲劇〉，收在張仲年主編《中國實驗戲劇》，上海人民初版社，二〇〇九年一月，頁一九二─二三五。

二、小說創作

馬森、李歐梵《康橋踏尋徐志摩的蹤徑》，台北：環宇出版社，一九七〇年。

《法國社會素描》，香港：大學生活社，一九七二年十月。

《生活在瓶中》（加收部分《法國社會素描》），台北：四季出版社，一九七八年四月。

《孤絕》，台北：聯經出版社，一九七九年九月，一九八六年五月第四版改新版。

《夜遊》，台北：爾雅出版社，一九八四年一月。

《北京的故事》，台北：時報出版公司，一九八四年五月，一九八六年七月第三版改新版。

《海鷗》，台北：爾雅出版社，一九八四年五月。

《生活在瓶中》，台北：爾雅出版社，一九八四年十一月。

《巴黎的故事》（《法國社會素描》新版），台北：爾雅出版社，一九八七年十月。

《孤絕》（加收《生活在瓶中》），北京：人民文學，一九九二年二月。

《巴黎的故事》，台南：文化生活新知出版社，一九九二年二月。

《夜遊》，台南：文化生活新知出版社，一九九二年九月。

《M的旅程》，台北：時報出版公司，一九九四年三月（紅小說二六）。

《北京的故事》，台北：時報出版公司，一九九四年四月（新版、紅小說二七）

《孤絕》，台北：麥田出版社，二〇〇〇年八月。
《夜遊》，台北：九歌出版社，二〇〇〇年十二月。
《夜遊》（典藏版）台北：九歌出版社，二〇〇四年七月十日。
《巴黎的故事》，台北：印刻出版社，二〇〇六年四月。
《生活在瓶中》，台北：印刻出版社，二〇〇六年四月。
《府城的故事》，台北：印刻出版社，二〇〇八年五月。

三、劇本創作

《西冷橋》（電影劇本），寫於一九五七年，未拍製。
《飛去的蝴蝶》（獨幕劇），寫於一九五八年，未發表。
《父親》（三幕），寫於一九五九年，未發表。
《人生的禮物》（電影劇本），寫於一九六二年，一九六三年於巴黎拍製。
《蒼蠅與蚊子》（獨幕劇），寫於一九六七年，發表於一九六八年冬《歐洲雜誌》第九期。
《一碗涼粥》（獨幕劇），寫於一九六七年，發表於一九七七年七月《現代文學》復刊第一期。
《獅子》（獨幕劇），寫於一九六八年，發表於一九六九年十二月五日《大眾日報》「戲劇專刊」。

《弱者》（一幕二場劇），寫於一九六八年，發表於一九七〇年一月七日《大眾日報》「戲劇專刊」。

《蛙戲》（獨幕劇），寫於一九六九年，發表於一九七〇年二月十四日《大眾日報》「戲劇專刊」。

《野鵓鴿》（獨幕劇），寫於一九七〇年，發表於一九七〇年三月四日《大眾日報》「戲劇專刊」。

《朝聖者》（獨幕劇），寫於一九七〇年，發表於一九七〇年四月八日《大眾日報》「戲劇專刊」。

《在大蟒的肚裡》（獨幕劇），寫於一九七二年，發表於一九七六年十二月三一四日《中國時報》「人間副刊」，並收在王友輝、郭強生主編《戲劇讀本》，台北二魚文化，頁三六六一三七九。

《花與劍》（二場劇），寫於一九七六年，未發表，收入一九七八年《馬森獨幕劇集》；並選入一九八九《中華現代文學大系》（戲劇卷壹），台北九歌出版社，頁一〇七一一三五；一九九三年十一月北京《新劇本》第六期（總第六十期）「93中國小劇場戲劇展暨國際研討會作品專號」轉載，頁十九一廿六；一九九七年英譯本收入*Contemporary*

Chinese Drama, translated by Prof. David Pollard, Hong Kong, Oxford university Press, pp. 253-374。

《馬森獨幕劇集》，台北：聯經出版社，一九七八年二月（收進《一碗涼粥》、《獅子》、《蒼蠅與蚊子》、《弱者》、《蛙戲》、《野鵓鴿》、《朝聖者》、《在大蟒的肚裡》、《花與劍》等九劇）。

《腳色》（獨幕劇），寫於一九八〇年，發表於一九八〇年十一月《幼獅文藝》三二三期「戲劇專號」。

《進城》（獨幕劇），寫於一九八二年，發表於一九八二年七月廿二日《聯合報》副刊。

《腳色》，台北：聯經出版社，一九八七年十月（《馬森獨幕劇集》增補版，增收進《腳色》、《進城》，共十一劇）。

《腳色——馬森獨幕劇集》，台北：書林出版社，一九九六年三月。

《美麗華酒女救風塵》（十二場歌劇），寫於一九九〇年，發表於一九九〇年十月《聯合文學》七二期，游昌發譜曲。

《我們都是金光黨》（十場劇），寫於一九九五年，發表於一九九六年六月《聯合文學》一四〇期。

《我們都是金光黨／美麗華酒女救風塵》，台北：書林出版社，一九九七年五月。

《陽台》（二場劇），寫於二〇〇一年，發表於二〇〇一年六月《中外文學》三十卷第一期。

《窗外風景》（四圖景），寫於二〇〇一年五月，發表於二〇〇一年七月《聯合文學》二〇一期。

《蛙戲》（十場歌舞劇），寫於二〇〇二年初，台南人劇團於二〇〇二年五月及七月在台南市、台南縣和高雄市演出六場，尚未出書。

《雞腳與鴨掌》（一齣與政治無關的政治喜劇），寫於二〇〇七年末，二〇〇九年三月發表於《印刻文學生活誌》。

《馬森戲劇精選集》（收入《窗外風景》、《陽台》、《我們都是金光黨》、《雞腳與鴨掌》、歌舞劇版《蛙戲》、話劇版《蛙戲》及徐錦成〈馬森近期戲劇〉、陳美美〈馬森「腳色理論」析論〉兩文），台北：新地文學出版社，二〇一〇年三月。

四、散文創作

《在樹林裏放風箏》，台北：爾雅出版社，一九八六年九月。

《墨西哥憶往》，台北：圓神出版社，一九八七年八月。

《墨西哥憶往》，香港：盲人協會，一九八八年（盲人點字書及錄音帶）。

《大陸啊！我的困惑》，台北：聯經出版社，一九八八年七月。
《愛的學習》，台南：文化生活新知出版社，一九九一年三月（《在樹林裏放風箏》新版）。
《馬森作品選集》，台南：台南市立文化中心，一九九五年四月。
《追尋時光的根》，台北：九歌出版社，一九九九年五月。
《東亞的泥土與歐洲的天空》，台北：聯合文學出版社，二〇〇六年九月。
《維成四紀》，台北：聯合文學出版社，二〇〇七年三月。
《旅者的心情》，上海人民出版社，二〇〇九年一月。

五、翻譯作品

馬森、熊好蘭合譯《當代最佳英文小說》導讀一（用筆名飛揚），台南：文化生活新知出版社，一九九一年七月。
馬森、熊好蘭合譯《當代最佳英文小說》導讀二（用筆名飛揚），台南：文化生活新知出版社，一九九一年十月。
《小王子》（原著：法國・聖德士修百里，譯者用筆名飛揚），台南：文化生活新知出版社，一九九一年十二月。
《小王子》，台北：聯合文學，二〇〇〇年十一月。

六、編選作品

《七十三年短篇小說選》，台北：爾雅出版社，一九八五年四月。

《樹與女——當代世界短篇小說選（第三集）》，台北：爾雅出版社，一九八八年十一月。

馬森、趙毅衡合編《潮來的時候——台灣及海外作家新潮小說選》，台南：文化生活新知出版社，一九九二年九月。

馬森、趙毅衡合編《弄潮兒——中國大陸作家新潮小說選》，台南：文化生活新知出版社，一九九二年九月。

馬森主編，「現當代名家作品精選」系列（包括胡適、魯迅、郁達夫、周作人、茅盾、丁西林、沈從文、徐志摩、丁玲、老舍、林海音、朱西甯、陳若曦、洛夫等的選集），台北：駱駝出版社，一九九八年六月。

馬森主編《中華現代文學大系一九八九—二〇〇三·小說卷》，台北：九歌出版社，二〇〇三年十月。

七、外文著作

1963 *L'Industrie cinémathographique chinoise après la sconde guèrre mondiale*（論文），

Institut des Hautes Études Cinémathographiques, Paris.

1965 "Évolution des caractères chinois"，*Sang Neuf*（Les Cahiers de l'École Alsacienne, Paris），No.11,pp.21-24.

1968 "Lu Xun, iniciador de la literatura china moderna" ,*Estudio Orientales*, El Colegio de Mexico, Vol.III,No.3,pp.255-274.

1970 "Mao Tse-tung y la literatura:teoria y practica" , *Estudios Orientales*, Vol.V,No.1,pp.20-37.

1971 La literatura china moderna y la revolucion" , *Revista de Universitad de Mexico*, Vol. XXVI, No.1, pp.15-24.

"Problems in Teaching Chinese at El Colegio de Mexico" , *Journal of the Chinese Language Teachers Association in North America*, Vol.VI, No.1, pp.23-29.

La casa de los Liu y otros cuentos（老舍短篇小說西譯選編），El Colegio de Mexico, Mexico, 125p.

1977 *The Rural People's Commune* 一九五八*-65: A Model of Social and Economic* Development (Dissertation of Ph.D. of Philosophy at University of British Columbia, Canada).

1979 "Water Conservancy of the Gufengtai People's Commune in Shandong" (25-28 May，

The Annual Conference of Association for Asian Studies).

1981 "Kuo-ch'ing Tu: *Li Ho* (Twayne's World Series), Boston, Twayne Publishers, 1979" , *Bulletin of SOAS*, University of London, Vol. XLIV, Part 3, pp.617-618.

"The Drowning of an Old Cat and Other Stories, by Hwang Chun-ming (translated by Howard Goldblartt), Bloomington, Indiana University Press,1980", *The China Quarterly*, 88, Dec., pp.707-08.

1982 "Jeanette L. Faurot (ed.): *Chinese fiction from Taiwan: Critical Perspectives*, Bloomington: Indiana University Press, 1980", *Bulletin of the SOAS*, Unversity of London, Vol. XLV, Part 2, pp.383-384.

"Martine Vellette-Hémery: Yuan Hongdao (1568-1610): théorie et pratique littéraires, Paris, Collège de France, Institut des Hautes Études Chinoises, 1982", Bulletin of the SOAS, Unversity of London, Vol. XLV, Part 2, p.385.

1983 "Nancy Ing (ed.): *Winter Plum: Contemporary Chinese Fiction*, Taipei, Chinese Nationals Center,1982", *The China Quarterly*, ?, pp.584-585.

1986 "*Contemporary Chinese Literature: An Anthology of Post-Mao Fiction and Poetry*, edited with an Introduction by Michael S. Duke for the Bulletin of Concerned Asian

Scholars, New York and London, M. E. Sharpe Inc., 1985", *The China Quarterly*,?, pp.51-53.

1987 "L'Ane du père Wang" , *Aujourd'hui la Chine*, No.44, pp.54-56.

1988 "Duanmu Hongliang: *The Sea of Earth*, Shanghai, Shenghuo shudian, 1938", *A Selective Guide to Chinese Literature 1900-1949*, Vol.1 The Novel, edited by Milena Dolezelova-Velingerova, E. J. Brill, Leiden • New York, KØbenhavn Köln, pp.73-74.

"Li Jieren: *Ripples on Dead Water*, Shanghai, Zhong hua shuju, 1936", *A Selective Guide to Chinese Literature 1900-1949*, Vol.1, The Novel, edited by Milena Dolezelova-Velingerova, E. J. Brill, Leiden • New York, KØbenhavn Köln, pp.116-118.

"Li Jieren: *The Great Wave*, Shanghai, Zhong hua shuju, 1937", *A Selective Guide to Chinese Literature 1900-1949*, Vol.1, The Novel, edited by Milena Dolezelova-Velingerova, E. J. Brill, Leiden • New York, KØbenhavn Köln, pp.118-121.

"Li Jieren: *The Good Family*, Shanghai, Zhonghua shuju, 1947", *A Selective Guide to Chinese Literature 1900-1949*, Vol.2, The Short Story, edited by Zbigniew Slupski, E. J. Brill, Leiden • New York, KØbenhavn Köln, pp.99-101. \

"Shi Tuo: *Sketches Gathered at My Native Place*, Shanghai, Wenhua shenghuo chu banshee, 1937", *A Selective Guide to Chinese Literature 1900-1949*, Vol.2, The Short Story, edited by Zbigniew Slupski, E. J. Brill, Leiden • New York, KØbenhavn Köln, pp.178-181

"Wang Luyan: *Selected Works by Wang Luyan*, Shanghai, Wanxiang shuwu, 1936", *A Selective Guide to Chinese Literature 1900-1949*, Vol.2, The Short Story, edited by Zbigniew Slupski, E. J. Brill, Leiden • New York, KØbenhavn Köln, pp.190-192.

1989 "Father Wang's Donkey"（translated by Michael Bullock），*PRISM International*, Canada, Vol.27, No.2, pp.8-12.

"The Theatre of the Absurd in Mainland China: Gao Xingjian's *The Bus Stop*", *Issues & Studies*, National Chengchi University, Vol.25, No.8, pp.138-148.

1990 "The Celestial Fish"（translated by Michael Bullock），*PRISM International*, Canada, January 一九九〇, Vol.28, No.2, pp.34-38.

"The Anguish of a Red Rose"（translated by Michael Bullock）, *MATRIX*（Toronto, Canada），Fall 一九九〇, No.32, pp.44-48.

"Cao Yu: *Metamorphosis*, Chongqing, Wenhua shenghuo chubanshe, 1941", *A Selective Guide to Chinese Literature 1900-1949*, Vol.4, The Drama, edited by Bernd Eberstein, E.

J. Brill, Leiden • New York, KØbenhavn Köln, pp.63-65.

"Lao She and Song Zhidi: *The Nation Above All*, Shanghai Xinfeng chubanshe, 1945", *A Selective Guide to Chinese Literature 1900-1949*, Vol.4, The Drama, edited by Bernd Eberstein, E. J. Brill, Leiden • New York, KØbenhavn Köln, pp.164-167.

"Yuan Jun: *The Model Teacher for Ten Thousand Generations*, Shanghai, Wenhua shenghuo chubanshe, 1945", *A Selective Guide to Chinese Literature 1900-1949*, Vol.4, The Drama, edited by Bernd Eberstein, E. J. Brill, Leiden • New York, KØbenhavn Köln, pp.323-326.

1991 "The Theatre of the Absurd in Mainland China: Kao Hsing-chien's *The Bus Stop*" in Bih-jaw Lin（ed.）, *Post-Mao Sociopolitical Changes in Mainland China: The Literary Perspective*, Institute of International Relations, National Chengchi University, Taipei, pp.139-148.

"Thought on the Current Literary Scene", *Rendition*（A Chinese-English Translation Magazine）, Nos.35 & 36, Spring & Autumn 一九九一, pp.290-293.

1997 *Flower and Sword* (Play translated by David E. Pollard) in Martha P.Y. Cheung & C.C. Lai (ed.), *Contemporary Chinese Drama*, Hong Kong, Oxford University Press, pp.353-

374.

2001 “The Theatre of the Absurd in China: Gao Xingjian’s *Bus-Stop*” in Kwok-kan Tam (ed.), *Soul of Chaos: Critical Perspectives on Gao Xingjian*, Hong Kong, The Chinese University Press, pp.77-88.

2006 二月，《中國現代演劇》（《中國現代戲劇的兩度西潮》韓文版，姜啟哲譯），首爾。

八、有關馬森著作（單篇論文不列）

龔鵬程主編：《閱讀馬森——馬森作品學術研討會論文集》，台北：聯合文學，二〇〇三年十月

石光生著：《馬森》（資深戲劇家叢書），台北：行政院文化建設委員會，二〇〇四年十二月

天才的蛙

幕開時，遠近偶有一兩聲蛙鳴。悲觀的蛙上。

悲觀的蛙：（愁眉苦臉地）我是一隻悲觀的蝦蟆。不管什麼事兒叫我看起來都是悽悽慘慘的。就是前兒個參加我表哥——玩世的蝦蟆的婚禮，別人都嘻嘻哈哈的時候，我卻想到了死。你就說，我們蝦蟆一結婚，還不就等於死了一半了嘛？所以說這個世界上的事兒，什麼都是靠不住的，什麼都不過是過眼雲煙，轉瞬即逝。結婚是死亡的前奏，歡樂是悲哀的前奏。你看，（隨手撿起一片樹葉來）就說這片樹葉吧，前幾天還好端端地，綠油油地長在樹上的，現在卻已經落了，成了一片焦黃的枯葉。再過些時候就要碎了、爛了，一點痕跡也不留地打這個世界上消失了。唉，蝦蟆的一生還不就是這麼的嚒？春天的時候我們都頂著個大腦袋在水裡搖頭擺尾地好不快活。然後我們長出四隻腳來，就跳出水來大呼小叫地鬧騰了一個夏天。現在呢，結婚的結婚，生子的生子，你聽，只賸下那麼一兩聲長嘆，誰也再沒有勁

兒大呼小叫了。再過些時候，北風一起，就離我們的末日不遠了。所以我真不明白我們蝦蟆活著到底為了什麼？我們蝦蟆的生活又到底有些什麼意義？唉！

玩世的蛙上。

玩世的蛙：（嘻皮笑臉地）唉呀，我還以為是誰在這兒長吁短嘆的，原來是我們表弟——悲觀的蝦蟆呀！

悲觀的蛙：來的是表哥玩世的蝦蟆嗎？

玩世的蛙：可不是你那玩世不恭的蝦蟆表哥又是誰呢！

悲觀的蛙：玩世的表哥剛剛結婚不過兩天，不在家享福，怎麼又到處亂跑起來？

玩世的蛙：什麼結婚不結婚，我才不管這一套！今天若要碰見個漂亮的妞兒，我還是照追不誤。人生不過是那麼回事兒，一眨眼就過去了，幹嗎太認真呢！

悲觀的蛙：是呀，我也是正在問自己，咱們蝦蟆活著到底是為了什麼？咱們蝦蟆的一生又到底有什麼意義？

玩世的蛙：管他什麼意義不意義的，既然來到這個世界上，就得樂且樂地混他一陣子再說。

悲觀的蛙：我打心底裡佩服你這種風流倜儻玩世不恭的人生態度。可是我自己不行呀，不管什麼事兒，叫我看起來都是悽悽慘慘的。我整天一個勁兒地就想哭他一場，哪裡能樂得起來呢？

玩世的蛙：你也真是的！有樂不會樂，有福不會享！你看這大好的天氣，這幽美的景色，正好來樂他一番，你卻躲在這裡長吁短嘆愁眉苦臉的！（小聲地）你在這裡坐了這半天，沒看見一個漂亮的妞兒打這裡經過？

悲觀的蛙：不管多麼漂亮的妞兒，一轉眼還不就成了骷髏！

玩世的蛙：（不屑地）又來了！總是你這一套灰色的調子！咱們蝦蟆常說，蝦蟆是環境的動物。陰天下雨的時候，免不了有點惆悵悽苦，可是碰到這樣的好天氣，是應該樂他一陣的。你看，多麼明亮的太陽！多麼藍的天色！多麼平靜的湖水！這一切都是為我們蝦蟆預備的。要是咱們不知道享受，不知道快樂，那豈不是辜負了上天的這份美意！來！咱們一塊兒去尋幾個漂亮的妞兒，樂他一天！

悲觀的蛙：只要一想到北風一起，咱們的末日就快到了，哪裡還有玩樂的心情！

玩世的蛙：（無可奈何地）你真是不可救藥！蛙生幾何，去日無多！咱可沒閒工夫陪你在這兒發愁，咱只有自個兒尋樂去也。

玩世的蛙下，貪財的蛙上。

貪財的蛙：我是一隻貪財的蝦蟆，我的生活的最大目的就是發財，發財，大發財！一天到晚，我就想平白地撿他幾個大元寶；不管到哪裡，總得得些好處心裡才覺著舒坦。你看，那邊坐著個蝦蟆，說不定是個有錢的主兒。讓我來詐他一詐！（故作慌張地跑過去）請問這位大哥，你坐在這兒好半天了吧？你有沒有看見這條路上有一隻皮……嗯……皮包什麼的？

悲觀的蛙：皮包！什麼皮包？

貪財的蛙：（喜出望外地）不管什麼皮包，那是我的，是我丟掉的。

悲觀的蛙：什麼皮包我也沒看見。

貪財的蛙：（失望地）沒看見皮包？唉！倒楣！昨天剛打銀行

裡取出兩個大元寶裝在一隻皮包裡，不想不小心丟在這條路上了。你說倒楣不倒楣？唉！既然你沒看見皮包，你可看見點什麼別的東西？你想，我丟了兩個大元寶，兩個大元寶呀，是個小損失嗎？要是我能撿到點別的東西，多少也算點補償是不是？

悲觀的蛙：有失就有得，有得就有失，得得失失，失失得得，都是沒什麼意義的！

貪財的蛙：你說什麼沒有意義呀？我不懂！

悲觀的蛙：我是說咱們蝦蟆活著到底有點什麼意義？

貪財的蛙：咱們蝦蟆活著還不是為了錢嗎？在有生之日，能多賺幾個就多賺幾個，你說是吧？

悲觀的蛙：多賺幾個，又怎麼樣呢？

貪財的蛙：嘻嘻！多賺幾個總是件好事呀！俗話說，有錢能使鬼推磨。只要有錢，你想怎麼著就怎麼著，你要怎麼著就怎麼著。

悲觀的蛙：我什麼也不想，什麼也不要。不管看見什麼，我總是覺得悽悽慘慘的，老是想大哭一場心裡才會痛快。

貪財的蛙：你真是個奇怪的主兒。這些個閒話，咱們以後再談。你真的在這條路上什麼東西都沒看見？

悲觀的蛙：什麼也沒看見。

貪財的蛙：連一塊手絹兒也沒看見？

悲觀的蛙：連一塊手絹兒也沒看見！

貪財的蛙：連一粒鈕扣兒也沒看見？

悲觀的蛙：連一粒鈕扣兒也沒看見！

貪財的蛙：（失望地）真是不幸，真是不幸啊！可憐的我，連回家的車錢都沒有了。

悲觀的蛙：沒有車錢，你不會走路回家嗎？

貪財的蛙：走路？太遠呀！我家住在山那邊呢！

悲觀的蛙：（掏出錢袋）好，這裡是兩毛錢，夠你回家的車錢了吧？

貪財的蛙：夠了，夠了！（貪婪地）可是要是……要是還有一毛，三毛就更好一點。三毛總比兩毛好，你說是吧？是吧？

悲觀的蛙：三毛比兩毛好，是嗎？

貪財的蛙：當然啦！三毛比兩毛好，四毛又比三毛好，五毛又比……

悲觀的蛙：橫豎生活是沒什麼意義的，要錢又有什麼用處？（慷慨地把錢袋丟在地下）這裡全部有八毛錢，你

都拿去吧！

貪蛙的蛙：（喜不自勝地一把抓起錢袋）八毛？噢，你真是太慷慨了！太慷慨了！等我找到我的元寶，我一定來還給你，一定來還給你！（小步急下）

強盜蛙上。

強盜蛙：（一臉凶像，手執手槍，直奔悲觀的蛙前）有錢快拿出來！

悲觀的蛙：（嚇得不知所措）你是誰？

強盜蛙：我是強盜蝦蟆，專門打家劫舍，得那不義之財。有錢快拿出來，不然……（把手槍愰了兩愰）

悲觀的蛙：這樣蠻好，我正活得沒勁兒呢！

強盜蛙：別裝乖！有錢快拿出來！

悲觀的蛙：（把兩隻口袋翻出來）你自己來看，我哪裡有一分錢？我剛剛連我的錢袋一塊兒都給了人家。

強盜蛙：給了誰？快說！快說！我可沒工夫跟你閒扯淡！

悲觀的蛙：給了一個蝦蟆，他說他掉了兩個大元寶。

強盜蛙：（驚喜地）兩個大元寶？

悲觀的蛙：噢！他說他掉了兩個大元寶，是昨兒剛打銀行裡取出來的。

強盜蛙：　這一定是個有錢的主兒。

悲觀的蛙：也許是吧！

強盜蛙：　快說他住在那兒，他往那條路上去了？

悲觀的蛙：他說他住在山那邊。（用手一指）他打那邊那條路上走了。

強盜蛙：　（威脅地）你要是說謊話，咱們走著瞧！（執槍急步追下）

悲觀的蛙：你看，別的蝦蟆，不管他玩世也好，強盜也好，貪得無厭也好，都活得興致勃勃的。只有我一個人越活越厭，越活越沒勁兒，唉！這到底是怎麼回事兒哪？是我天生的悲觀厭世呢？還是後天的自尋煩惱？唉！唉！唉！看看北風將起，末日就要到了，還有什麼興致來做這些兒戲！（自言自語下，不想與愚笨的蛙撞個滿懷，生氣地）你沒長眼睛？

愚笨的蛙：（一臉傻像）是，我沒長眼睛。

悲觀的蛙：沒長眼睛也不能往別人身上撞呀！

愚笨的蛙：是，不能往別人身上撞。

悲觀的蛙：可是你撞到我身上啦！

愚笨的蛙：是，我撞到你身上啦！

悲觀的蛙：你這個人說話怎麼這麼笨呀？

愚笨的蛙：是，我說話笨，我說笨話，我是一隻笨蝦蟆。

悲觀的蛙：噢？你是一隻笨蝦蟆！嘻嘻嘻，笑煞人，頭一回聽見自個兒承認自個兒笨的。

愚笨的蛙：我不承認行嗎？別的蝦蟆都這樣說的。

悲觀的蛙：說什麼？說你是一隻笨蝦蟆？

愚笨的蛙：可不是嗎！人人都說我是一隻笨蝦蟆，我又有什麼辦法？

悲觀的蛙：你不會說你不笨嗎？

愚笨的蛙：我說來著，可是別的蝦蟆說那不行的，笨蝦蟆就是笨蝦蟆，一點辦法也沒有！

悲觀的蛙：其實笨與不笨又有什麼差別？到頭來都是四腳一伸完事！

愚笨的蛙：什麼叫四腳一伸完事？

悲觀的蛙：四腳一伸完事呀，就是死哪！

愚笨的蛙：什麼叫死哪？

悲觀的蛙：死就是不再活著！

愚笨的蛙：不再活著是個什麼滋味的呢？

悲觀的蛙：不再活著的滋味我也沒嘗過，不過聽人說好像睡著了一樣。

愚笨的蛙：那倒也不錯。

悲觀的蛙：不但好像睡著了一樣，睡著了還會做夢的，死了就什麼感覺也沒有了。

愚笨的蛙：別人會不會再叫你笨蝦蟆呢？

悲觀的蛙：就是再有人叫，你也聽不見了。

愚笨的蛙：（喜不自勝地）真的嗎？

悲觀的蛙：誰知道呢？也許是真的吧？

愚笨的蛙：說來說去還是不一定的。要是死了還是跟活著一樣的笨……

悲觀的蛙：死蝦蟆是沒有什麼笨不笨的分別的。

愚笨的蛙：你是說大家都變成一樣的？

悲觀的蛙：那時候大家都一律平等啦！再沒什麼窮跟富，再沒有什麼愚蠢跟聰明。

愚笨的蛙：沒有人再叫我笨蝦蟆？

悲觀的蛙：（同情地）噢，可憐的蝦蟆！我想那時候沒有蝦蟆再叫你笨蝦蟆啦！

自遠處傳來「笨蝦蟆」、「笨蝦蟆」的叫聲。

悲觀的蛙：是誰叫你？

愚笨的蛙：是我兄弟。

悲觀的蛙：你兄弟也管你叫笨蝦蟆嗎？

愚笨的蛙：人人都這麼叫我，我兄弟當然也這麼叫。

聰明的蛙「笨蝦蟆」、「笨蝦蟆」地叫著上。

聰明的蛙：（對愚笨的蛙）笨蝦蟆，找你這半天，你原來躲在這裡偷懶！

愚笨的蛙：（不安地）我沒偷懶！

聰明的蛙：媽叫你回家做飯！（一眼看見悲觀的蛙）噢，對不起！這是我哥哥笨蝦蟆，又笨、又懶，提起來就叫人臉紅。我是他的兄弟，聰明的蝦蟆。別的蝦蟆都這麼說的。我真不懂，為什麼像我這麼聰明的蝦蟆，會有一個這麼笨的哥哥。

悲觀的蛙：失敬，失敬，聰明的蝦蟆！我倒想知道，到底為什

麼別人管你叫聰明的蝦蟆，管令兄叫笨蝦蟆呢？

聰明的蛙：理由還不簡單，聰明的人只會佔便宜，絕不會吃虧。在我們家裡，有好東西都是我吃，有活落都是他做，久而人之，我就成了聰明的蝦蟆，他就成了笨蝦蟆啦！

悲觀的蛙：原來如此！

聰明的蛙：（對愚笨的蛙）你還呆在這裡幹什麼？媽叫你回家做飯，我肚子餓啦，咱媽肚子也餓啦！

愚笨的蛙：（對悲觀的蛙）咱先回家做飯，等做好了飯，再回來跟你研究研究「不再活著」那件事兒。

聰明的蛙與愚笨的蛙相偕下。嫉妬的蛙上。

嫉妒的蛙：（一臉妬像，遠遠地望見悲觀的蛙就大叫起來）咳！這不是咱們家表弟悲觀的蝦蟆嗎？

悲觀的蛙：呀！是表嫂嗎？是那嫉妬的表嫂嗎？表嫂你好？

嫉妒的蛙：我是來尋你表哥的。你說我嫉妬，一點也不差。你想世間可有不嫉妬的女人？再說你還不知道你表哥這個人嗎？風流成性，一天看不牢，就溜了。

悲觀的蛙：表哥也真是的！

嫉妒的蛙：他一溜出去，還不就是去找野娘們兒！惹一身髒病，是玩兒的呢！

悲觀的蛙：只要表嫂管得緊，我想他是不敢的。

嫉妒的蛙：不敢？你可說的好！你還不認識你表哥呀？有名的玩世不恭！不敢？

悲觀的蛙：其實表哥也有他的一番道理。你想，咱們蝦蟆營營苟苟地一輩子，到頭來還不是四腳一伸完蛋嗎？

嫉妒的蛙：好啊！你還向著他說！不向著他，已經夠瞧了，還向著他！你們男人呀，都是一樣的料，專會欺侮我們女人。

悲觀的蛙：所以我才說咱們的生活有什麼意思呢？男人欺侮女人，有錢的欺侮沒錢的，有力氣的欺侮沒力氣的。你說這樣的一個世界有什麼意思呢？

嫉妒的蛙：怪不得人人叫你悲觀的蝦蟆，你真是太悲觀啦！

悲觀的蛙：活在這樣的一個世界上，有什麼法子不悲觀呢？

嫉妒的蛙：這個我也說不出來。可是幹嗎老想這些個煩惱事兒？咱們不是有好些個要緊的事兒要幹嗎？譬如說管教你表哥呀！噓！我好像聽見他說話的聲音。（側耳細聽）好像還有個女人的聲音呢！別作聲，

他們過來了。讓我們藏在那棵樹後頭！（拉悲觀的蛙一塊兒藏到一棵樹後去）

玩世的蛙跟美人蛙同上。

玩世的蛙：（諂媚地）您真是太漂亮啦！我敢說，我從來就沒見過像您這麼漂亮的蝦蟆！

美人蛙：是嗎？（搔首弄姿地）你們男人呀，專會說恭維的話。碰到八個男人倒有九個半對我說：您真是太漂亮啦，說從來沒見過像您這樣的美人！（打皮包裡掏出一面小鏡子來，自我欣賞地）你看我美嗎？

玩世的蛙：美！美！美極啦！您看，您的眼睛又大又圓，真像電燈泡兒一樣啦！咱們哈蟆有您這種美目的真是不多呢！

美人蛙：真的嗎？

玩世的蛙：那還是假的？（冷不防吻了美人蛙一下）

美人蛙：（笑著推開他）你這個人！遇到你不到兩分鐘，你就動手動腳的。我還不知道你的尊姓大名呢！

玩世的蛙：別的蝦蟆都管我叫玩世的蝦蟆，我的名字也就是玩

世的蝦蟆。

美人蛙： 玩世，玩世，多麼富有詩意的字眼兒啊！我就喜歡這種詩意的名字！

玩世的蛙： 是嗎？你呢？你叫什麼名字呢？

美人蛙： 我的名字你還用問嗎？（又照照照鏡子）人人都叫我美人兒，我就是美人蝦蟆。

玩世的蛙： 所以我一看見你，忍不住連魂兒都飛了。想不到在我們蝦蟆的世界裡竟有你這樣的美人兒！

美人蛙： 是嗎？你想沒有比我更漂亮的蝦蟆了嗎？（又照照鏡子）

玩世的蛙： 沒有，沒有，我保證沒有！只有你！只有你一個兒！你是我們的熱，我們的光，我們的太陽！有了你，我們才知道活著是為什麼。（執美人蛙的手跪下去）我愛你！不！我崇拜你！不！我又崇拜你又愛你！

在玩世的蛙說話的時候，嫉妬的蛙已悄悄地打樹後出來。手執一根粗樹枝，惡狠狠地在玩世的蛙頭上重擊了一下。悲觀的蛙著急跟隨著。

美人蛙：　（大驚地）媽呀！（鏡子落地，後退）

悲觀的蛙：（趕緊扶起玩世的蛙，放在膝上，搖撼著）醒醒！醒醒！

嫉妒的蛙：（手執樹枝向美人蛙進逼地）好啊！你就是那專門勾引漢子的野娘兒們啊！看我不把你……（舉起粗樹枝作重擊狀）

美人蛙：　（圍繞著悲觀的蛙跟玩世的蛙且跑且藏）救命！救命！救命啊！

悲觀的蛙：（繼續搖撼玩世的蛙）救救命啊！趕快去請個大夫來！

嫉妒的蛙：（追趕美人蛙）看我不把你……

強盜蛙執槍追貪財的蛙上。

貪財的蛙：（也圍繞悲觀的蛙跟玩世的蛙且跑且藏）救命啊！救命啊！你們快去喊個警察來！

悲觀的蛙：喊警察有什麼用？警察又不是管救命的！（又繼續搖撼玩世的蛙）醒醒！醒醒！你們趕緊去找個大夫來呀！

嫉妒的蛙：（在悲觀的蛙跟玩世的蛙周圍左遮右攔地）看我不把你——

美人蛙：（左躲右閃地）救命！救命！救命呵！

聰明的蛙偕愚笨的蛙上。

貪財的蛙：（一面跑，齊聲地）救命哪！
美人蛙：（一面跑，齊聲地）救命哪！
愚笨的蛙：（望著聰明的蛙不知所措地）
聰明的蛙：（往前走了兩步）不行！這太危險了，聰明人不幹這個！笨蝦蟆，你去！
愚笨的蛙：去幹什麼？
聰明的蛙：去救人哪！瞧你這個笨樣兒！
愚笨的蛙：救哪個？
聰明的蛙：救哪個還不知道嗎？救那些喊救命的呀！
貪財的蛙：（邊跑邊喊）救命哪！
美人蛙：（邊跑邊喊）救命哪！
愚笨的蛙：（挽一挽袖子，過去一把把美人蛙抱住）
美人蛙：（焦急地）你這是幹什麼？傻瓜！
愚笨的蛙：我救人啊！

這時候嫉妒的蛙趕上照頭就是一棒，不過這一棒卻打在愚笨的蛙的頭上。愚笨的蛙倒地，美人蛙又脫身跑開，嫉妒的蛙又繼續追趕。

聰明的蛙：（過去扶起愚笨的蛙如悲觀的蛙對玩世的蛙）醒醒！醒醒！我說你醒醒笨蝦蟆！

這時候美人蛙跟嫉妒的蛙圍著悲觀的蛙跟玩世的蛙兜圈子，貪財的蛙跟強盜蛙圍著聰明的蛙跟愚笨的蛙兜圈子。被追的嘴裡不時地喊著「救命！」
天才的蛙上。

貪財的蛙：（向強盜蛙）你看，警察來了！
悲觀的蛙：大夫來了！

眾蛙都靜下來。

天才的蛙：我是你們的救星！
眾　　蛙：那麼，你是誰？

天才的蛙：我是你們的救星！

衆　　蛙：我們的救星？

天才的蛙：嗯，你們的救星！我就是那無所不知，無所不能的天才的蝦蟆！

衆　　蛙：（紛紛不悅地）你天才不天才跟我們有什麼關係！

天才的蛙：關係可大啦！你們不正有麻煩嗎？

貪財的蛙：可不是嗎！

美人蛙：　可不是嗎！

悲觀的蛙：可不是嗎！

聰明的蛙：可不是嗎！

天才的蛙：我就是為了給你們解決問題才來的！

悲觀的蛙：那敢情好！

聰明的蛙：那敢情好！

貪財的蛙：那敢情好！

美人蛙：　（不滿地）你解決什麼！

嫉妒的蛙：（不滿地）你解決什麼！

強盜蛙：　（不滿地）你解決什麼！

天才的蛙：要我解決問題，你們得先把你們的困難告訴我。

悲觀的蛙：最要緊的是先去請一個大夫。這是我表哥，已經昏

過去好半天啦，現在還不知是死是活。

天才的蛙：是怎麼昏過去的？

悲觀的蛙：是給棒子打的。

天才的蛙：給誰打的？

悲觀的蛙：（指嫉妬的蛙）給他太太！

天才的蛙：那不礙事！（過去猛力打了玩世的蛙兩個嘴巴，玩世的蛙唉呀一聲揉揉眼睛站起來。）

聰明的蛙：快著，這裡還有一個。

天才的蛙：也是給棒子打的？

聰明的蛙：也是給棒子打的！

天才的蛙：也是給他太太？

聰明的蛙：不是給他太太，是給（指玩世蛙）他太太！

天才的蛙：（過去用力把愚笨的蛙的鼻子一拉，這個也起來了）

嫉妒的蛙：（向玩世的蛙）好啊，你還有臉醒過來！看我不叫你再回去！（舉棒要打，玩世的蛙躲在天才的蛙的身後。）

天才的蛙：我明白這是怎麼回事，我全明白！

嫉妒的蛙：你全明白！好，你就說說，一個整天價就知道尋花問柳的蝦蟆，不教訓教訓他行嗎？

天才的蛙：該教訓！自然該教訓！

嫉妒的蛙：（得意地向觀眾蛙）你們看！

天才的蛙：教訓自是該教訓，可是你們這種方法是沒用的。無論什麼事，咱們得先找出他的根源來。他尋花問柳是因為他玩世不恭，他玩世不恭，又是因為他的生活沒有一個嚴肅的目的。

聰明的蛙：誰的生活又有一個嚴肅的目的？

悲觀的蛙：只要北風一起，反正咱們都要完蛋！

愚笨的蛙：完蛋就是四腳一伸完事！

聰明的蛙：（慍怒地）別打岔！

天才的蛙：正因為每個蝦蟆都要完蛋，所以更需要一個生活的目的。

貪財的蛙：（自始到現在都在人叢中躲避著強盜蛙的追擊，湊近天才的蛙）在找到生活的目的以前，請你先給想想法子。（指強盜）這個主兒，不知為什麼，已經追了我好半天。你看，他手裡還拿著傢伙，是玩兒的呢！

天才的蛙：這是個強盜，還用說嗎？

強盜蛙：不錯，我正是強盜蝦蟆，專門打家劫舍，得那不義之財。

天才的蛙：在咱們蝦蟆的世界裡。真是五花八門無所不有。有財主，就有強盜，有漂亮的女人，就有好色之徒。其實這都是些無聊的事！歸根到底一句話，因為生活沒有一個目的。譬如說這個強盜，你們去問問他，要是讓他做大將軍，領兵去打仗，他還做強盜不做？

強盜蛙：（驚喜至極地）做大將軍？做大將軍？真的讓我做大將軍？

天才的蛙：要是你願意，做大將軍也不是什麼難事。

強盜蛙：是不是做了大將軍，金銀財寶，漂亮的女人，就都有啦？

愚笨的蛙：這倒不錯！

聰明的蛙：（慍怒地）別打岔！

天才的蛙：那要全看你有沒有一個生活的目的。

強盜蛙：要是有了生活的目的，這些就有了嗎？

天才的蛙：要是有了生的目的，你就不希罕這些啦！

強盜蛙：為什麼不希罕？女人總是女人，錢總是錢！

天才的蛙：這些都是無聊的事！

悲觀的蛙：反正北風一起，咱們都得完蛋！

天才的蛙：就是因為咱們蝦蟆的生命是這樣的短促，咱們才應

該做點有意義、有價值的事情。

眾　　蛙：什麼才是有意義、有價值的事情呢？

天才的蛙：有意義、有價值的事情就是給生活找出一個目的！

眾　　蛙：給生活找出一個目的？

天才的蛙：嗯，給生活找出一個目的，這樣才不會去想那些無聊的事，去幹那些無聊的事；這樣生命才會飽滿起來，充實起來！

悲觀的蛙：可是北風一起，咱們都得完蛋，還不是一樣？

天才的蛙：不一樣，完全不一樣！如果生活有了目的以後，那是雖死猶生！

眾　　蛙：（喜悅地）雖死猶生！

愚笨的蛙：什麼是雖死猶生？

聰明的蛙：（慍怒地）別打岔！

天才的蛙：雖死猶生就是你的生命一直通到無限，就是永生不死！

眾　　蛙：（興奮地）永生不死！永生不死！

天才的蛙：永生不死！

眾　　蛙：永生不死！永生不死！我們要永生不死！

風颯颯而起，落葉飛舞。以下的對話與簌簌的風聲交融。

天才的蛙：（以傳教者的口吻）兄弟們！姐妹們！你們要永生不死，就得先團結起來，組織起來，共同給生活找出一個目的！

衆　　蛙：（興奮地）共同給生活找出一個目的！

天才的蛙：（其聲為風聲所掩蓋）哇哇哇哇！哇哇哇哇！哇哇哇哇哇……

眾蛙除天才的蛙外，均迅速分散下場，旋即共同搬運一棵大樹，植舞臺中央稍後。

天才的蛙：（其聲仍被風所蓋，但偶爾有一兩句清越高揚者傳入觀眾耳中）哇哇哇……組織起來！哇哇哇……敵人……

眾蛙分兩隊列於舞臺左右。

天才的蛙：（指大樹）兄弟們！姐妹們！咕嚕……這是咱們的共同敵人！咕嚕……

衆　　蛙：（歡呼地）敵人敵人！（躬身努力向大樹進擊）

此處可以配以鼓聲及喇叭為主的凱旋式的音樂或軍樂。

天才的蛙：（興奮地揮臂）前進哪！咕嚕……

眾蛙以頭撞樹，此起彼伏，有的昏厥，醒後再撞。

嫉妒的蛙：（過去扶起昏厥的玩世的蛙）親愛的，我們終於找到了生活的目的。我們現在多麼幸福！多麼快活啊！（含淚而激動地）你看，你有多麼勇敢！多麼英武！我從來沒有感覺愛你愛得這麼深，愛你愛得這麼真情。現在你已經完成了你的使命，你好好地安息吧！我會繼續奮鬥下去，直到最後的勝利，最後的勝利……（放下玩世的蛙奮身向大樹撞去。以上的獨白可配以抒情的音樂，獨白要慢，要帶有情感。）

眾蛙均此起彼伏，奮不顧身地向大樹猛撞，直至含笑而死。

天才的蛙：（在颯颯的風聲中慢慢地跪在舞臺中央）所有的蝦蟆都死啦！都死啦！可是他們是雖死猶生！你們看，他們臉上的笑容，他們有多麼幸福！多麼快樂！現在我的使命完啦！（站起來奮身向大樹撞去，返身，觀眾見其滿面鮮血，面現恐怖與悲慘的表情，慢慢地倒下去。）

風漸漸靜止，遠處由微漸顯地傳來歌頌聲——譬如韓德爾的聖母頌之類。幕落。

蛙戲（兩景九場歌舞劇）

演出構想：

音樂及歌：除最後使用宗教性樂聲外，全劇以輕快的音樂為主。在適當的地方，可插入自然的蛙鳴。歌有二十支，除群蛙的合唱外，分由七位演員主唱。有詼諧的，有抒情的，有深沉的，節奏與腔調都不同。

舞　　蹈：約有六場（有一場是踢踏舞和一場雙人探戈舞），可酌量增減。

佈　　景：可採象徵式佈景，應華麗悅目。序幕中的荷花、荷葉，可以群蛙手執道具的方式呈現。盡量使用燈光的效果，譬如陽光、晚霞、水光等。

人物造型及化妝、服裝：提議群蛙一律鮮綠色。其他角色，可酌用不同色調的綠，加以白點或黑點。臉部戴面具，

或不戴面具，用化妝的方式，造成視覺上的蛙臉。

人　　物：（以出場序）

群蛙

悲觀的蛙（男性）

玩世的蛙（男性）

貪財的蛙（男性）

強盜蛙　（男性）

愚蠢的蛙（女性）

聰明的蛙（女性）

嫉妒的蛙（女性）

美人蛙　（女性）

司儀蛙　（女性）

天才的蛙（男性）

序曲

輕快、活潑的旋律，幕慢慢升起。觀眾所看到的是紗幕後隱隱約約的景色，似乎是一個池塘，池中荷花盛開，粉紅色的花朵和綠瀅瀅的荷葉。一群荷葉色的青蛙躲在花葉間。一陣急雨

（雷射光效果）後，花葉逐次分開，發出此起彼落的自然蛙鳴，蛙鳴聲漸漸融成有旋律的樂聲。眾蛙隨著序曲的音樂有節奏地交叉蹦跳，然後合唱

蛙　　群：人常說，人生如戲，戲如人生。在蝦蟆的世界裡，我們也在追求著不同的美夢。我們追求快樂，我們追求幸福，可是我們不知道，不知道，真地不知道，什麼才是快樂，哪裡才有幸福？

人生如戲，戲如人生。在蝦蟆的世界裡，我們也在追求著不同的美夢。我們追求快樂，我們追求幸福，可是我們不知道，不知道，真地不知道，什麼才是快樂，哪裡才有幸福？

你看的不過是一齣戲，不知道能不能給你帶來歡喜？可是這就是我們的生活！生活裡本來就有各種各樣的滋味，痛苦的、歡樂的、悲淒的、纏綿的、優雅的、粗俗的、高尚的、卑鄙的、真實的、虛幻的……啊！酸、甜、苦、辣、鹹，百味雜陳，這就是我們的生活！

在蝦蟆的世界裡，我們也嚮往著一個幸福的未來。

蛙生也如戲，戲也如蛙生……

群蛙退場，紗幕升起

第一場　悲觀與玩世

景：池塘成為背景。時近暮秋，楓樹正紅，黃葉滿地。天氣晴和，陽光穿過叢樹，灑落在地面上。沒有風，池塘靜得像鏡子一樣。

悲觀的蛙以悠閒的步伐上

悲觀的蛙：（愁眉苦臉地）我是一隻悲觀的蝦蟆，不管什麼事兒叫我看起來都是悽悽慘慘的。即使這樣美好的秋日風光，仍然不能使我心中快活。（唱）為什麼我不能快活？為什麼我不能好好地生活？我只要像每一個凡人，不去思考為什麼活著！生活呀就像一付重擔，壓得我不能夠氣喘。我也想振奮精神，英勇地邁步向前。可是我沒辦法繼續，因為我看不出生命有什麼意義，看不出生命有什麼意義。（白）生

命有什麼意義呢？（唱）也許我想得太多，太多的思想讓人難過。我應該像每一個凡人，不去思考為什麼活著。（拖長聲音嘆氣）唉！

玩世的蛙上

玩世的蛙：（喜皮笑臉地）哎呀！我還以為是誰在這兒嘆氣，原來是我們表弟——悲觀的蝦蟆呀！

悲觀的蛙：來的原來是表哥——玩世的蝦蟆！

玩世的蛙：不錯，正是你那玩世不恭的表哥！（唱）人多說我玩世不恭，這世界有什麼值得人們正經？你看啊，世界上有的強，有的弱，有的富，有的窮，毫不公平。倘若你一本正經地面對世界，你絕對不會快樂起來。我不願像你這樣愁眉苦臉，悲觀呀，厭世呀，長吁短嘆。呸！莫若像我般來世界遊戲一場，就好像在台上演一齣鬧劇的模樣，你也笑，我也笑，逗得大家都哈哈大笑，好一場喜鬧劇讓人人心中舒暢。（白）你說這樣好不好啊？不比你那悲觀厭世的生活態度強嗎？

悲觀的蛙：我羨慕你的達觀、玩世，可是我做不到呀！

玩世的蛙：為什麼做不到？

悲觀的蛙：我也不知道為什麼，可能是天生的吧！不管在多麼快樂的場合，我都快樂不起來。譬如說那天在你的婚禮上，大家都笑得好開心，可叫我，叫我……

玩世的蛙：叫你怎麼樣？

悲觀的蛙：叫我想到了……死！

玩世的蛙：好可怕呀！死了還能再遊戲嗎？不能！不能！！所以呀，千萬不能死！俗話說得好：好死不如賴活著。

悲觀的蛙：我說我只是「想」到了死。

玩世的蛙：連想也不能想！活著的時候就只想著怎麼樣吃喝玩樂就成了。幹嘛傷腦筋想那些叫人不快樂的事呢？

悲觀的蛙：這個世界上的事兒，什麼都是靠不住的，什麼都不過的過眼雲煙，轉瞬即逝。結婚是離婚的前奏，歡樂是悲哀的前奏，活著就是死的前奏，好景總不長啊！像我們蝦蟆，春天的時候我們頂著個大腦袋在水裡搖頭擺尾好不快活，然後長出四隻腳來，跳出水面大呼小叫地鬧騰了一整個夏天，現在呢，結婚

的結婚，生子的生子，看起來好像日子還長著呢！其實不然，只要北風一起，就離我們的末日不遠了。像這樣的一生，我真不明白我們蝦蟆活著為了什麼？我們的生命又有些什麼意義？

玩世的蛙：你的悲觀，真是名不虛傳哪！我看你呀，是有樂不會樂，有福不會享。這大好的天氣，這優美的景色，多麼美妙宜人呀！哥兒們！

群　　蛙：呱呱呱！

群蛙上

玩世的蛙：我們來歌舞一場，逗我們悲觀的表弟快樂起來吧！

群蛙在玩世的蛙帶領下跳踢踏舞（或其他輕快的舞步）

玩世的蛙：（且舞且唱）我踢，我踏，我踢踢踏，踢踏的舞步人人誇，人人誇。我踢，我踏，我踢踢踏，踢踏起來像朵花，像朵花。我踢，我踏，我踢踢踏，踢踏讓人不想家，不想家。我踢，我踏，我踢踢踏，踢

踏的日子多變化，多變化。我踢我踏，我踢踢踏，踢踏完了不回家，不回家。我踢，我踏，我踢踢踏，我踢，我踏，我踢踢踏……（可重複）

玩世的蛙率群蛙舞下／悲觀的蛙留在場上

第二場　發酵的慾望（連前場）

貪財的蛙上

貪財的蛙：我是一隻貪財的蝦蟆，我生活的最大目的就是發財，發財，大發財，發大財！從前我簽六合彩，現在我買樂透彩券，誰想，簽到、買到現在，總是槓龜，眼看撒下的大把銀子都化作了塵土，不，化作了空氣，連個影子都不見了，真是血本無歸啊，令人痛心！到如今，身上已是一文不名，悲哀呀，悲哀！（唱）每個人都有他的夢想，我的夢想是睡在錢上。彈簧床、席夢思，我一概不要，我只要厚厚的一疊鈔票。（白）這麼厚，不，這麼厚。（唱）又寬、又厚、又長，像一張真正的眠床，睡去後一定是美夢連莊。醒

來時，一睜眼，就是滿眼金光，有國父、有蔣公、還有少棒；有紅的，有綠的，都來自台灣銀行。（白）我的錢床在哪裡？（唱）原來不過是美夢一場！

悲觀的蛙：（鼓掌）唱得不錯嘛！

貪財的蛙：你是誰？

悲觀的蛙：人稱我是個悲觀的蝦蟆，悲觀的蝦蟆也就是我的名子。

貪財的蛙：（對觀眾）悲觀不悲觀先不去管他，看他穿得人模人樣的，說不定是個有錢的傢伙，讓我來敲他個竹槓。（對悲觀的蛙）請問這位大哥，你在這兒好半天了吧？有沒看見在這附近有一隻皮……啊，皮包什麼的？

悲觀的蛙：皮包？什麼樣的皮包？

貪財的蛙：（喜出望外地）不管什麼樣的皮包，那都是我的，是我丟掉的！

悲觀的蛙：對不起！什麼皮包我也沒看見！

貪財的蛙：（失望地）沒看見皮包？唉！倒楣！昨天剛打台灣銀行裡取出二十萬新台幣，裝在一隻皮包裡，不想不小心丟在這附近了。你說倒楣不倒楣？唉！既然你老兄沒看見皮包，你可看見點什麼別的東西？你想我平白地丟了二十萬新台幣，二十萬呀，是個小

數目嗎？要是我今天能撿到點別的東西，多少也算點補償是不是？

悲觀的蛙：有失就有得，有得就有失，得得失失，失失得得，都是些沒有意義的事。

貪財的蛙：什麼有意義，沒意義的，我不懂！

悲觀的蛙：我懷疑我們蝦蟆活著到底有什麼意義？

貪財的蛙：咱們蝦蟆活著不都是為了錢嗎？在有生之日，能多賺幾個就多賺幾個。大家都向前（錢）看，生活才有希望，你說是吧？

悲觀的蛙：多賺幾個，又怎麼樣呢？

貪財的蛙：嘻嘻！多賺幾個總是件好事呀！俗話說：「有錢能使鬼推磨」。只要有了錢，你想怎麼著，就怎麼著；你要怎麼著，就怎麼著，大家都聽你的。

悲觀的蛙：我什麼也不想，什麼也不要！我也不需要別人聽我的！我的問題是不知道咱們蝦蟆從何而來，到何而去。在這個世界上，無論什麼，叫我看起來都是悽悽慘慘的，老想大哭他一場。

貪財的蛙：你真是個奇怪的傢伙！（模仿地）從何而來？到何而去？說起話來滿像個哲學家嘛！這些閒話，咱們

以後有空再說吧！現在我問你，在這條路上，你真的什麼東西都沒看見？

悲觀的蛙：真的，什麼也沒看見。

貪財的蛙：連條手帕也沒看見？

悲觀的蛙：沒看見！

貪財的蛙：連粒鈕釦也沒看見？

悲觀的蛙：沒看見！

貪財的蛙：（失望地）真是不幸，真是不幸啊！可憐的我，連回家的車錢都沒有了。

悲觀的蛙：沒有車錢，不會走路回家嗎？

貪財的蛙：走路？太遠了啊！我家住在山那邊呢！

悲觀的蛙：（掏出錢袋）好吧！這裡是一百塊錢，夠你回家的車費了吧？

貪財的蛙：夠了，夠了……（貪婪地）可是，如果你肯多給一百塊，會更好一點。兩百總比一百好，你說是吧？

悲觀的蛙：（自語地）兩百比一百好，是嗎？

貪財的蛙：當然啦！兩百比一百好，三百又比兩百好，四百又比……就好像買彩券，誰不想中頭獎呢？

悲觀的蛙：橫豎生活是沒什麼意義的，要錢又有何用？（慷慨

　　　　　　地把錢袋裡的錢都拿出來）這裡全部有六百塊錢，你都拿去吧！

貪財的蛙：（喜不自勝地一把抓起）六百塊？天啊，你真是太慷慨了！太慷慨了！等我找到我丟失的皮包，我一定如數還給你，一定如數還給你。

貪財的蛙小步急下／強盜蛙上

強盜蛙：　（一臉兇像，手執手槍直奔悲觀的蛙前）有錢快拿出來！

悲觀的蛙：（嚇得不知所措）你是誰？

強盜蛙：　我是強盜蝦蟆，專門打家劫舍，得那不義之財。有錢趕快拿出來，不然的話……（把手槍晃了兩晃）

悲觀的蛙：這樣倒好，我正活得沒勁兒呢！

強盜蛙：　別裝蒜！有錢快點拿出來！

悲觀的蛙：（把錢袋拿給強盜蛙）你自己去看，我哪裡還有一分錢？我剛剛把我全部的鈔票都給了人家。

強盜蛙：　給了誰？快說！快說！我可沒功夫跟你閒扯淡！

悲觀的蛙：給了一個蝦蟆，他說他剛剛丟掉了二十萬新台幣。

強盜蛙：　（驚喜地）二十萬新台幣？

悲觀的蛙：沒錯！他說他丟掉了二十萬新台幣，是剛打台灣銀行取出來的。

強盜蛙：　一定是個有錢的傢伙！

悲觀的蛙：也許是吧！

強盜蛙：　快說他住在哪兒？他往哪條路上去了？

悲觀的蛙：他說他住在山那邊。（用手一指）他從那邊那條路上走了。

強盜蛙：　（威脅地）你要是說謊話，咱們騎驢看唱本——走著瞧！

強盜蛙執槍急步追下

悲觀的蛙：你看，別的蝦蟆，不管他玩世也好，貪得無厭也好，強盜劫財也好，都活得興致勃勃的。只有我，越活越厭煩，越活越沒勁兒，唉！（抒情地唱）為什麼我心中那麼煩惱？只因為不明白為何來這世界走一遭。蝦蟆的生活真無聊，嬉戲胡鬧紛紛擾擾，就好像專等那北風來到時四腳一翹！如果生命中沒

有意義和價值，我們為什麼這麼渾渾噩噩活下去？但是我的心常常不由地在顫動，顫動得讓我心緒不寧，似乎等待著一盞指路明燈，來照亮我們蝦蟆的前程，那時候我們的生命也許會放出光明。（白）可能嗎？

第三場　智與愚（連前場）

悲觀的蛙正要下場時與愚笨的蛙相撞

悲觀的蛙：（不悅地）你沒長眼睛？
愚笨的蛙：（一臉傻像）是，我沒長眼睛！
悲觀的蛙：沒長眼睛也不能往別人身上撞呀！
愚笨的蛙：是，不能往別人身上撞！
悲觀的蛙：可是你撞到我身上啦！
愚笨的蛙：是，我撞到你身上啦！
悲觀的蛙：你這蝦蟆說話怎麼這麼笨呀？
愚笨的蛙：是，我說話笨，我說笨話，因為我是一隻笨蝦蟆。
悲觀的蛙：哦？你是隻笨蝦蟆？嘻嘻嘻！哈哈哈！笑煞人，頭一回聽見自個兒承認自個兒笨的！
愚笨的蛙：我不承認行嗎？別的蝦蟆都這樣說的。

悲觀的蛙：說什麼？說你是隻笨蝦蟆？

愚笨的蛙：可不是嘛！人人都說我是隻笨蝦蟆，我又有什麼辦法？（唱）笨蝦蟆，笨蝦蟆，人人叫我笨蝦蟆。人家會做我不會，人家會說我哇哇；人家會蹦又會跳，我卻只會地上爬；人家唱歌呱呱叫，我一出聲……啊……咦……唉……嘔……呦……（咧嘴）叫人聽了笑話不笑話？

悲觀的蛙：（掩口而笑）你不會告訴他們說你不笨嗎？

愚笨的蛙：我說來著，可是別的蝦蟆說那不行的，笨蝦蟆就是笨蝦蟆，一點辦法也沒有！

悲觀的蛙：唉！其實笨與不笨又有什麼差別？到頭來都免不了四腳一翹，完蛋！

愚笨的蛙：什麼是「四腳一翹，完蛋」呀？雞蛋、鴨蛋、茶葉蛋、完蛋，那是吃的嗎？

悲觀的蛙：（啞然失笑）四腳一翹，完蛋，就是「死」哪！

愚笨的蛙：什麼叫「死」哪？

悲觀的蛙：死就是不再活著。

愚笨的蛙：不再活著是個什麼滋味呢？

悲觀的蛙：不再活著的滋味我也沒嚐過，聽人說好像睡著了一樣。

愚笨的蛙：那倒也不錯！

悲觀的蛙：不完全好像睡著了一樣。睡著了還會做夢的，死了據說就什麼感覺也沒有了。

愚笨的蛙；別人還會不會叫你笨蝦蟆呢？

悲觀的蛙：就是再有人叫你，你也聽不見了。

愚笨的蛙：（喜不自勝地）真的嗎？

悲觀的蛙：誰知道呢？也許是真的吧？

愚笨的蛙：說來說去還是不一定的。要是死去還是跟活著一樣笨……

悲觀的蛙：死蝦蟆是沒有什麼笨不笨的分別的。

愚笨的蛙：你是說大家都變成一樣的了？

悲觀的蛙：那時候大家都一律平等了，再沒有什麼有權、無勢、富貴、貧窮、勇健、殘障、聰明或愚蠢的差別了。

愚笨的蛙：那真是太好了！太好了！我希望趕快死，趕快死。

悲觀的蛙：可憐的蝦蟆！活著真沒有多大意思。

愚笨的蛙：（嬉笑地）趕快死！趕快死！

悲觀的蛙：（憐惜地）可憐的蝦蟆！

自遠處傳來「笨蝦蟆」、「笨蝦蟆」的叫聲，由遠而近

悲觀的蛙：是誰在叫你？

愚笨的蛙：是我妹妹。

悲觀的蛙：連你妹妹也管你叫笨蝦蟆嗎？

愚笨的蛙：所有的蝦蟆都這麼叫我，我妹妹當然也這麼叫啦！

聰明的蛙一面叫著「笨蝦蟆」上

聰明的蛙：（對愚笨的蛙）笨蝦蟆，找你這大半天，你原來躲在這裡偷懶！

愚笨的蛙：（不安地）我沒偷懶！

聰明的蛙：媽叫你回家做飯去！（看見悲觀的蛙）噢，對不起！這是我姐姐笨蝦蟆，又笨，又懶，提起來就叫人臉紅。我是她妹妹，聰明的蝦蟆。別的蝦蟆都這麼說的。我真不懂，為什麼像我這麼聰明的蝦蟆，會有一個這麼笨的姐姐？

悲觀的蛙：失敬，失敬，聰明的蝦蟆！我倒想知道，到底為什麼大家管你叫聰明的蝦蟆，管令姐叫笨蝦蟆呢？

聰明的蛙：理由很簡單，請聽我道來：（唱）聰明的蝦蟆只會佔便宜呀，遇到好東西，一把抓來吃；遇到髒東西，一腳踢出去。有利的事情搶得快呀，無利的工作不去理。我伶牙俐齒，會說話；見風轉舵，輕而易舉。愚笨的蝦蟆天生不會分利弊呀，不懂吃虧還是佔便宜。我們家裡孔融不讓梨，有活都是姐姐做，好東西都是我來吃，因此姐姐愚笨，我聰明，你說有理沒有理？

悲觀的蛙：原來如此！

聰明的蛙：（對愚笨的蛙）你還待在這裡幹嘛？叫你回家做飯，媽和我肚子都餓啦！

愚笨的蛙：（對悲觀的蛙戀戀不捨地）對不起！咱先回家做飯，等做好飯再回來跟你研究「不再活著」的滋味。

聰明的蛙與愚笨的蛙相偕下

第四場　女性有理（連前場）

嫉妒的蛙上

嫉妒的蛙：（一臉妒像，遠遠望見悲觀的蛙大叫地）嗨！這不是咱們家表弟悲觀的蝦蟆嗎？

悲觀的蛙：呀！是表嫂啊？是那嫉妒有名的表嫂嗎？（發現說溜嘴）表嫂你好？

嫉妒的蛙：我是來尋你表哥的。你說我有名的嫉妒，一點也不差。你想世界上可有不嫉妒的女性？讓我來告訴你什麼叫嫉妒！姊妹們！

一群雌蛙上，圍繞嫉妒的蛙起舞

嫉妒的蛙：（唱）人家常說我們女性愛嫉妒，對我們女性實在不公平。如果男性不是花心大蘿蔔，我們也會成為溫柔體貼的女性。

一群雌蛙：（合音）有道理！有道理！

嫉妒的蛙：（唱）結婚前男蝦蟆個個都會甜言和蜜語，結婚以後漸漸把你來厭棄。常言道「家花不如野花香」，叫我們在家的如何不生氣？

一群雌蛙：（合音）該生氣！該生氣！

嫉妒的蛙：倘若我們也向男蝦蟆看齊，招蜂引蝶搔首弄姿，就

要被人罵做水性楊花、紅杏出牆、不守規矩！

一群雌蛙：（合音）真可憐！真可憐！

嫉妒的蛙：（唱）如果是我們一心做賢妻，不得不使出渾身解數，把老公好好來管理。

一群雌蛙：（合音）沒辦法！沒辦法！

嫉妒的蛙：你說這叫做妒嫉，我說這叫做合理。我們不是在嫉妒，我們不過是在使用我們的權利。你看我說的有沒有道理？

一群雌蛙：（合音）有道理！有道理！

一群雌蛙舞下場

悲觀的蛙：表嫂說的也是！

嫉妒的蛙：你不知道你表哥這個人嗎？玩世不恭，風流成性，一天看不牢，就溜走了。

悲觀的蛙：表哥也真是的！

嫉妒的蛙：他一溜出去，還不是去找野女人嗎？倘若一旦染上愛滋病什麼的，可不是開玩笑的！

悲觀的蛙：只要表嫂管得緊，我想他一定不敢。

嫉妒的蛙：不敢？你說得倒好！你還不認識他嗎？有名的玩世不恭，不敢！

悲觀的蛙：其實表哥他也有他一番道理。你想，咱們蝦蟆營營苟苟地一輩子，到最後還不是四腳一翹，完蛋嗎？

嫉妒的蛙：好啊！你還向著他說！不向著他，已經夠瞧的了，還向著他！你們男人呀，都是一樣的料，專會欺負我們女人。

悲觀的蛙：所以我才說咱們的生活有什麼意思呢？男的欺負女的，有權的欺負沒權的，有錢的欺負沒錢的，強的欺負弱的，你說這樣一個沒有公道的世界，有什麼意思呢？

嫉妒的蛙：難怪人人叫你悲觀的蝦蟆，你真是太悲觀啦！

悲觀的蛙：活在這樣的一個世界上，有什麼法子不悲觀呢？

嫉妒的蛙：這個我也說不上來。可是幹嘛老想這些煩惱事兒？想多了會長皺紋耶！不是還有好些要緊的事兒要幹嗎？譬如說管教你表哥呀！噓！我好像聽見他說話的聲音。（側耳細聽）好像還有個女人的聲音哪！別作聲，他們過來了。讓我們躲在那棵樹後面。

嫉妒的蛙拉悲觀的蛙一同躲在樹後

第五場　大混亂

玩世的蛙偕美人蛙以雙人舞（譬如雙人探戈一類）上場

玩世的蛙：（停歇，諂媚地）您真是太漂亮啦！我敢說，我從來沒見過像您這麼漂亮的蝦蟆！

美人蛙：是嗎？（搔首弄姿地）你們男人呀，專會說恭維話。碰到十個男人，倒有九個半對我說：您真是太漂亮啦！從沒見過像您這樣的美人兒！（從皮包裡拿出一面小鏡子，自我欣賞地）你看，我美在哪裡呀？

玩世的蛙：您哪，渾身都美！您的皮膚像擦了SKII一樣的細緻潤滑；眼睛又大又圓，真像電燈泡一模一樣；臉蛋兒呢，圓圓的，像水煮蛋似的光滑；身材的婀娜多姿，要是瑪麗蓮夢露再活過來，一定慚愧死啦！

美人蛙：（心花怒放地）真的？

玩世的蛙：那還假得了？（冷不防偷吻美人蛙一下）

美人蛙：（笑著推開他）瞧你！遇到你還不到幾分鐘，你就動手動腳的！我還不知道你的尊性大名呢！

玩世的蛙：別的蝦蟆都叫我玩世的蝦蟆，我的名子也就是玩世的蝦蟆。

美人蛙：玩世，玩世，多麼富有詩意的字眼兒呀！我就喜歡這種詩意的名子。

玩世的蛙：是嗎？你呢？你叫什麼名子呢？

美人蛙：我的名子還用問嗎？（又照照鏡子）人人都叫我美人兒，我的名子就是美人蝦蟆。

玩世的蛙：所以我一看見你，忍不住連魂兒都飛了。想不到在我們蝦蟆的世界裡，會有你這樣的美人兒！

美人蛙：是嗎？你想沒有比我更漂亮的蝦蟆了嗎？

玩世的蛙：沒有，沒有，我保證沒有！只有你！只有你一個！你是我們蝦蟆世界裡的天生尤物，你是熱，是光，是我們的太陽！有了你，我才知道活著為了什麼。（色瞇瞇地）在你的面前，我管不住我自己啦！（執美人蛙的手，跪下去）我愛你！不！我崇拜你！不不！我又崇拜又愛你！

在玩世的蛙表情的時候，嫉妒的蛙已悄悄地從樹後出來，手執一根粗樹枝，惡狠狠地在玩世的蛙頭上重擊一下。玩世的蛙倒地。悲觀的蛙著急地跟隨著，手足無措。

美人蛙：（大驚地）媽呀！（鏡子落地，後退）

悲觀的蛙：（抱起玩世的蛙放在膝上，搖撼地）醒醒！醒醒！

嫉妒的蛙：（手執樹枝向美人蛙進逼地）好啊！你就是那專門勾引我老公的狐狸精，也不怎麼樣嘛！今天老娘不把你打得滿地找牙，我就不叫嫉妒的蛙！（舉起樹枝作重擊狀）

美人蛙：（圍繞著悲觀的蛙和玩世的蛙且跑且躲地）救命！救命！救命啊！

悲觀的蛙：（繼續搖撼玩世的蛙）救命啊！趕快去請個醫生來！

嫉妒的蛙：（追趕美人蛙）看我不把你……

強盜蛙執槍追貪財的蛙上

貪財的蛙：（也圍繞著悲觀的蛙和玩世的蛙且跑且躲）救命啊！救命啊！你們快去喊個警察來！

悲觀的蛙：喊警察有什麼用？警察又不是管救命的！（繼續搖撼玩世的蛙）醒醒！醒醒！你們趕緊去找個醫生來呀！

嫉妒的蛙：（追趕美人蛙，左截又攔地）看我不把你⋯⋯

美人蛙：（拼命躲閃）救命！救命！救命啊！

聰明的蛙偕愚笨的蛙上

貪財的蛙：（齊聲地）救命啊！

美人蛙：（齊聲地）救命啊！

愚笨的蛙：（望著聰明的蛙）好好玩喔！他們在幹什麼？

聰明的蛙：我哪知道？（向前走了兩步）不行！這太危險了，聰明人不幹這個！笨蝦蟆，你去！

愚笨的蛙：去幹什麼？去跟他們玩兒嗎？

聰明的蛙：去救人哪！瞧你這個笨樣！

愚笨的蛙：救哪個？

聰明的蛙：救哪個還不清楚嗎？救那些喊救命的呀！

美人蛙：救命啊！

貪財的蛙：救命啊！

愚笨的蛙：（挽一挽袖子，過去一把把美人蛙抱住）
美人蛙：　（焦急地）你幹什麼？傻瓜！
愚笨的蛙：我救人哪！

這時候嫉妒的蛙趕上，照頭就是一棒，不過這一棒卻打在愚笨的蛙頭上。
愚笨的蛙倒地。
美人蛙脫身跑開，嫉妒的蛙繼續追趕。

聰明的蛙：（在舞台另一邊扶起愚笨的蛙如悲觀的蛙對待玩世的蛙）醒醒！醒醒！我說你給我醒醒，笨蝦蟆！

這時候美人蛙跟嫉妒的蛙圍著悲觀的蛙和玩世的蛙兜圈子，貪財的蛙和強盜蛙圍著聰明的蛙和愚笨的蛙兜圈子，追跑具有舞蹈的節奏。
被追趕的嘴裡不時地喊著「救命」。
群蛙舞上。

群　　蛙：（疊唱及合唱，且歌且舞）有人為了色，有人為了

錢，有人看似聰明，有人太過愚蠢，你搶我奪，你追我趕，亂成一團，亂成一團！這就是蝦蟆的世界，這就是蝦蟆的生活，他們不知道在做什麼，不知道在做什麼！這樣的生活，他們就都這樣地過。他們也努力追求表現，為的是完成個人的志願，但是到頭來他們製造成一場大混亂，一場大混亂！看啊，就是這樣的一場大混亂！

天才的蛙在背景中暗暗上場，見如此的混亂，不禁發出幾聲狂笑。強盜蛙對空放一槍。

貪財的蛙以為擊中了自己，在下舞台正中暈倒躺下。幕落

中場休息

第六場　財迷的夢

幕開

景：一處巖穴，有色彩鮮豔的鐘乳石從上垂下，且有水光在後方閃爍。

幕開時雲霧瀰漫，有輕柔的音樂響起，製造出似真似夢的感覺。

貪財的蛙獨自在前一場倒下的地方，坐起身來，環顧四周。

貪財的蛙：這是什麼地方？這麼陌生，又好像在哪裡見過（站起來，四處走動）。（唱）我不知身在何方，莫非這裡是人間天堂？像這樣華麗的大廳，一定是有錢人居住的地方。（換調）世間什麼都是假，只有鈔票最真實。錢中自有黃金屋，錢中自有顏如玉，有錢可以選立委，有錢領頭做董事。董事長來人人羨，一呼百諾多威嚴！早晨專吃魚子醬，中午擺上滿漢餐，到了晚上不再吃，專跟美女來遊戲。前邊擁著楊貴妃，左邊抱著嫦娥女，右邊一個最漂亮，她的名子叫西施。顛鸞倒鳳一夜情，不覺春光到天明。這樣的生活真美妙，只怕醒來是個夢！是個夢！（白）算了！算了！別做你的春秋大夢了！你不過是個一文不名的窮光蛋罷了！

忽然間從空飄下無數紙片

貪財的蛙：（撿起紙片細看）啊！是樂透彩券哪！（趕緊把飄

下的彩券撿起）樂透彩券，樂透彩券，要發財啦！

電視廣播聲：這一期的樂透頭獎的獎金累積高達五億元。剛剛開出的號碼是「01」、「02」、「03」、「04」、「05」、「06」、特別號碼是「07」。這樣奇怪的號碼，不知道有沒有人簽中頭獎？

貪財的蛙：（對手中的彩券）這張不正是「01」、「02」、「03」、「04」、「05」、「06」嗎？哇塞！中獎了啦！（興奮地）我現在是百萬富翁了！不，是千萬富翁！不不！是億萬富翁啊！（瘋狂地手舞足蹈）要慶祝！要慶祝！

除了強盜蛙之外，以前出現的所有蝦蟆，包括群蛙在內，一起湧進。每蛙手中拿一枝花。
一場慶祝新富翁的狂歡舞會開始了。

群　　蛙：（合唱）祝我們富翁快樂！祝我們富翁快樂！（可重複）

眾蛙圍繞著貪財的蛙且舞且唱

眾　　蛙：（唱）富翁的頭大像隻斗，銀做的耳朵金做的口。嘴巴寬寬吃四方，家裡的錢財隨人扛。鼻若懸膽眼若鈴，吃喝玩樂樣樣行。上身穿的是金縷衣，千年萬歲不用洗。腰裡繫條玉腰帶，繫上以後准發財。我們的富翁命真好，財運一來擋不了，擋不了！

眾　　蛙：恭喜！恭喜！我們的大富翁！

貪財的蛙：謝謝大家捧場。

玩世的蛙：（諂媚地）富翁！可以這樣叫你嗎？

眾　　蛙：可以可以，當然可以啦！

玩世的蛙：富翁，以後你的吃喝玩樂都由我來負責！

嫉妒的蛙：（瞪玩世的蛙一眼）誰要你來管！（對貪財的蛙，諂媚地）這樣吧！我來替你做管家，你的事大大小小都交給我來辦，你儘管放心！

愚笨的蛙：我……我……我也來……

聰明的蛙：站一邊去，笨蝦蟆！（諂媚地）富翁，富翁，你這麼有錢，還是個孤家寡人，太不襯了。這樣吧！我

替你做個媒。（四顧，看到美人蛙）你看，這裡就有現成的個大美人兒，怎麼樣？配得上嗎？

貪財的蛙：（色迷迷地望著美人蛙）太美了！

美人蛙：（做嬌羞態）謝謝您的稱讚。

眾　蛙：（起鬨地）真是天生地設的一對！

美人蛙：（嬌羞地）快別這樣說，叫人家不好意思。

眾　蛙：還不快求婚！（眾蛙把手中的花交到貪財的蛙手中，立刻成為一個大花束）

貪財的蛙：（一隻腿跪地）大美人兒，你肯嫁給我嗎？

美人蛙：（嬌羞地點頭）

眾　蛙：萬歲！

喜樂響起，部分蛙簇擁美人蛙下，另一部分蛙為貪財的蛙換裝。

第七場　桃色的夢（連上場）

眾蛙為貪財的蛙換上新郎禮服。紅綢的花轎由後台出現，兩個抬轎的蛙一前一後，美人蛙身穿新娘禮服走在中間，在樂聲中以優雅的舞步繞場。

眾　　蛙：嗨呀响！嗨呀响！新郎穿著黑馬掛呀，新娘穿著大紅襖喔。嗨呀响！嗨呀响！新郎前面快快走呀，新娘後頭緊緊隨喔。嗨呀响！嗨呀响！新郎掛著滿臉笑呀，新娘低著害羞的頭喔。嗨呀响！嗨呀响！新郎今天真快樂呀，新娘今天好幸福喔。嗨呀响！嗨呀响！新郎的黃金堆成山呀，新娘的美麗說不完喔。嗨呀响！嗨呀响！有錢可使鬼推磨呀，沒錢的蝦蟆叫人愁喔。嗨呀响！嗨呀响！只要中了樂透彩呀，不怕美人不進屋喔。嗨呀响！嗨呀响！

司儀蛙：　婚禮開始！新郎、新娘各就位。（眾蛙跟著司儀蛙的儀程行動）拜天！拜地！夫妻交拜！喝交杯酒！來賓向新郎新娘敬酒祝賀！

眾蛙紛紛擁上，敬酒的敬酒，開玩笑的開玩笑，好不熱鬧。

司儀蛙：　送新郎、新娘入洞房！

小紗幕落下，將眾蛙隔在外面。眾蛙紛紛下場。

片刻寂靜之後，貪財的蛙與美人蛙脈脈含情地相對而視，然後為對方寬衣，露出綠色的蛙體。正要相互擁抱時，強盜蛙執槍而上。

強盜蛙： （在小紗幕外用槍指著貪財的蛙）找你半天，原來你躲在這裡享艷福。

貪財的蛙：（大驚失色）救命！救命啊！

強盜蛙： （蠻橫地）快把中樂透獎的錢全部拿出來！

貪財的蛙：（驚慌失措，但仍吝嗇地）不要！不要！

強盜蛙開槍／貪財的蛙應聲倒地。暗場

第八場　蝦蟆的救星

景：回到第五場的景，時近黃昏，天幕上出現淡淡的霞彩，隨著戲的進行逐漸加深。

燈亮。

第五場的人物都在場上，各人的地位與動作接第五場。

貪財的蛙從昏迷中醒來。天才的蛙現身。

貪財的蛙：你們看！警察終於來了！
悲觀的蛙：是醫生來了吧？

眾蛙都靜下來

天才的蛙：我不是警察，也不是醫生！
衆　　蛙：那麼，你是誰？
天才的蛙：我是你們的救星！
衆　　蛙：我們的救星？
天才的蛙：嗯，你們的救星！我就是那無所不知，無所不能的天才的蝦蟆！
衆　　蛙：（不悅地）你天才不天才跟我們有什麼關係？
天才的蛙：關係可大啦！你們不正有麻煩嗎？
貪財的蛙：（齊聲地）可不是嘛！
美人蛙：　（齊聲地）可不是嘛！
悲觀的蛙：（齊聲地）可不是嘛！
聰明的蛙：（齊聲地）可不是嘛！
天才的蛙：我就是為你們解決問題而來的！

悲觀的蛙：（齊聲地）那敢情好！

聰明的蛙：（齊聲地）那敢情好！

貪財的蛙：（齊聲地）那敢情好！

美人蛙：（齊聲地）那敢情好！

嫉妒的蛙：（齊聲地）那敢情好！

強盜蛙：（不滿又不屑地）你能解決什麼！

天才的蛙：各位稍安勿躁，請聽我道來。（唱）蝦蟆的生命本來就短暫，只要那北風一起就要完蛋。在我們這短促的生命裡，我們不知道要做些什麼。有的人貪財，有的人好色，有的人渾渾噩噩。有的人自以為聰明其實愚蠢，有的人自以為漂亮反惹人厭惡，有的人悲觀厭世，有的人玩世不恭，到最後都不知如何了此一生。可憐的蝦蟆們這樣苦悶，找不到一條光明的道路可以遵循。（白）你們說是不是這樣？

眾　　蛙：是啊！

天才的蛙：（唱）所以啊我才來給你們指導，帶領你們走上一條光明的大道。使你們感覺到生命中有光和熱，不會把寶貴的光陰平白消耗。蝦蟆的生命只有一次，白白地浪費了實在可惜！重要的要找出生命的意

義，才不枉來世間走他一遭！

悲觀的蛙：你說的都很有道理。但是現在當務之急，是要趕緊去找一個醫生來。我表哥他已經昏過去好半天啦！還不知是死是活。

天才的蛙：是怎麼昏過去的？

悲觀的蛙：給棒子打的。

天才的蛙：給誰打的？

悲觀的蛙：（指嫉妒的蛙）給他太太！

天才的蛙：那不礙事！（過去在玩世的蛙的鼻前用手發功）

玩世的蛙哎呀一聲揉揉眼睛站起身來

眾　　蛙：（驚嘆地）神蹟！神蹟！

聰明的蛙：快點，這裡還有一個！

天才的蛙：也是給棒子打的？

聰明的蛙：也是給棒子打的！

天才的蛙：也是給他（指悲觀的蛙）太太打的？

聰明的蛙：不是給他太太，是給他（指玩世的蛙）太太打的！

天才的蛙：（過去又在愚笨的蛙鼻前用手發功）

愚笨的蛙也醒過來了

衆　　蛙：（驚嘆地）神蹟！神蹟！這是起死回生的神蹟呀！

嫉妒的蛙：（對玩世的蛙）好啊！你還有臉醒過來？看我不叫你再昏過去！（舉棒欲打）

玩世的蛙急忙躲在天才的蛙身後

天才的蛙：我明白這是怎麼回事，我全明白！

嫉妒的蛙：你全明白！那麼，你就說說看，一個毫不顧家，整天只知道尋花問柳的蝦蟆，不教訓教訓他行嗎？

天才的蛙：教訓自然該教訓，可是你們用的這些方法是無效的。無論什麼事，咱們得先找出問題的根源來。他尋花問柳是因為他玩世不恭，他玩世不恭又是因為他在生活中找不到一個嚴肅的目的。

聰明的蛙：什麼叫做嚴肅的目的？

悲觀的蛙：只要北風一吹，反正咱們蝦蟆都要完蛋！

愚笨的蛙：完蛋就是四腳一翹什麼感覺都沒有了。

聰明的蛙：（慍怒地）別打岔！

天才的蛙：正因為我們的生命短促，所以更需要有一個嚴肅的目的。

貪財的蛙：（一直都在蛙群中躲避著強盜蛙的追擊，這時湊近天才的蛙）在找到嚴肅的目的以前，請趕快救救我吧！（指強盜蛙）這傢伙，不知為什麼，已經追了我好半天啦！你看，他手裡還拿著槍，可不是好玩兒的！

天才的蛙：這是個強盜，還用說嗎？

強盜蛙：不錯！我正是強盜蝦蟆，專門打家劫舍，得那不義之財。

天才的蛙：（說教地）在我們蝦蟆的世界裡，真是五花八門無所不有。有財主，就有強盜；有美女，就有好色之徒；有軟弱的，就有強橫之輩；有受欺壓的良民，也就有專門欺侮人的官吏；有玩世不恭，也就有悲觀厭世。表面上看起來似乎多采多姿，實際上卻是些空幻的假象。歸根到底，如果生活中沒有一個嚴肅的目的，永遠跳不出俗世的空虛！

眾　　蛙：（紛紛地）好像說得有道理。

嫉妒的蛙：要是生活裡有了嚴肅的目的，他（指玩世的蛙）就不再玩世了嗎？

天才的蛙：那當然！

愚笨的蛙：要……要是有了嚴肅的目的，人們就不再叫我笨蝦蟆了嗎？

聰明的蛙：別打岔！

天才的蛙：（向愚笨的蛙點點頭，表示肯定）嗯！

玩世的蛙：要是生活裡有了嚴肅的目的，生活會更有趣嗎？

天才的蛙：有趣？有意義的生活不在有趣，而在有價值！

強盜蛙：要是生活中有了嚴肅的目的，就可以吃喝無慮嗎？

天才的蛙：吃喝本無慮，全看如何吃喝！

貪財的蛙：要是生活裡有了嚴肅的目的，就會有金銀財寶嗎？

天才的蛙：（仰天大笑）哈哈哈哈！金銀財寶算得了什麼？（唱）看世間人人都貪得無厭，六合彩、樂透獎簽個沒完。縱使你擁有了金山和銀山，到頭來仍不免光溜溜兒地離開人間。倘若是生命中不再空虛，雖然是面對死亡也好像沒死。生命的意義不在長短，全看你有沒有參透世象的虛幻。要是你感覺到生命的價值，你怎會還能夠繼續悲觀？

悲觀的蛙：（唱）今日裡聽君一席言，真如醍醐灌頂端。生活的假象讓我迷失很久很久，我多麼需要這樣的金玉良言。如今就好像遠方出現了一個太陽，光輝地照亮了人間。從今後我已知何去何從，不會再厭世，不會再悲觀，不會再厭世悲觀！

愚笨的蛙：（對悲觀的蛙愛戀地）你好棒喔！

聰明的蛙：（對愚笨的蛙）一邊去！（也對悲觀的蛙愛戀地）你好偉大！

悲觀的蛙：（對愚笨的蛙愛憐地唱）我憐你天真未泯好自然，我憐你性情純樸無心防，我憐你被人欺服不在意，我憐你嘻嘻笑笑真樂觀。你可以做我的好伙伴，讓我也感到世間有些溫暖。（擁抱愚笨的蛙）

愚笨的蛙：讓我們趕快死，趕快死，好嗎？

燈光只照亮天才的蛙，表示他內心中的話

天才的蛙：（唱）你看！果然這都是一群無知的愚民，需要我這樣的天才來教訓！生活裡有什麼比統治世界更有滋味？最大的快樂豈非是人人在面前俯首稱臣？他

們並不知我心中真正的想法，我要的是……哈哈！一個個都在我的掌下。我說東，他們不敢西；我說死，他們不敢再活著！（狂笑地）哈哈哈哈！

風颯颯起，落葉飛舞

第九場　找到了生命的目的（連上場）

風聲漸強，天幕的彩霞轉成炫麗的顏色，幕落前的一刻是最炫麗最光亮的景色。

眾　　蛙：（驚慌地）不好！北風起了！

天才的蛙：不要怕！沒關係！如果一旦生活有了嚴肅的目的，那就是雖死猶生！

眾　　蛙：（喜悅地）雖死猶生！

愚笨的蛙：什麼是雖死猶生？

聰明的蛙：（慍怒地）別打岔！

天才的蛙：雖死猶生就是永生不死！

眾　　蛙：（興奮地）永生不死！永生不死！

天才的蛙：永生不死！

衆　　蛙：永生不死！我們要永生不死！

風聲更大，落葉飛舞

天才的蛙：（以傳教者的口吻）兄弟們！姊妹們！你們要永生不死，就必須團結起來，組織起來，共同給我們的生命找出一個嚴肅的目的！

衆　　蛙：（興奮地）共同給我們的生命找出一個嚴肅的目的！

天才的蛙：（其聲為越來越大的風聲所掩蓋，只能聽到些模糊的如蛙鳴的聲音）呱呱呱呱！呱呱呱呱！呱呱呱！

除天才的蛙外，眾蛙均迅速下場，隨即共同搬運一棵大樹上場，置於上舞台中央。

天才的蛙：（其聲仍被風聲所掩，但偶然有幾句清越高揚者傳入觀眾耳中）呱呱呱……我們，組織起來！呱呱呱呱……敵人！哇哇……共同的敵人……哇哇向我們共同的敵人……呱呱……

眾蛙分成兩隊，列於舞台左右，面向天才的蛙

天才的蛙：（指大樹）看啊！呱呱！兄弟們！姊妹們！呱呱呱！這是，呱呱，我們共同的敵人！

眾　　蛙：（歡呼地）敵人！敵人！進攻啊！（奮不顧身地向大樹進擊，也就是向大樹撞去）

此處配以鼓聲及喇叭為主的凱旋式的軍樂

天才的蛙：（興奮地揮臂）前進哪！呱呱呱！英勇地前進啊！

眾蛙以頭撞樹，此起彼伏，有的昏厥，醒後再撞

嫉妒的蛙：（扶起已昏厥的玩世的蛙）親愛的，我們終於找到了生命的意義，我們現在多麼幸福，多麼快樂呀！（含淚而激動地唱）你看，你看，你有多麼的勇敢！多麼的不凡！我從沒有感覺到愛你愛得這樣深刻，這樣久遠。你終於完成了我們的使命，我付出的是心中的真情。淚水在我的眼中轉動，但是我覺得好滿足，

好幸福，我們總算沒有辜負寶貴的生命。好好安息吧，我的愛！我會繼續奮鬥下去，直到最後的勝利，最後的勝利！（放下玩世的蛙，奮身向大樹撞去）

眾蛙奮不顧身地向大樹猛撞，直到含笑而死

天才的蛙：（在颯颯的風聲中慢慢地跪在舞台中央）所有的蝦蟆都死啦！都死啦！然而他們死得其所，雖死猶生！他們活著的時候雖說相當愚蠢，可是他們相信我的話，對我表現了十分的崇敬。我讓他們有了理想，找到了生存的意義，他們終於感到滿足。你們看，他們臉上的笑容，就知道他們有多麼幸福，多麼快樂！現在輪到我了，我已經達到了領袖群倫的目的，完成了我至高的使命！是的，死沒有什麼可怕，只要死得其所，死得其時，就會雖死猶生！（站起來奮身向大樹撞去，返身，觀眾見其滿面鮮血，面露恐怖與悲慘的表情，慢慢地倒下去）

風漸平靜，遠處由微而顯地傳來宗教式的頌歌聲，譬如韓德爾

的「哈里路亞」一類。頌歌聲微弱下去的時候，眾蛙一個個站起來，排成一排。

衆　　蛙：（合唱）這只是一齣蛙戲，本沒有什麼意義，你們可以覺得可笑，你可以覺得滑稽。但請你們不要為我們煩惱，我們並沒有真正死掉，我們不過是給你開一個玩笑，讓你想一想你們人類是否比我們高超。生命的意義本來十分玄妙，即使天才的蝦蟆也不一定知道。活著有很多苦惱，死了不過是四腳一翹，哪個比較舒服，誰又會知曉？

悲觀的蛙：（唱）所以不如繼續悲觀，

玩世的蛙：（唱）還是去尋花問柳，

嫉妒的蛙：（唱）讓我來修理管教！

貪財的蛙：（唱）我寧願貪財愛錢，

強盜蛙：（唱）我也就搶個沒完。

愚笨的蛙：（唱）笨一點沒什麼不好，

聰明的蛙：（唱）總不如聰明的值錢。

美人蛙：（唱）我需要人們讚美，

天才的蛙：（唱）我需要人們崇拜，就像你們人類的偉人：史

達林、毛澤東、希特勒、賓拉登……一個個都說是有至高的理想，一個個帶你們走向死亡！

群　　蛙：（合唱）我們不再討論嚴肅的問題，不如熱熱鬧鬧地玩一場遊戲，熱熱鬧鬧地玩一場遊戲！

幕徐落

二〇〇二年五月二十六日修正稿

附錄

2002年台南人劇團歌舞劇版《蛙戲》演出資料

台南人劇團
TAINAN JEN THEATRE TROUPE
剪 報 資 料

A12 文化風信　民生報 91.7.4

台南人的蛙戲 多了反諷 少了濫情

馬森親自改寫成音樂劇 歌曲輕鬆 造型誇張鮮艷

台南人劇團推出音樂劇版《蛙戲》，光看造型就十分清涼有趣。
台南人／提供

【記者紀慧玲／報導】劇作家馬森30年前寫過一齣戲《蛙戲》，很像歐威爾《動物農莊》；不在寫動物行為趣味，而是藉動物寓事。另一方面，《蛙戲》很受法國荒謬派劇作影響，通篇嘲諷人世，群蛙下場奇慘無比。這齣型態有趣，寓意深遠的戲，過去經常被大學劇社、小劇場團體搬演，與馬森淵源頗深的台南人劇團最近做了更大的改編，改為音樂劇，如此一來，《蛙戲》又有了與音樂劇《貓》一樣的手法，互相比美。

《蛙戲》包括一群擁抱不同「蛙」生價值的青蛙，悲觀、玩世不恭、貪財、愚笨、聰明、善妒等等；不論觀念對錯，這群蛙最後卻一個個擁抱而死。馬森在編劇手記裡說，這是存在主義觸著了人生的痛處，某種空茫、迷惑始終環繞，因此，「歌舞劇首要是帶給觀者歡樂，其中有無微言大義，無關宏旨，但《貓》是純娛樂的戲，《蛙戲》卻多了對人世的反諷，又加荒謬的趣味，可減少些濫情」。

馬森親自改寫《蛙戲》音樂劇版，包括20首歌詞、6場舞，成為9場加一序場的歌舞劇。

《蛙戲》主要演員係台南人「青年劇場」團員，這支成立3年的新軍是台南人長期在地方上培養、推廣戲劇人才的成果，雖有大學生畢業離開台南的流動問題，也不乏從此留下成為正團團員。此次演員來自六信家商、崑山科大、成大、文藻、高醫等學校，音樂創作暨編曲黃詩媛、導演高業翔、服裝設計王馨霈、編舞羅文瑾、舞台設計李維睦，舞台上十幾隻蛙造型誇張鮮艷，臉上畫成蛙狀，成群結隊嬉遊於蘆葦、荷葉之間，配上輕鬆歌曲，十分有生趣氛圍。演出時間5、6日於台南市立藝術中心演藝廳，27日於台南縣仁德鄉綜合活動中心。

2002年歌舞劇蛙戲演出報導之一

台南人劇團
TAINAN JEN THEATRE TROUPE

剪報資料

中國時報
中華民國九十一年八月十二日/星期一

台新藝術獎 每周評論

蛙戲南方開唱

王友輝

演出：台南人劇團之青年劇團
地點：臺南縣歸仁南區綜合活動中心
時間：91年7月27日夜7:30

《蛙戲》是馬森早年獨幕短劇作品，全劇以蛙寓人，透過悲觀、貪財、忌妒、玩世、天才等等意念化角色，藉由先知般的天才蛙，鼓動渾渾噩噩蛙群們以赴死作為尋找生活意義的情節，傳達「生命荒謬」的旨趣。

台南人青年劇團演出的音樂劇《蛙戲》，是由作者將原劇改寫，增加部分情節，重寫或將獨白改為歌詞，並添加群體歌舞場面，企圖在簡單淺顯的音樂歌舞劇傳統中帶來意蘊上的深度。導演處理個別戲段時中規中矩，場面調度尚稱嫻熟，但許多群眾場面並未製造出應有的景深與張力。

音樂歌舞劇情節與意念的簡單化並非沒有道理，或敘事或抒情的淺白歌詞在優美動人的旋律中，才能被觀眾聽懂；藉由音樂的感染，建立劇場直接而立即的感動也才有可能。以此而言，由於演員演唱能力尚在摸索中，詞曲表達並未能達到預期效果，許多關鍵性唱詞，在語言與歌唱技巧表達能力較弱的情況下，觀眾單憑聽覺難以理解唱詞涵義，對於劇作所欲傳達的哲理，也打了折扣。

音樂創作上，有兩、三首歌曲旋律令人印象深刻，但是樂音與歌詞的配合，以及大部分歌曲及轉場音樂的戲劇性均顯不足；配器方面由於經費有限，以預錄的電子合成器處理伴奏，加上演員演唱能力談不上歌曲的表演詮釋，雖然部分合唱確有氣勢，但整體而言仍有進步的空間。

舞台景觀和燈光表現上，設計者運用巧思，運用荷葉形基本平臺創造出池塘意象，輔以錯落有致的竹竿勾勒出簡單的枯枝線條，配合燈光處理，啟幕時營造出波光粼粼的午后水鄉情境，的確令人驚艷。可惜的是，劇場硬體一旦缺乏懸吊系統，後段場景轉換的流暢度便受到限制，視覺的美感與創意也僅止於第一印象，無法配合情節發展做進一步的發揮。

台南人劇團近年來表現突出，以台語為演出語言，跨文化搬演名著所累積的文化資產亦頗為可觀，另一個發展重點則是「教習劇場」的推廣，其純熟度與議題掌握上也不斷精進，至於青年劇團主要以專職資深團員擔任編導及設計工作，年輕演員則為主要表演者，兩年來均以音樂劇作為呈現形式。然而，音樂劇對整體劇場工業高度專業與行銷基礎的依賴甚深，人才培育機制也是成功與否的關鍵，音樂劇的製作相當程度會吸引觀眾的注目，也能為劇團傳承及人才培養帶來契機，但是，其製作成本耗資龐大，人力投注也相當可觀，對劇團原有資源恐有侵蝕的疑慮，從長遠角度來看未必是一件好事，值得主事者慎思。（本文作者為政戰學校影劇系副教授，台新藝術獎表演藝術類觀察員）

2002年歌舞劇蛙戲演出報導之二

台南人劇團繼公車站牌後推出全新音樂劇 週四成大免費嘗新 七月正式售票演出

蛙戲以荒謬形式暗諷盲從人性

阮琦雯／文 台南人劇團提供／圖

台南人劇團五月份將推出第三屆青年劇團結訓演出「蛙戲」音樂劇，由台南名作家馬森編劇，廿三日在成大成功廳、廿七日在高雄文藻外語學院免費演出，七月五、六日在台南市立藝術中心，七月廿五、廿六日於台南縣歸仁活動中心售票演出。為了劇團的演出，馬森特別重新改寫本劇為音樂劇。

台南人劇團表示，「蛙戲」是一齣動物寓言劇，全劇以一棒喧鬧的蛙群，諷刺了擬人化的群蛙，性格包含悲觀、厭世、貪財、淫蕩、熱愛、聰明、嫉妒、美人、天才等，全劇以蛙喻人，諷刺人的盲從正如一場喧鬧而了無意義的蛙戲。

馬森回憶，六〇年代末期在墨西哥教書的時候，曾經寫過一系列帶有荒謬劇意味的短劇，其中有一齣「蛙戲」，不自覺地流露出過去在巴黎留學時受到的存在主義影響，面對人生的荒謬感逐漸成為不可避免的一種心情，「蛙戲」用荒謬劇的形式表現這樣的心情，正好恰如其份。

蛙戲發表後，首先引起澳洲國立大學學中文的一批學生的注意，在漢學教授李克曼（Pierre Ryckmans）的指導下演出，後來台灣各大學及小劇場團體也陸續演過這齣戲，都覺得很熱鬧、好玩，最後的結局，到底會給觀者一種什麼樣的感受，馬森卻未認真詢問過。

馬森認為，「蛙戲」寫的是青蛙的故事，正如喬治‧歐威爾（George Orwell）在「動物農莊」（Animal Farm）並非旨在探討動物的行為，而在暗喻人們爲極權自以爲高尚的理念，蛙戲最後一幕青蛙對一個關於樹而死，歡讓的隱喻人們隱藏在狂熱僞裝理念下的另一種面相。

蛙劇是台南人劇團繼「公車站牌」後再度推出的音樂劇，藝術總監許瑞芳表示，好的歌曲是帶動力強，令人回味無窮，此次製作特別重視音樂部份，全新創作歌曲及配樂共二十餘首，包括動感、抒情、輕鬆、抒情等曲風，由黃詩錦擔任音樂設計及編曲，並邀請專業演唱人謝琇華帶來于文文老師指導鳴唱，除了曲調優美的主題曲、合唱曲外，音樂劇中的舞蹈同樣重要，特別邀請「稻草人舞團」總監羅文瑾編舞，群蛙舞動起來場面壯觀，舞台部分由劇團技術總監李維睦設計、製作，探討大環境微觀的視覺角度，詩意與趣味激他並濟，寫實地表現青蛙的生活空間。

歌舞劇正在起步，各方面的人才無不欠缺，演出一齣歌舞劇等於在做拓荒的工作，戲劇除了需要好的劇本，該團製作許瑞芳、作曲黃詩錦、編舞羅文瑾、導演高徑明、藝術指導呂柏伸、舞台設計李維睦、服裝造型黃詩錦、王馨瑩和從青年劇場學員中選出擔綱歌舞劇的演員們，都是成就此一歌舞劇的重要靈魂。

許瑞芳表示，爲鼓勵青年學生參與劇場活動，台南人劇團在一九九九年九月另組「青年劇場」，招收十七歲至二十三歲青年，以學年爲單位，每年增加一次新血輪，至今已是第三年，此次爲第三屆青年劇場結訓演出，蛙劇的演出適逢編劇馬森七十大壽，該團實有向本地作家致敬、祝壽之意，也富含薪傳之味。許瑞芳說係透過劇場專業藝術家與青年學員的合作，使青年對劇場有一番完整的學習，同時培植個人創意及專長。

中華日報 91.5.20

2002年歌舞劇蛙戲演出報導之三

● 台南人劇團搬演馬森《蛙戲》

劇作家馬森一九六〇年代末期在墨西哥教書時所寫的劇本《蛙戲》，將由台南人劇團搬進劇場，這齣戲全場的音樂以南歐小曲為基調，舞台形式近以音樂劇《貓》，透過蛙來探討動物行為，是一部人類存在問題的寓言劇。

《蛙戲》像一齣音樂劇，每隻青蛙上場各有首表現青蛙性格的主題曲，演出中搭配爵士舞、踢踏舞，演員會依角色的不同，穿著不一樣的蛙服，臉上還用臉譜的形式來展現青蛙的特質。此外，在舞台設計部分，將荷葉和蘆葦溼地並置，同時在背景幕打上水光、彩霞，運用寫意手法呈現自然生態。

這部作品是台南人劇團青年劇場研習的成果展，除了導演和設計群之外，演員全是年輕學生。《蛙戲》邀請劇場音樂設計者黃詩嫚編寫二十五首歌；在舞蹈部分，則由羅文瑾編舞。展演時間為七月五日、六日，地點在台南市藝術中心。

（記者王凌莉）

▲台南人劇團演《蛙戲》，舞台以音樂劇形式呈現。（台南人劇團／提供）

自由時報，91、7、4

2002年歌舞劇蛙戲演出報導之四

青年劇場擔綱 網羅南部大專院校學生演出

台南人劇團 週五起公演蛙戲

中華日報、91.7.2

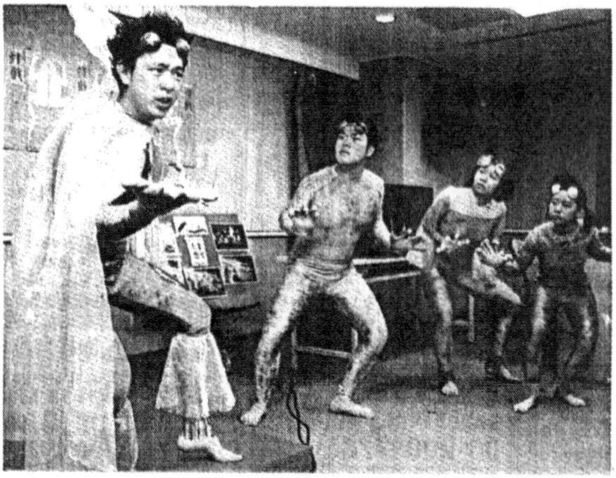

↑青春音樂劇「蛙戲」，劇情內容充滿人性真實面的反諷意味，以動物擬人化的寓言為題材；陣容網羅南部大專院校學生演出。（記者陳正一攝）

記者陳正一／南市報導

行政院文化建設委員會扶植演藝團隊獲評鑑第一名的台南人劇團，將於台南地區公演青春音樂劇「蛙戲」。劇情內容充滿人性真實面的反諷意味，並以動物擬人化的寓言為題材，預料會帶給民眾全新觀感。

台南人劇團舞組成立的「青年劇場」，繼第一屆前往英國演出「我們的祖靈」，及第二屆巡迴國內校園演出「公車站牌」後，此次推出第三屆青年劇場「蛙劇」公演，預計七月五、六日及二十七日演出三場，地點分別在台南市立藝術中心、台南縣立歸仁綜合活動中心演藝廳，購票洽詢專線：二一四八七一〇。

「蛙劇」由文學家馬森編寫劇本，新化國小教師黃詩媛負責音樂設計，全新創作歌曲及配樂共二十餘首，專業音樂人謝誌豪參與編曲。劇中舞蹈委由「稻草人舞團」總監羅文瑾編舞，「台南人劇團」技術總監李維睦設計舞台及團員高祀昭導演。

青年劇場演員陣容網羅南部大專院校學生，有成功大學數學系、中文系、外文系，崑山科技大學空間設計系、視訊傳播設計系、英語系，台南女子技術學院美術系、高雄醫學大學醫學社會系、文藻外語學院英文系及法文系、六信家商幼保科學生。

現任佛光大學教授馬森指出，由於文化政策長期呈現北重南輕現象，今年有台南人劇團獲文建會評鑑最優，顯示此地演藝團隊努力成果，但還需要再加把勁。此次「蛙劇」內涵存在主義觀點及對人性的嘲諷，透過所有參與人投入，盼給予觀眾賞心悅目的感受。

2002年歌舞劇蛙戲演出報導之五

中華民國九十一年四月七日／星期四

中國時報

青年劇場演蛙戲　刻劃眾生相

賴廷恆／台北報導

由台南人劇團所成立的「青年劇場」，至今已邁入第三個年頭。繼去年推出音樂劇「公車站牌」後，「青年劇場」即將再度發表音樂劇作品「蛙戲」，並由名作家馬森親自改編本身的這齣舊作。

「蛙戲」將於五、六日兩天，在台南市立藝術中心演藝廳，二十七日則在台南縣歸仁南區綜合活動中心演藝廳演出。「蛙戲」除導演高祀昭、音樂設計黃詩媛、編舞羅文瑾等組成的製作群外，並與樹德科技大學流行設計系建教合作，由該系學生負責所有服裝、造型的設計與製作。

馬森在劇作「蛙戲」中，運用「動物寓言劇」的方式，以充滿喧鬧感的筆調，刻劃出「悲觀」、「玩世」、「貪財」、「強盜」、「愚笨」、「聰明」、「忌妒」、「美人」、「天才」等，一群擬人化的青蛙。在秋風乍起、落葉滿地的時節裡面對即將到來的冬天，死期將近之際的眾生百態。全劇以蛙喻人，嘲諷人的盲從。洽詢電話：（〇六）二二一四八七一〇。

2002年歌舞劇蛙戲演出報導之六

中華民國九十一年七月三日／星期三

中華日報

台南人劇團「蛙戲」歡迎觀賞

記者阮琦雯／南市報導

台南人劇團青年劇場「蛙戲」五月底在成大演出時，雖有八成入座率，但五、六日即將在市立藝術中心演出的票房卻傳出告急事件。藝術總監許瑞芳呼籲府城愛戲觀眾，拿出行動，支持在地團體。

台南市今年唯一獲得文建會扶植團隊補助的台南人劇團，對於青少年戲劇人才的培育不遺餘力，至今年爲止，已經舉辦過三屆青少年戲劇研習營，而「蛙戲」正是這群有志戲劇表演的青少年的成果表現。

許瑞芳表示，蛙戲有歌有舞，適合小朋友觀賞，成人更可以從劇中諷刺的意味。洽詢專線二一四八七一〇。

2002年歌舞劇蛙戲演出報導之七

南市二〇〇二青年劇場……

傾力演出音樂劇──蛙戲

世界論壇報 91.7.5

【本報記者黃枝杰南市報導】二〇〇二年青年劇場──音樂劇（蛙戲），係由名作家馬森教授改編自己的劇本，台南人劇團傾力製作的音樂劇，將於七月五日及七月六日二天，晚上七時卅分假台南市立藝術中心演藝廳舉行公演。

編劇馬森教授目前任教於佛光大學，馬老師學貫中西，戲劇、文學涵養均十分深厚，尤其關心地方的戲劇發展，他將劇本交給台南人劇團演出，提攜後進之情，我們相當敬佩，台南市政府文化局長林哲雄也非常重視這次本地作家與社區劇團合作的成果，也親臨台南人劇團（蛙劇）記者會致詞，給予劇團極大鼓勵。

台南人劇團將於七月五日及七月六日假台南市藝術中心表演（蛙戲）於七月一日上午十時卅分，假市府六樓新聞發佈室舉行演前記者會，出席記者會除各報記者外，有市府文化局長林哲雄、蛙戲編劇馬森教授、台南人劇團藝術總監許瑞芳、（蛙戲）導演高祀昭及演員等，並演出一段精彩片段博得掌聲如雷。

台南人劇團組「青年劇場」今年已經第三屆了，第一屆赴英國演出（我們的祖靈）；第二屆演出青春音樂劇（公車站牌）校園巡迴，都獲得人們極大的好評，今年又推出知名作家馬森教授的作品（蛙戲）並以音樂劇形色的演出，更出色，將於七月五日及六日在台南市立藝術中心演出，票價每人二百五十元、學生票一百元。並於七月廿七日七時卅分，在台南縣歸仁鄉南區綜合活動中心演藝廳演出一場。

2002年歌舞劇蛙戲演出報導之八

《蛙戲》評論

一、亮軒論《蛙戲》

《蛙戲》一劇是九個獨幕劇中動員演員最多的一齣。馬森不僅時常表現古今中外之一同，也進一步的喜歡表現萬物一同、死生一同等「齊物」的觀念。前面談過的《獅子》、《蒼蠅與蚊子》已經是最直接的例證，《蛙戲》又是一齣動物戲。看一看人物表，也許就能把這齣戲摸索個大概：包括有悲觀的蛙、玩世的蛙、貪財的蛙、強盜蛙、愚笨的蛙、聰明的蛙、嫉妒的蛙、天才的蛙等。這些蛙的特性，一定要在獨幕劇的有限時間內表現出來，就不容易了，補救的方法是用面具，作者的這個提示非常必要，而繪製面具的設計者責任也非常重大，否則這齣戲會弄得令人摸不著頭腦。

人生譬如這場蛙戲。從超然的立場來看，生命的意義最後還是一團問號組成的徒然——作者要表達的是這個，又是一個十分嚴肅的大題旨。但是從頭到尾卻以象徵與吵鬧交相揉合的形式推進。在十九世紀的歐洲劇壇上，這是許多戲劇工作者喜歡採用的形式，因為包含了明顯的提示和濃厚的趣味，教育與娛樂並重並行，通俗討巧。談到如何深刻的問題的話，就很難講，文學藝術的創作，時時要顧及教育性與娛樂性，便有礙手礙腳之虞。

作者創作《蛙戲》，有意跳出教育與娛樂的作用之外，只想在表現形式上暈染著象徵與吵鬧的色調，卻盼望能夠浮昇出「人生便如這一場徒然的蛙戲」的意義。

他做到了使讀劇本的人，不可能不明白作者要表達的意念何在。其實見到人物表時，也就能揣度得十不離八九，繼續讀下去，是想看看作者到底透過什麼樣的技巧，把讀者猜得到的這個意念給表達出來。縱使如此，也看得出作者經營之苦，要把悲觀的、玩世的、貪財的、嫉妒的……等等一一安排恰當的事件來顯示，是非常吃力的事。讓這些蛙聽從天才的蛙——一如人世中的「先知」——的指示，為「生活的目的」去捨命奮鬥，這是眾流同歸一水的安排，最後天才的蛙也為他信仰的目的死去，把題旨整個地表白出來。而遠遠飄來類乎韓德爾的聖

母頌的頌樂，也是一大嘲弄。

然而這恐怕是不很成功的一齣戲。形式與內容可以互相作用，這也是馬森在卷首「文學與戲劇」一文中提出來的看法。從這一齣戲中，多多少少也有了證明，因為以象徵與吵鬧為形式的結果，使得要表達較深刻的內容變成比較困難的事。也許多幕劇會比較好一點，多幕劇有更多的時間可以讓作者從容的經營，但是這一齣戲改成多幕劇也不容易討好，群哇的面具是無法做出表情的，觀眾對於無表情的面具無法產生多幕劇那樣長時間的連續好奇與耐性。便是獨幕劇也要很多輕快的插科打諢才能維持下去。作者一開始選擇了這一個表達的形式，就不得不踏入很吃力的一條路上來。另一個問題是：「人生不過是一場徒然」的題旨，也並不新奇，這實在也是個很普通的想法，未必是許多人一生一以貫之的人生觀，但在許許多多人的人生觀中，都難免包含這一句話。所以想要使這齣戲不落俗套也很難。假如作者原本就要這齣戲落俗套，自然另當別論。

在此也可以連帶檢討到「動物戲」的問題。在名著小說中，以動物為人物的，必較明顯的例子是喬治・歐威爾的《動物農莊》。這本書中的豬、狗、馬、雞、鴨等等一般農莊中看得到的動物都有，當然這也是一本很成功的小說。在諸多構成

它是一本成功的小說的條件中，有一個條件就是在書中的動物一方面表現了動物原本的特性，另一方面也表現了人性的不同層面及角度。馬森的《蒼蠅與蚊子》就掌握得很好，在這一點上與喬治．歐威爾的《動物農莊》同樣成功，但相形之下，《蛙戲》在這一點上就差得太多了。創作動機固然是一個作品成功程度的首要關鍵，然而形式與內容的斟酌也非常重要。

——擇自亮軒〈看《馬森獨幕劇集》〉

二、林清玄論《蛙戲》

《蛙戲》一劇，馬森把蛙擬人化，又把牠們劃分為悲觀的蛙、貪才的蛙、強盜蛙、愚笨的蛙、聰明的蛙、嫉妒的蛙、美人蛙、天才的蛙，他藉著群蛙來描寫現代人生活的百態，牠們都囿限在自己個性所表現出來的生活圈子裡，最後群蛙在天才蛙的領導下要「共同為生活找出一個目的」，群蛙以頭撞樹，直至含笑而死，描寫現代人英雄崇拜的性格真是針針見血。

——擇自林清玄〈戲劇文學的建立——讀《馬森獨幕劇集》〉

三、黃美序論《蛙戲》

在十一部戲中五部有動物出現。獅子、蒼蠅、蚊子和大蟒，似乎可中、可西，但野鵓鴿和青蛙應該是中國的吧？這一群「近視」的蛙雖然不在「井」裡，但他們所見的「天」跟井蛙所見的相比，並無什麼差別。亮軒認為《蒼蠅與蚊子》要比《蛙戲》「成功得多」，我的看法恰好相反。《蒼》劇借蒼蠅與蚊子這兩種害蟲來托出人類自相殘殺的可怕，從秦始皇的兩萬到原子彈的兩百萬，也都是「說」出來的概念，只有最後兩隊太空人的大戰事「演」出來的，不若《蛙戲》所諷刺的人的貪、笨、妒等特性，均經由不同的青蛙直接呈現，顯得具體有力；所「寫」的人間相也較多、較廣、較「實」，舞台的趣味性也較高。

——擇自黃美序〈《腳色》的特色——評馬森《腳色》〉

四、徐學／孔多論《蛙戲》

從馬森的作品中可以清楚地看到，他對人的生命存在價值的終極性扣問是以他對理性這一現代文明的思想基礎的深深

懷疑為出發點的。《蛙戲》就是馬森對理性淋漓盡致的嘲諷。這是一齣動物寓言劇，也是馬森獨幕劇中腳色最多的一齣戲。它用一種喧鬧的筆調，刻劃了「悲觀的蛙」、「玩世的蛙」、「貪財的蛙」、「聰明的蛙」、「嫉妒的蛙」等群蛙在一個秋風乍起、落葉滿地這一個牠們死期將近之際的百態。冬天即將來臨，當群蛙們在百無聊賴中消極地等待死亡的時候，「天才的蛙」勇敢地站出來欲拯救蛙類的命運。牠的辦法是「給生活找一個目的」，這樣，儘管北風一起，牠們雖難免一死，但卻雖死猶生。於是，群蛙們在悲愴的氣氛中紛紛「組織起來」，向樹猛撞而去——為了牠們為生活所設定的理想，直至含笑而死，寒風中飄盪著牠們亢奮的歌聲：「永生不死，永生不死……」作者以蛙喻人，蛙的命運就是人的命運的象徵，強調人生即如這場喧鬧卻了無意義的蛙戲，而追求生命的所謂崇高意義這一套合乎人類理性的價值觀念，在死亡的命運面前又顯得那樣蒼白與可笑，如同一個自戮與自欺的謊言。

——擇自徐學／孔多〈論馬森獨幕劇的觀念核心與形式獨創〉

馬森戲劇著作與發表檔案

《西冷橋》（電影劇本），寫於1957年，未拍製。

《飛去的蝴蝶》（獨幕劇），寫於1958年，未發表。

《父親》（三幕），寫於1959年，未發表。

《人生的禮物》（電影劇本），寫於1962年，1963年於巴黎拍製。

《蒼蠅與蚊子》（獨幕劇），寫於1967年，發表於1968年冬《歐洲雜誌》第9 期；收入1978《馬森獨幕劇集》，台北：聯經出版社；1987《腳色》，台北：聯經出版社；1996《腳色》，台北：書林出版公司；2011《腳色》，台北：秀威資訊公司。

《一碗涼粥》（獨幕劇），寫於1967年，發表於1977年7月《現代文學》復刊第1 期；收入1978《馬森獨幕劇集》，台北：聯經出版社；1987《腳色》，台北：聯經出版社；

1996《腳色》，台北：書林出版公司；2011《腳色》，台北：秀威資訊公司。

《獅子》（獨幕劇），寫於1968年，發表於1969年12月5日《大眾日報》「戲劇專刊」；收入1978《馬森獨幕劇集》，台北：聯經出版社；1987《腳色》，台北：聯經出版社；1996《腳色》，台北：書林出版公司；2011《腳色》，台北：秀威資訊公司。

《弱者》（一幕二場劇），寫於1968年，發表於1970年1月7日《大眾日報》「戲劇專刊」；收入1978《馬森獨幕劇集》，台北：聯經出版社；刊於1985年3月號北京《劇本》雜誌；收入1987《腳色》，台北：聯經出版社；1996《腳色》，台北：書林出版公司；2011《腳色》，台北：秀威資訊公司。

《蛙戲》（獨幕劇），寫於1969年，發表於1970年2月14日《大眾日報》「戲劇專刊」；收入1978《馬森獨幕劇集》，台北：聯經出版社；1987《腳色》，台北：聯經出版社；1996《腳色》，台北：書林出版公司；2010《馬森戲劇精選集》，台北：新地出版社；2011《腳色》，台北：秀威資訊公司。

《野鵓鴿》（獨幕劇），寫於1970年，發表於1970年3月4日《大眾日報》「戲劇專刊」；收入1978《馬森獨幕劇集》，台北：聯經出版社；1987《腳色》，台北：聯經出版社；1996《腳色》，台北：書林出版公司；2011《腳色》，台北：秀威資訊公司。

《朝聖者》（獨幕劇），寫於1970年，發表於1970年4月8日《大眾日報》「戲劇專刊」；收入1978《馬森獨幕劇集》，台北：聯經出版社；1987《腳色》，台北：聯經出版社；1996《腳色》，台北：書林出版公司；2011《腳色》，台北：秀威資訊公司。

《在大蟒的肚裡》（獨幕劇），寫於1972年，發表於1976年12月3~4日《中國時報》「人間副刊」；收入1978《馬森獨幕劇集》，台北：聯經出版社；1987《腳色》，台北：聯經出版社；1996《腳色》，台北：書林出版公司；2003王友輝、郭強生主編《戲劇讀本》，台北二魚文化，頁366-379；2006田本相主編《中國話劇百年圖史》，山西教育出版社；2007劉平著《中國話劇百年圖文志》，武漢出版社；2011《腳色》，台北：秀威資訊公司。

《花與劍》（二場劇），寫於1976年，未發表；收入1978《馬森獨幕劇集》，台北：聯經出版社；1987《腳色》，台北：聯經出版社；並選入1987林克歡編《台灣劇作選》，北京：中國戲劇出版社；1989黃美序編《中華現代文學大系》（戲劇卷壹），台北九歌出版社，頁107-135；1993年11月北京《新劇本》第六期（總第60期）「93中國小劇場戲劇展暨國際研討會作品專號」轉載，頁19-26；1996《腳色》，台北：書林出版公司；1997年英譯本收入Contemporary Chinese Drama, translated by Prof. David Pollard, Hong Kong, Oxford university Press, pp. 253-374；2006田本相主編《中國話劇百年圖史》，山西教育出版社；2007年劉厚生等主編《中國話劇百年劇作選》，北京中國對外翻譯出版社；2007劉平著《中國話劇百年圖文志》，武漢出版社。

《馬森獨幕劇集》，台北：聯經出版社，1978年2月（收進《一碗涼粥》、《獅子》、《蒼蠅與蚊子》、《弱者》、《蛙戲》、《野鵓鴿》、《朝聖者》、《在大蟒的肚裡》、《花與劍》等9劇）。

《腳色》（獨幕劇），寫於1980年，發表於1980年11月《幼獅文藝》323期「戲劇專號」；收入1987年10月（《馬森獨幕劇集》增補版，聯經出版社；2006田本相主編《中國話劇百年圖史》，山西教育出版社；2007劉平著《中國話劇百年圖文志》，武漢出版社。

《進城》（獨幕劇），寫於1982年，發表於1982年7月22日《聯合報》副刊；收入1987年10月（《馬森獨幕劇集》增補版，聯經出版社；1996《腳色》，台北：書林出版公司；2011《腳色》，台北：秀威資訊公司。

《腳色》，台北：聯經出版社，1987年10月（《馬森獨幕劇集》增補版，增收進《腳色》、《進城》，共11劇）。

《腳色－馬森獨幕劇集》，台北：書林出版社，1996年3月。

《美麗華酒女救風塵》（十二場歌劇），寫於1990年，發表於1990年10月《聯合文學》72期，游昌發譜曲；收入1997《我們都是金光黨／美麗華酒女救風塵》，台北：書林出版社。

《我們都是金光黨》（十場劇），寫於1995年，發表於1996年6月《聯合文學》140期；收入1997《我們都是金光黨／美

麗華酒女救風塵》，台北：書林出版社；2010《馬森戲劇精選集》，台北：新地出版社。

《我們都是金光黨／美麗華酒女救風塵》，台北：書林出版社，1997年5月。

《陽台》（二場劇），寫於2001年，發表於2001年6月《中外文學》30卷第1期；收入2010《馬森戲劇精選集》，台北：新地出版社。

《窗外風景》（四圖景），寫於2001年5月，發表於2001年7月《聯合文學》201期；2010《馬森戲劇精選集》，台北：新地出版社。

《蛙戲》（十場歌舞劇），寫於2002年初，台南人劇團於2002年5月及7月在台南市、台南縣和高雄市演出六場；收入2010《馬森戲劇精選集》，台北：新地出版社； 2006田本相主編《中國話劇百年圖史》，山西教育出版社；2007劉平著《中國話劇百年圖文志》，武漢出版社。

《雞腳與鴨掌》（一齣與政治無關的政治喜劇），寫於2007年末，2009年3月發表於《印刻文學生活誌》；收入2010《馬森戲劇精選集》，台北：新地出版社。

《馬森戲劇精選集》（收《窗外風景》、《陽台》、《我們都

是金光黨》、《雞腳與鴨掌》、歌舞劇《蛙戲》與話劇《蛙戲》），台北：新地出版社，2010年4月。

《花與劍》（二場劇，中英對照版，劇照、評論等），台北：秀威資訊科技出版公司。2011年9月。

《蛙戲》（話劇＋歌舞劇新版，劇照、評論等），台北：秀威資訊科技出版公司。2011年10月。

《腳色》（新版，收《腳色》、《一碗涼粥》、《獅子》、《蒼蠅與蚊子》、《弱者》、《野鵓鴿》、《朝聖者》、《在大蟒的肚裡》、《進城》等9劇）），台北：秀威資訊科技出版公司。2011年11月。

馬森著作目錄

一、學術論著及一般評論

《莊子書錄》，台北：台灣師範大學國文研究所集刊，第二期，一九五八年。

《世說新語研究》，台北：台灣師範大學國文研究所，一九五九年。

《馬森戲劇論集》，台北：爾雅出版社，一九八五年九月。

《文化・社會・生活》，台北：圓神出版社，一九八六年一月。

《東西看》，台北：圓神出版社，一九八六年九月。

《電影・中國・夢》，台北：時報出版公司，一九八七年六月。

《中國民主政制的前途》，台北：圓神出版社，一九八八年七月。

馬森、邱燮友等著《國學常識》，台北：東大圖書公司，一九八九年九月。

《繭式文化與文化突破》，台北：聯經出版社，一九九〇年一月。

《當代戲劇》，台北：時報文化出版社，一九九一年四月。

《中國現代戲劇的兩度西潮》，台南：文化生活新知出版社，

一九九一年七月。
《東方戲劇・西方戲劇》（《馬森戲劇論集》增訂版），台南：文化生活新知出版社，一九九二年九月。
《西潮下的中國現代戲劇》（《中國現代戲劇的兩度西潮》修訂版），台北：書林出版公司，一九九四年十月。
馬森、邱燮友、皮述民、楊昌年等著《二十世紀中國新文學史》，板橋：駱駝出版社，一九九七年八月。
《燦爛的星空——現當代小說的主潮》，台北：聯合文學出版社，一九九七年十一月。
《戲劇——造夢的藝術》，台北：麥田出版社，二〇〇〇年十一月。
《文學的魅惑》，台北：麥田出版社，二〇〇二年四月。
《台灣戲劇——從現代到後現代》，台北：佛光人文社會學院，二〇〇二年六月。
《中國現代戲劇的兩度西潮》再修訂版，台北：聯合文學出版社，二〇〇六年十二月。
〈台灣實驗戲劇〉，收在張仲年主編《中國實驗戲劇》，上海：上海人民出版社，二〇〇九年一月，頁一九二——二三五。
《台灣戲劇——從現代到後現代》（增訂版），台北：秀威資

訊科技，二〇一〇年十二月。

《戲劇——造夢的藝術》（增訂版），台北：秀威資訊科技，二〇一〇年十二月。

《文學的魅惑》（增訂版），台北：秀威資訊科技，二〇一〇年十二月。

《文學筆記》，台北：秀威資訊科技，二〇一〇年十二月。

《與錢穆先生的對話》，台北：秀威資訊科技，二〇一一年五月。

《文化‧社會‧生活》，台北：秀威資訊科技公司，二〇一一年九月。

二、小說創作

馬森、李歐梵《康橋踏尋徐志摩的蹤徑》，台北：環宇出版社，一九七〇年。

《法國社會素描》，香港：大學生活社，一九七二年十月。

《生活在瓶中》（加收部分《法國社會素描》），台北：四季出版社，一九七八年四月。

《孤絕》，台北：聯經出版社，一九七九年九月，一九八六年五月第四版改新版。
《夜遊》，台北：爾雅出版社，一九八四年一月。
《北京的故事》，台北：時報出版公司，一九八四年五月，一九八六年七月第三版改新版。
《海鷗》，台北：爾雅出版社，一九八四年五月。
《生活在瓶中》，台北：爾雅出版社，一九八四年十一月。
《巴黎的故事》（《法國社會素描》新版），台北：爾雅出版社，一九八七年十月。
《孤絕》（加收《生活在瓶中》），北京：人民文學出版社，一九九二年二月。
《巴黎的故事》，台南：文化生活新知出版社，一九九二年二月。
《夜遊》，台南：文化生活新知出版社，一九九二年九月。
《M的旅程》，台北：時報出版公司，一九九四年三月（紅小說二六）。
《北京的故事》，台北：時報出版公司，一九九四年四月（新版、紅小說二七）。
《孤絕》，台北：麥田出版社，二〇〇〇年八月。
《夜遊》，台北：九歌出版社，二〇〇〇年十二月。

《夜遊》（典藏版）台北：九歌出版社，二〇〇四年七月十日。

《巴黎的故事》，台北：印刻出版社，二〇〇六年四月。

《生活在瓶中》，台北：印刻出版社，二〇〇六年四月。

《府城的故事》，台北：印刻出版社，二〇〇八年五月。

《孤絕》（最新增訂本），台北：秀威資訊科技，二〇一〇年十二月。

《夜遊》（最新增訂本），台北：秀威資訊科技，二〇一〇年十二月。

《M的旅程》（最新增訂本），台北：秀威資訊科技，二〇一一年三月。

《北京的故事》（最新增訂本），台北：秀威資訊科技，二〇一一年三月。

三、劇本創作

《西冷橋》（電影劇本），寫於一九五七年，未拍製。

《飛去的蝴蝶》（獨幕劇），寫於一九五八年，未發表。

《父親》（三幕），寫於一九五九年，未發表。

《人生的禮物》（電影劇本），寫於一九六二年，一九六三年於巴黎拍製。

《蒼蠅與蚊子》（獨幕劇），寫於一九六七年，發表於一九六八年冬《歐洲雜誌》第九期。

《一碗涼粥》（獨幕劇），寫於一九六七年，發表於一九七七年七月《現代文學》復刊第一期。

《獅子》（獨幕劇），寫於一九六八年，發表於一九六九年十二月五日《大眾日報》「戲劇專刊」。

《弱者》（一幕二場劇），寫於一九六八年，發表於一九七〇年一月七日《大眾日報》「戲劇專刊」。

《蛙戲》（獨幕劇），寫於一九六九年，發表於一九七〇年二月十四日《大眾日報》「戲劇專刊」。

《野鵓鴿》（獨幕劇），寫於一九七〇年，發表於一九七〇年三月四日《大眾日報》「戲劇專刊」。

《朝聖者》（獨幕劇），寫於一九七〇年，發表於一九七〇年四月八日《大眾日報》「戲劇專刊」。

《在大蟒的肚裡》（獨幕劇），寫於一九七二年，發表於一九七六年十二月三—四日《中國時報》「人間副刊」，

並收在王友輝、郭強生主編《戲劇讀本》，台北：二魚文化，頁三六六—三七九。

《花與劍》（二場劇），寫於一九七六年，未發表，收入一九七八年《馬森獨幕劇集》；並選入一九八九《中華現代文學大系》（戲劇卷壹），台北：九歌出版社，頁一〇七—一三五；一九九三年十一月北京《新劇本》第六期（總第六十期）「93中國小劇場戲劇展暨國際研討會作品專號」轉載，頁十九—廿六；一九九七年英譯本收入*Contemporary Chinese Drama*, translated by Prof. David Pollard, Hong Kong, Oxford university Press, pp. 253-374。

《馬森獨幕劇集》，台北：聯經出版社，一九七八年二月（收進《一碗涼粥》、《獅子》、《蒼蠅與蚊子》、《弱者》、《蛙戲》、《野鵓鴿》、《朝聖者》、《在大蟒的肚裡》、《花與劍》等九劇）。

《腳色》（獨幕劇），寫於一九八〇年，發表於一九八〇年十一月《幼獅文藝》三二三期「戲劇專號」。

《進城》（獨幕劇），寫於一九八二年，發表於一九八二年七月廿二日《聯合報》副刊。

《腳色》，台北：聯經出版社，一九八七年十月（《馬森獨幕劇集》增補版，增收進《腳色》、《進城》，共十一劇）。

《腳色——馬森獨幕劇集》，台北：書林出版社，一九九六年三月。

《美麗華酒女救風塵》（十二場歌劇），寫於一九九〇年，發表於一九九〇年十月《聯合文學》七二期，游昌發譜曲。

《我們都是金光黨》（十場劇），寫於一九九五年，發表於一九九六年六月《聯合文學》一四〇期。

《我們都是金光黨／美麗華酒女救風塵》，台北：書林出版社，一九九七年五月。

《陽台》（二場劇），寫於二〇〇一年，發表於二〇〇一年六月《中外文學》三十卷第一期。

《窗外風景》（四圖景），寫於二〇〇一年五月，發表於二〇〇一年七月《聯合文學》二〇一期。

《蛙戲》（十場歌舞劇），寫於二〇〇二年初，台南人劇團於二〇〇二年五月及七月在台南市、台南縣和高雄市演出六場，尚未出書。

《雞腳與鴨掌》（一齣與政治無關的政治喜劇），寫於二〇〇

七年末，二〇〇九年三月發表於《印刻文學生活誌》。

《馬森戲劇精選集》（收入《窗外風景》、《陽台》、《我們都是金光黨》、《雞腳與鴨掌》、歌舞劇版《蛙戲》、話劇版《蛙戲》及徐錦成〈馬森近期戲劇〉、陳美美〈馬森「腳色理論」析論〉兩文），台北：新地文學出版社，二〇一〇年三月。

《花與劍》（中英對照重編本），台北：秀威資訊科技公司，二〇一一年九月。

《蛙戲》（話劇及歌舞劇版重編本），台北：秀威資訊科技公司，二〇一一年十月。

《腳色》（重編本、收入《腳色》、《一碗涼粥》、《獅子》、《蒼蠅與蚊子》、《弱者》、《野鵓鴿》、《朝聖者》、《在大蟒的肚裡》、《進城》九劇），台北：秀威資訊科技公司，二〇一一年十一月。

四、散文創作

《在樹林裏放風箏》，台北：爾雅出版社，一九八六年九月。

《墨西哥憶往》，台北：圓神出版社，一九八七年八月。

《墨西哥憶往》，香港：盲人協會，一九八八年（盲人點字書及錄音帶）。

《大陸啊！我的困惑》，台北：聯經出版社，一九八八年七月。

《愛的學習》，台南：文化生活新知出版社，一九九一年三月（《在樹林裏放風箏》新版）。

《馬森作品選集》，台南：台南市立文化中心，一九九五年四月。

《追尋時光的根》，台北：九歌出版社，一九九九年五月。

《東亞的泥土與歐洲的天空》，台北：聯合文學出版社，二〇〇六年九月。

《維城四紀》，台北：聯合文學出版社，二〇〇七年三月。

《旅者的心情》，上海：上海人民出版社，二〇〇九年一月。

《漫步星雲間》（《愛的學習》新版），台北：秀威資訊科技，二〇一一年四月。

《大陸啊！我的困惑》，台北：秀威資訊科技，二〇一一年四月。

《台灣啊！我的困惑》，台北：秀威資訊科技，二〇一一年五月。

五、翻譯作品

馬森、熊好蘭合譯《當代最佳英文小說》導讀一（用筆名飛揚），台南：文化生活新知出版社，一九九一年七月。

馬森、熊好蘭合譯《當代最佳英文小說》導讀二（用筆名飛揚），台南：文化生活新知出版社，一九九一年十月。

《小王子》（原著：法國・聖德士修百里，譯者用筆名飛揚），台南：文化生活新知出版社，一九九一年十二月。

《小王子》，台北：聯合文學，二〇〇〇年十一月。

六、編選作品

《七十三年短篇小說選》，台北：爾雅出版社，一九八五年四月。

《樹與女——當代世界短篇小說選（第三集）》，台北：爾雅出版社，一九八八年十一月。

馬森、趙毅衡合編《潮來的時候——台灣及海外作家新潮小說選》，台南：文化生活新知出版社，一九九二年九月。

馬森、趙毅衡合編《弄潮兒——中國大陸作家新潮小說選》，台南：文化生活新知出版社，一九九二年九月。

馬森主編，「現當代名家作品精選」系列（包括胡適、魯迅、郁達夫、周作人、茅盾、丁西林、沈從文、徐志摩、丁玲、老舍、林海音、朱西甯、陳若曦、洛夫等的選集），台北：駱駝出版社，一九九八年六月。

馬森主編《中華現代文學大系一九八九——二〇〇三・小說卷》，台北：九歌出版社，二〇〇三年十月。

七、外文著作

1963 *L'Industrie cinémathographique chinoise après la sconde guèrre mondiale*（論文）,Institut des Hautes Études Cinémathographiques, Paris.

1965 "Évolution des caractères chinois" , *Sang Neuf*（Les Cahiers de l'École Alsacienne, Paris）, No.11,pp.21-24.

1968 "Lu Xun, iniciador de la literatura china moderna" ,*Estudio Orientales*, El Colegio de Mexico, Vol. III,No.3,pp.255-274.

1970 "Mao Tse-tung y la literatura:teoria y practica" , *Estudios Orientales*, Vol.V,No.1,pp.20-37.

1971 "La literatura china moderna y la revolucion" , *Revista de Universitad de Mexico*, Vol.XXVI, No.1, pp.15-24.

"Problems in Teaching Chinese at El Colegio de

Mexico", *Journal of the Chinese Language Teachers Association in North America*, Vol.VI, No.1, pp.23-29.

La casa de los Liu y otros cuentos（老舍短篇小說西譯選編），El Colegio de Mexico, Mexico, 125p.

1977 *The Rural People's Commune 1958-65: A Model of Social and Economic Development* (Dissertation of Ph.D. of Philosophy at University of British Columbia, Canada).

1979 "Water Conservancy of the Gufengtai People's Commune in Shandong" (25-28 May , The Annual Conference of Association for Asian Studies).

1981 "Kuo-ch'ing Tu: *Li Ho* (Twayne's World Series), Boston, Twayne Publishers, 1979" , *Bulletin of SOAS*, University of London, Vol. XLIV, Part 3, pp.617-618.

"*The Drowning of an Old Cat and Other Stories*, by Hwang Chun-ming (translated by Howard Goldblartt), Bloomington, Indiana University Press,1980", *The China Quarterly*, 88, Dec., pp.707-08.

1982 "Jeanette L. Faurot (ed.): *Chinese fiction from Taiwan:*

Critical Perspectives, Bloomington: Indiana University Press, 1980", *Bulletin of the SOAS*, Unversity of London, Vol. XLV, Part 2, pp.383-384.

"Martine Vellette-Hémery: *Yuan Hongdao (1568-1610): théorie et pratique littéraires*,Paris, Collège de France, Institut des Hautes Études Chinoises, 1982", *Bulletin of the SOAS*, Unversity of London, Vol. XLV, Part 2, p.385.

1983 "Nancy Ing (ed.): *Winter Plum: Contemporary Chinese Fiction*, Taipei, Chinese Nationals Center,1982", *The China Quarterly*, pp.584-585.

1986 "*Contemporary Chinese Literature: An Anthology of Post-Mao Fiction and Poetry*, edited with an Introduction by Michael S. Duke for the Bulletin of Concerned Asian Scholars, New York and London, M. E. Sharpe Inc., 1985", *The China Quarterly*, pp.51-53.

1987 "L'Ane du père Wang" , *Aujourd'hui la Chine*, No.44, pp.54-56.

1988 "Duanmu Hongliang: *The Sea of Earth*, Shanghai, Shenghuo shudian, 1938", *A Selective Guide to Chinese*

Literature 1900-1949, Vol.1 The Novel, edited by Milena Dolezelova-Velingerova, E. J. Brill, Leiden. New York, KØbenhavn Köln, pp.73-74.

"Li Jieren: *Ripples on Dead Water*, Shanghai, Zhong hua shuju, 1936", *A Selective Guide to Chinese Literature 1900-1949*, Vol.1, The Novel, edited by Milena Dolezelova-Velingerova, E. J. Brill, Leiden. New York, KØbenhavn Köln, pp.116-118.

"Li Jieren: *The Great Wave*, Shanghai, Zhong hua shuju, 1937", *A Selective Guide to Chinese Literature 1900-1949*, Vol.1, The Novel, edited by Milena Dolezelova-Velingerova, E. J. Brill, Leiden. New York, KØbenhavn Köln, pp.118-121.

"Li Jieren: *The Good Family*, Shanghai, Zhonghua shuju, 1947", *A Selective Guide to Chinese Literature 1900-1949*, Vol.2, The Short Story, edited by Zbigniew Slupski, E. J. Brill, Leiden. New York, KØbenhavn Köln, pp.99-101.

"Shi Tuo: *Sketches Gathered at My Native Place*,

Shanghai, Wenhua shenghuo chu banshee, 1937", *A Selective Guide to Chinese Literature 1900-1949*, Vol.2, The Short Story, edited by Zbigniew Slupski, E. J. Brill, Leiden. New York, KØbenhavn Köln, pp.178-181.

"Wang Luyan: *Selected Works by Wang Luyan*, Shanghai, Wanxiang shuwu, 1936",
A Selective Guide to Chinese Literature 1900-1949, Vol.2, The Short Story, edited by Zbigniew Slupski, E. J. Brill, Leiden. New York, KØbenhavn Köln, pp.190-192.

1989 "Father Wang's Donkey"（translated by Michael Bullock）, *PRISM International*, Canada, Vol.27, No.2, pp.8-12.

"The Theatre of the Absurd in Mainland China: Gao Xingjian's *The Bus Stop*", *Issues & Studies*, National Chengchi University, Vol.25, No.8, pp.138-148.

1990 "The Celestial Fish"（translated by Michael Bullock）, *PRISM International*, Canada, January 1990, Vol.28, No.2, pp.34-38.

"The Anguish of a Red Rose"（translated by Michael

Bullock）, *MATRIX*（Toronto, Canada）, Fall 1990, No.32, pp.44-48.

"Cao Yu: *Metamorphosis*, Chongqing, Wenhua shenghuo chubanshe, 1941", *A Selective Guide to Chinese Literature 1900-1949*, Vol.4, The Drama, edited by Bernd Eberstein, E. J. Brill, Leiden. New York, KØbenhavn Köln, pp.63-65.

"Lao She and Song Zhidi: *The Nation Above All*, Shanghai Xinfeng chubanshe, 1945",*A Selective Guide to Chinese Literature 1900-1949*, Vol.4, The Drama, edited by Bernd Eberstein, E. J. Brill, Leiden. New York, KØbenhavn Köln, pp.164-167.

"Yuan Jun: *The Model Teacher for Ten Thousand Generations*, Shanghai, Wenhua shenghuo chubanshe, 1945", *A Selective Guide to Chinese Literature 1900-1949*, Vol.4, The Drama, edited by Bernd Eberstein, E. J. Brill, Leiden. New York, KØbenhavn Köln, pp.323-326.

1991 "The Theatre of the Absurd in Mainland China: Kao Hsing-chien's *The Bus Stop*" in Bih-jaw Lin（ed.）,

Post-Mao Sociopolitical Changes in Mainland China: The Literary Perspective, Institute of International Relations, National Chengchi University, Taipei, pp.139-148.

"Thought on the Current Literary Scene", *Rendition*（A Chinese-English Translation Magazine）, Nos.35 & 36, Spring & Autumn 1991, pp.290-293.

1997 *Flower and Sword* (Play translated by David E. Pollard) in Martha P.Y. Cheung & C.C. Lai (ed.), *Contemporary Chinese Drama*, Hong Kong, Oxford University Press, pp.353-374.

2001 "The Theatre of the Absurd in China: Gao Xingjian's *Bus-Stop*" in Kwok-kan Tam (ed.), *Soul of Chaos: Critical Perspectives on Gao Xingjian*, Hong Kong, The Chinese University Press, pp.77-88.

2006 二月，《中國現代演劇》（《中國現代戲劇的兩度西潮》韓文版，姜啟哲譯），首爾。

八、有關馬森著作（單篇論文不列）

龔鵬程主編：《閱讀馬森——馬森作品學術研討會論文集》，台北：聯合文學，二〇〇三年十月。

石光生著：《馬森》（資深戲劇家叢書），台北：行政院文化建設委員會，二〇〇四年十二月。

美學藝術類 PH0061

蛙戲

作　　者/馬　森
主　　編/楊宗翰
責任編輯/孫偉迪
圖文排版/陳宛鈴
封面設計/陳佩蓉

發 行 人/宋政坤
法律顧問/毛國樑　律師
印製出版/秀威資訊科技股份有限公司
114台北市內湖區瑞光路76巷65號1樓
電話：+886-2-2796-3638　傳真：+886-2-2796-1377
http://www.showwe.com.tw
劃撥帳號/19563868　戶名：秀威資訊科技股份有限公司
讀者服務信箱：service@showwe.com.tw
展售門市/國家書店（松江門市）
104台北市中山區松江路209號1樓
電話：+886-2-2518-0207　傳真：+886-2-2518-0778
網路訂購/秀威網路書店：http://www.bodbooks.com.tw
國家網路書店：http://www.govbooks.com.tw
圖書經銷/紅螞蟻圖書有限公司
114台北市內湖區舊宗路二段121巷28、32號4樓
電話：+886-2-2795-3656　傳真：+886-2-2795-4100

2011年10月BOD一版
定價：250元

國家圖書館出版品預行編目

蛙戲 / 馬森著. -- 一版. -- 臺北市 : 秀威資訊
科技, 2011.10
面；　公分. -- (美學藝術類 ; PH0061)
BOD版
ISBN 978-986-221-847-1（平裝）

854.6　　100018734

讀者回函卡

感謝您購買本書，為提升服務品質，請填妥以下資料，將讀者回函卡直接寄回或傳真本公司，收到您的寶貴意見後，我們會收藏記錄及檢討，謝謝！如您需要了解本公司最新出版書目、購書優惠或企劃活動，歡迎您上網查詢或下載相關資料：http:// www.showwe.com.tw

您購買的書名：________________________________

出生日期：________年________月________日

學歷：□高中（含）以下　□大專　□研究所（含）以上

職業：□製造業　□金融業　□資訊業　□軍警　□傳播業　□自由業

　　　□服務業　□公務員　□教職　□學生　□家管　□其它_____

購書地點：□網路書店　□實體書店　□書展　□郵購　□贈閱　□其他

您從何得知本書的消息？

□網路書店　□實體書店　□網路搜尋　□電子報　□書訊　□雜誌

□傳播媒體　□親友推薦　□網站推薦　□部落格　□其他__________

您對本書的評價：（請填代號　1.非常滿意　2.滿意　3.尚可　4.再改進）

封面設計____　版面編排____　內容____　文／譯筆____　價格____

讀完書後您覺得：

□很有收穫　□有收穫　□收穫不多　□沒收穫

對我們的建議：________________________________

____

____

____

請貼
郵票

11466
台北市內湖區瑞光路 76 巷 65 號 1 樓
秀威資訊科技股份有限公司 收
BOD 數位出版事業部

（請沿線對折寄回，謝謝！）

姓　　名：＿＿＿＿＿＿＿＿　年齡：＿＿＿＿　性別：□女　□男

郵遞區號：□□□□□

地　　址：＿＿＿＿＿＿＿＿＿＿＿＿＿＿＿＿＿＿＿＿

聯絡電話：(日)＿＿＿＿＿＿＿＿＿＿(夜)＿＿＿＿＿＿＿＿＿＿

E-mail：＿＿＿＿＿＿＿＿＿＿＿＿＿＿＿＿＿＿＿＿

請貼
郵票

11466
台北市內湖區瑞光路 76 巷 65 號 1 樓
秀威資訊科技股份有限公司 收
BOD 數位出版事業部

....

（請沿線對折寄回，謝謝！）

姓　　名：__________________　年齡：________　性別：□女　□男

郵遞區號：□□□□□

地　　址：____

聯絡電話：（日）____________________（夜）____________________

E-mail：____

讀者回函卡

感謝您購買本書，為提升服務品質，請填妥以下資料，將讀者回函卡直接寄回或傳真本公司，收到您的寶貴意見後，我們會收藏記錄及檢討，謝謝！

如您需要了解本公司最新出版書目、購書優惠或企劃活動，歡迎您上網查詢或下載相關資料：http:// www.showwe.com.tw

您購買的書名：________________________________

出生日期：________年________月________日

學歷：□高中（含）以下　□大專　□研究所（含）以上

職業：□製造業　□金融業　□資訊業　□軍警　□傳播業　□自由業

□服務業　□公務員　□教職　□學生　□家管　□其它____

購書地點：□網路書店　□實體書店　□書展　□郵購　□贈閱　□其他

您從何得知本書的消息？

□網路書店　□實體書店　□網路搜尋　□電子報　□書訊　□雜誌

□傳播媒體　□親友推薦　□網站推薦　□部落格　□其他________

您對本書的評價：（請填代號　1.非常滿意　2.滿意　3.尚可　4.再改進）

封面設計____　版面編排____　內容____　文／譯筆____　價格____

讀完書後您覺得：

□很有收穫　□有收穫　□收穫不多　□沒收穫

對我們的建議：________________________________

____

____

____

國家圖書館出版品預行編目

孤絕 / 馬森著. -- 一版. -- 臺北市 : 秀威資訊
科技, 2010.12
面； 公分. -- (語言文學類 ; PG0424)
BOD版
ISBN 978-986-221-564-7(平裝)

857.63 99015232

語言文學類　PG0424

孤絕

作　　者／馬　森
主　　編／楊宗翰
責任編輯／孫偉迪
圖文排版／張慧雯
封面設計／陳佩蓉

發 行 人／宋政坤
法律顧問／毛國樑　律師
印製出版／秀威資訊科技股份有限公司
114台北市內湖區瑞光路76巷65號1樓
電話：+886-2-2796-3638　傳真：+886-2-2796-1377
http://www.showwe.com.tw
劃撥帳號／19563868　戶名：秀威資訊科技股份有限公司
讀者服務信箱：service@showwe.com.tw
展售門市／國家書店（松江門市）
104台北市中山區松江路209號1樓
電話：+886-2-2518-0207　傳真：+886-2-2518-0778
網路訂購／秀威網路書店：http://www.bodbooks.tw
國家網路書店：http://www.govbooks.com.tw
圖書經銷／紅螞蟻圖書有限公司
114台北市內湖區舊宗路二段121巷28、32號4樓
電話：+886-2-2795-3656　傳真：+886-2-2795-4100

2010年12月BOD一版
定價：220元